1

Harcourt revenait de la chasse du matin quand il vit le dragon. Il suivait le cours du fleuve, ses ailes battant comme deux grands chiffons, le cou tendu comme si sa tête seule portait ce grand corps à travers les airs. Sa longue queue fouettait le ciel.

Harcourt le désigna au Noueux qui chevauchait à son côté, tenant par la bride leur troisième monture sur laquelle ils avaient chargé le sanglier et le cerf abattus au début de la journée.

– Le premier dragon de l'année, dit Harcourt.

– On en voit rarement de nos jours, remarqua le Noueux. Il n'en reste plus guère.

« Il a raison », songea Harcourt. Sur cette rive du fleuve, les dragons n'étaient plus très nombreux. Au fil des ans, la plupart étaient remontés vers le nord. On pensait généralement qu'ils travaillaient pour le Mal en tant qu'éclaireurs chargés d'espionner les mouvements des nuages de barbares affamés qui volaient sans cesse à la lisière du Pays Vide.

– Autrefois, dit Harcourt, il y avait une roukerie de dragons en amont. Il doit encore en rester quelques-uns.

Le Noueux eut un rire étouffé.

– C'est bien là-bas que vous avez capturé votre dragon, Hugh et toi.

– C'était un bébé dragon.

– Bébé ou adulte, il vaut mieux ne pas trop s'amuser avec eux. Mais je pense que tu l'as compris depuis. Où peut bien être Hugh?

– Je ne saurais le dire. Mais Guy, lui, doit le savoir. La dernière fois que j'ai entendu parler de lui, il se trouvait quelque part dans les déserts de Macédoine. Il était régisseur d'un comptoir. Nous laisserons le cerf à l'abbaye. Le sanglier devrait nous suffire amplement. Les petits moines de Guy n'ont que rarement l'occasion de manger de la bonne viande. Bien sûr, ce n'est pas le cas de Guy. Je crois que s'il vient si souvent au château, c'est moins à cause de notre compagnie que de notre table. Je lui demanderai s'il a eu des nouvelles de Hugh.

– Je l'aime bien, l'abbé, dit le Noueux, même s'il prend des grands airs...

– Pour moi, il reste un vieil ami fidèle. Il y a des années, il n'arrêtait pas de nous tirer d'affaire, Hugh et moi. Je pensais alors que c'était simplement parce qu'il était le grand frère de Hugh, mais maintenant je sais qu'il aurait fait la même chose pour moi si, tout seul, je m'étais mis dans un mauvais pas.

Ils quittèrent les bois et suivirent un étroit chemin de charroi entre deux champs vert tendre, couverts de blé en herbe. Une alouette monta dans le ciel avec une trille aiguë.

Droit devant eux, encore lointaines, ils pouvaient distinguer à présent les deux tours rondes du château. « En vérité, se dit Harcourt, quel château? » La construction n'avait rien de ces demeures opulentes que les riches seigneurs des siècles passés avaient érigées. Mais c'était là qu'il vivait. Et sept ans auparavant, lorsque le Mal avait franchi le fleuve pour attaquer l'abbaye, le château avait tenu bon. Ceux du Mal avaient pillé l'abbaye avant d'assiéger le château durant trois jours et trois nuits. Ils avaient fini par trouver le prix de leurs vies trop élevé et avaient retraversé le fleuve pour regagner le Pays Vide. Harcourt était jeune alors, mais il gardait un souvenir vivace du combat des hommes sur les murs d'enceinte et de leur liesse quand le Mal avait fini par lever le siège.

Sur la droite, à l'extrémité du ravin qui descendait vers le fleuve, se dressaient les grandes tours en spirale de l'abbaye. Le reste du bâtiment était dissimulé au regard par les arbres denses qui couvraient les pentes du ravin et, au-delà, les collines qui bordaient le fleuve.

– L'autre jour, dit le Noueux, ton grand-père déclarait justement que ton oncle Raoul était parti depuis trop longtemps. Il disait cela comme s'il désespérait de le revoir un jour. Oui, je pense que cette absence lui aura coûté beaucoup. Il s'est trop rongé les sangs à propos de son fils vagabond.

– Oui, je sais : oncle Raoul est parti peu après le raid.

– J'ai assuré à ton grand-père qu'il allait revenir, qu'il rentrerait comme ça, un de ces jours. Je voulais le rassurer, mais je dois avouer que je ne suis pas du tout sûr d'y être parvenu.

– Dans ce monde, fit Harcourt, on ne peut être certain de rien.

De loin, les deux grandes spires de l'abbaye, élancées, aériennes, semblaient issues d'une construction d'une majesté imposante. Mais pour celui qui s'en approchait, l'impression s'effaçait. Si les deux tours ne perdaient rien de leur frêle beauté, le bâtiment principal de l'abbaye, quoiqu'il fût encore très solide, présentait tous les signes de la décrépitude et de l'abandon. La suie des feux, le vert-de-gris du cuivre oxydé, la moisissure et la boue des feuilles mortes avaient tapissé les centaines de crevasses et de recoins, et les parois étaient recouvertes de taches, souillures qui plus jamais ne s'effaceraient. Çà et là, la pierre elle-même avait été rongée par le soleil ou le gel et, telle quelle, l'abbaye dégageait une impression de misère et de détresse.

Dans les cours intérieures, les poulets s'ébattaient, caquetant et grattant dans le fumier. Un paon passablement usé se pavanait de façon ridicule, déployant un éventail auquel manquait la moitié de ses plumes. Plus loin, des flottilles de canards circulaient sur la mare et des oies se poursuivaient en sifflant. Un porcelet s'acharnait sur une touffe d'herbe qu'il cherchait à déraciner en tortillant frénétiquement de la queue.

Les moines avaient repéré Harcourt et le Noueux. Ils surgirent de toutes parts et se précipitèrent à leur rencontre. Deux d'entre eux saisirent par la bride leurs montures.

– Non, inutile, protesta le Noueux. Je ne vais pas rester. Je dois simplement porter le cerf aux cuisines avant de reprendre ma route en direction du château. Le sanglier fera l'ordinaire de notre souper et il va nous falloir quelque temps pour le cuire.

– Un peu d'avoine et d'eau, dit le moine qui maintenait la monture d'Harcourt.

– Ce sera très bien. Je vous remercie de votre courtoisie.

Il mit pied à terre, laissant le moine prendre soin de sa bête.

Guy s'approchait déjà, dominant tous les autres, de sa haute taille. Sa barbe hirsute et noire soulignait sa tonsure; il avait des yeux bleus et étincelants. Sa soutane était retroussée jusqu'à la ceinture, montrant ses jambes et ses pieds nus. Harcourt remarqua que ses pieds n'avaient pas été lavés depuis quelque temps. Même les hommes d'Eglise ne se souciaient plus guère d'utiliser de l'eau et du savon.

– Charles! lança l'abbé. Quel plaisir de te voir!

Harcourt prit la main tendue.

– L'abbé, ça fait bien une semaine que nous ne t'avons pas vu. Tu sais que le château est à toi!

– Des problèmes! lança l'abbé d'une voix tonitruante. Toujours des problèmes. De tous les côtés. Si ce n'est pas ça, c'est autre chose. Toujours un petit détail pour me faire perdre mon temps. Ces idiots... Il faut tout leur dire. Non seulement ce qu'ils doivent faire, mais comment, quand, et même pourquoi le faire... Non, je dois toujours être là pour leur tenir la main, leur moucher le nez... (Les moines les plus proches affichèrent un sourire tolérant.) Allez, suivez-moi, reprit l'abbé. Allons nous asseoir dans un coin pour nous raconter tranquillement des histoires salaces sans risquer de mettre en péril toutes ces belles âmes. Mais je vois que vous avez apporté quelque venaison.

– Le carnier du château avait besoin d'être rempli et je n'avais pas de devoir particulier aujourd'hui.

– Oui, je sais... Je sais... Le porc et même le bœuf salé, après quelque temps, lasse le palais. Je crois que nous avons quelques légumes verts du jardin pour vous.

Il prit Harcourt par le bras et ils se dirigèrent vers la minuscule demeure de l'abbé. La pièce où ils entrèrent était de dimensions réduites, tapissée de tissu taché et fané.

– Ce fauteuil est réservé aux vieux amis, dit l'abbé. Mais également aux invités de marque, quoique je doive dire qu'ils n'ont guère été nombreux ces dernières années. Sais-tu, Charles, que nous vivons dans un recoin oublié de l'Empire? Personne ne vient nous voir ni ne passe même par ici. (Il ouvrit un placard dans lequel il farfouilla.) Je suis certain d'avoir caché ici une bonne bouteille. Si seulement j'arrive à remettre la main dessus...

Enfin il la brandit fièrement et prit deux verres. Il en posa un devant Harcourt et s'installa dans une chaise, les jambes croisées, portant tous ses efforts sur le bouchon.

– Le blé a l'air de bien pousser, dit Harcourt. Nous l'avons vu en traversant les champs.

– Oui, c'est ce que l'on me dit. Mais je ne suis pas allé voir. J'ai mon travail à accomplir.

– Plus qu'un travail, c'est un devoir saint et honorable dont tu t'acquittes très bien.

– Si tel est le cas, ne pourrait-on penser que l'Eglise soit en mesure de me confirmer dans ma fonction? En fait, depuis six ans, je n'ai pas été confirmé à mon poste. Je ne suis pas vraiment un abbé en titre. Non, Charles, je te le dis : dans l'état actuel des choses, je ne suis pas près de le devenir.

– Nous vivons des temps difficiles. Tout est incertain, indécis. Les barbares d'Asie Citérieure sont une menace permanente. Le Mal règne toujours sur le fleuve. Et il y a sans doute encore bien d'autres raisons d'inquiétude que nous ignorons...

– Et ici, sur la frontière, ajouta l'abbé, nous représentons le bouclier de l'Eglise et de l'Empire. Donc, raisonnablement, nous pourrions espérer qu'on nous accorde quelque pensée de temps à autre. Rome pourrait faire mine d'avoir conscience que nous existons.

– L'Empire est entré dans une période pénible. Il en a déjà connu auparavant. Mais il est toujours là. Depuis l'avènement de la République, si nous nous fions à notre histoire. Ce qui fait plus de deux mille ans. L'Empire a eu ses périodes de gloire, ses moments de faiblesse. Parfois, il se replie, comme en ce moment où ses frontières rétrécissent, son économie s'effondre, sa politique étrangère cafouille...

– Je ne m'élèverai pas contre cela, concéda l'abbé. Rome a déjà connu des époques de faiblesse. Elle a même vacillé une ou deux fois mais, comme tu le dis, elle existe toujours, et conserve sa puissance. Tout comme toi, j'espère que l'Empire sera à nouveau grand et fort, et son Eglise avec lui. Ce que je crains, c'est que cela ne prenne du temps. L'Empire retrouvera-t-il son ancienne puissance pour que je sois confirmé dans ma dignité d'abbé et que ses légions défendent cette frontière et toutes les autres? Un siècle verra bien naître un jour un grand homme d'Etat, comme il en a existé auparavant...

– L'avenir ne dépend pas toujours des chefs, dit Harcourt, mais parfois simplement des circonstances. Au quatrième siècle, l'Empire a presque failli être partagé en deux moitiés, occidentale et orientale. Quoique nos historiens ne soient pas d'accord sur ce point, je persiste à croire que c'est le Mal, alors, qui a sauvé l'Empire, à l'évidence. Le Mal était déjà là auparavant, bien entendu, on le connaissait. Mais, jusque-là, il n'avait été qu'une simple source d'ennuis, rien de plus grave. Mais la situation changea quand il attaqua en force, sans prévenir, sur toutes les frontières, en réaction à la pression des hordes barbares au sud et à l'est. Pour le repousser, l'Empire a dû faire appel à toutes ses ressources. Dès lors, il n'était plus question de division : les factions étaient obligées de rester unies. Et Rome sortit de ce conflit grandie et fortifiée.

Le bouchon fit un bruit sonore et l'abbé s'exclama d'un air triomphant :

– Ça y est! Je l'ai. Passe-moi ton verre. Tu sais, je n'ai jamais compris pourquoi j'ai tant de mal à déboucher une bouteille. La plupart des gens s'y prennent mieux que moi, en douceur.

– Tu as toujours été un gros maladroit, dit Harcourt. En vérité, tu ne sais rien faire de tes dix doigts.

L'abbé lui emplit son verre sans commentaire, se servit, puis posa la bouteille au milieu de la table avant de se rencogner dans sa chaise.

– Savoure-moi ça, dit-il en levant son verre. Je crois bien que c'est la dernière bouteille de la cuvée spéciale. Ou presque... En tout cas, il ne doit guère en rester plus de cinq ou six. Quand je pense que nous en avions cinq tonneaux, il fut un temps...

– Oui, je m'en souviens. Voilà plusieurs fois que tu me racontes cette triste histoire. Elles ont disparu pendant le raid, n'est-ce pas?

– Oui, c'est exact. Nous avons presque tout perdu alors. Notre abbé bien-aimé a été assassiné ainsi que bien d'autres frères. L'abbaye a été mise à sac, tous les bâtiments extérieurs brûlés et les moines ont fui dans les bois. Tout notre cheptel et notre basse-cour ont été massacrés ou enlevés, nos greniers vidés, notre saloir pillé... Ils ne nous ont rien laissé. Et si le château ne nous avait pas fait la charité...

Harcourt l'interrompit. Pour l'abbé, le registre des plaintes n'avait jamais de fin.

– Nous avons eu de la chance, lui dit-il. Nous avons réussi à les repousser.

– Vous avez fait mieux que cela : vous leur avez communiqué la crainte de Dieu. Depuis sept ans, il n'y a pas eu d'autres assauts. La leçon que vous leur avez donnée, ils ne l'ont pas oubliée. Oh, je ne dis pas qu'ils ne se permettent pas quelques petites attaques de temps en temps. Généralement, elles sont le fait du Petit Peuple, qui, apparemment, n'a pas vraiment compris. Les fées, les elfes et les farfadets. Les fées sont les pires. Ce n'est pas qu'elles soient vraiment dangereuses, mais elles nous jouent des tours pendables. Je suis sûr que ce sont elles qui ont gâché notre bière d'octobre, l'an dernier. Notre maître brasseur était excellent. Il pratiquait le métier depuis des années. Non, ce qui est arrivé n'était pas de sa faute. Mais les fées, on n'arrive jamais à les capturer. J'en ai vu toute une bande passer l'autre jour.

– A propos, dit Harcourt, nous avons aperçu un dragon il y a moins d'une heure, en revenant de la chasse.

– Quand on me parle de dragon, dit l'abbé, je me

souviens toujours de cette fois où Hugh et toi avez cherché à en capturer un.

– Oui, je sais : tout le monde semble se souvenir de cet épisode, et ça ne me fait pas tellement plaisir. Ce que les gens oublient, c'est que Hugh et moi avions douze ans à l'époque et pas un gramme de bon sens. Ce bébé était tombé du nid, juste en dessous du Rocher des Dragons. Les adultes savaient qu'il était là et se démenaient pour le récupérer, mais en vain, à cause des arbres. En le trouvant, Hugh et moi, nous avons seulement pensé comme ce serait bien d'avoir un petit dragon apprivoisé. Bien sûr, nous n'avons pas songé un seul instant à ce qu'il pourrait devenir, une fois adulte.

– Et vous avez voulu le ligoter, non?

– Oui. On est retournés au château pour prendre de la corde. A notre retour, il était toujours là. Nous nous sommes dit qu'avec deux nœuds coulants autour de son cou, nous pourrions le tenir. J'ai réussi à passer mon lasso sur sa tête, mais Hugh a glissé dans la rocaille. Le petit dragon nous a foncé dessus, et le mieux à ce moment-là était de courir très vite. Je crois qu'on a lâché nos cordes juste à temps. Et si Hugh a échappé à ce petit dragon, c'est bien grâce à Dieu.

– Quand notre père a entendu parler de cette histoire, Dieu ait son âme, il lui a donné une de ces raclées... J'ai bien essayé de l'en empêcher. Je lui ai dit que c'était un truc de gamin, nécessaire pour qu'il apprenne à vivre, mais il a refusé de m'écouter. Il a pris Hugh d'une main et...

– A mon avis, dit Harcourt, c'est la perte des cordes qui l'avait rendu furieux. Il m'a fait tout un laïus sur la difficulté de s'en procurer, et comment jamais je ne deviendrais un homme. En tout cas, j'attendais la correction à plat ventre et elle n'est jamais venue. J'aurais préféré qu'il me la donne, pourtant. Ç'aurait été moins douloureux que ses paroles d'alors.

– Quand j'y repense, dit pensivement l'abbé, je me

demande toujours s'il n'y a pas quelque part un dragon qui vole avec ta corde autour du cou...

– Oui, moi aussi je me le suis souvent demandé, dit Harcourt.

– Il y a bien longtemps que je n'ai vu de dragon. Mais je ne peux pas dire que j'en conçoive quelque chagrin. Ces satanés écailleux... On ne peut même pas les attraper. Ils frappent brusquement et reprennent leur vol. Pas moyen de se défendre. Je me rappelle en avoir vu un tomber droit sur une vache. Il l'a emportée dans les airs entre ses griffes. C'est toujours une pitié de voir des animaux enlevés de la sorte : les dragons n'essaient même pas de les tuer. Ils les lâchent un peu plus loin, voilà tout. Une fois, j'ai même vu une de ces sales bêtes s'emparer de deux cochons, un dans chaque patte. Ça n'a pas été une mince affaire, même pour ce dragon. Je les entends encore couiner. Pour ce qui est de couiner, on ne peut faire mieux qu'un pourceau; mais ces deux-là ont dû battre tous les records du monde chrétien. En tout cas, je crois bien que j'ai poursuivi ce dragon pendant pas mal de temps et je ne saurais te répéter les injures que je lui ai lancées alors; je craindrais trop de mettre à mal mon âme mortelle. Mais de nos jours, on voit de moins en moins de dragons. Quant aux trolls, aux ogres et autres géants du Mal, on ne les voit plus guère de ce côté du fleuve. Seuls les fées, les elfes et quelques gobelins se risquent encore à proximité. Mais ils ne sont pas vraiment dangereux. Seulement exécrables...

– Le Mal, dit Harcourt, est pris entre deux forces. Les barbares, à l'est et au nord, et les légions, au sud. Quoique je me demande bien pourquoi il redouterait les légions depuis qu'elles se trouvent si loin de la frontière. Je suppose qu'on leur a donné l'ordre de se replier. Encore quelque stupidité des politiciens... Il se pourrait que le Mal nous craigne, nous, mais cela me semble encore plus difficile à comprendre. Je ne parle pas uniquement de nous, bien entendu, mais de tous les forts et châteaux qui jalonnent le fleuve.

– Pourtant, ça pourrait bien être vrai, dit l'abbé d'un ton songeur. Il y a sept ans, ils ont pris cette abbaye – plutôt facilement, je dois avouer, car nos moines ne sont que de piètres combattants – ainsi que d'autres communautés religieuses, en même temps qu'un grand nombre d'exploitations. Mais les châteaux ont tenu bon pour la plupart, et le Mal a enregistré des pertes sérieuses. Certes, ils se sont emparés de Fontaine... (L'abbé se tut soudain et, durant un moment, un silence gêné s'établit entre les deux hommes.) Je suis navré, Richard, dit enfin l'abbé. Je n'aurais pas dû prononcer ce nom. Mais tu sais que je n'arrive pas à fermer cette grande gueule.

– Ce n'est pas grave. Avec les années, le souvenir s'efface. Je n'en souffre plus. J'ai appris à vivre avec.

« Mais, se dit-il dans le même instant, tout cela est faux. Le souvenir ne s'est pas le moins du monde effacé, il me fait toujours souffrir et je n'ai jamais su vivre avec... »

Au fond de son esprit, il la voyait toujours, telle qu'elle lui était apparue la dernière fois.

Dans ce matin de mai, le vent faisait danser une boucle dorée sur son front. Sa souple silhouette se détachait sur le fond bleu profond du ciel. Elle se dressait sur sa selle pour agiter la main tandis qu'il s'éloignait. Il avait pensé alors que jamais plus il n'oublierait son visage, qu'il en connaissait les moindres traits et qu'il n'avait plus à le revoir pour le recréer les yeux fermés. Pourtant, avec les années, il avait presque oublié ses traits. Peut-être, se dit-il, était-ce là un effet de la clémence du temps, mais il ne le souhaitait pas. Non, il voulait se souvenir d'Eloise. Elle riait souvent, et il n'avait pas oublié son rire. Mais il ne retrouvait plus l'image de ses yeux qui pétillaient quand elle souriait, de ses lèvres entrouvertes.

L'abbé leva la bouteille de vin et Harcourt tendit son verre d'un geste automatique.

– Peut-être, dit l'abbé en reprenant son discours là où il l'avait interrompu, la situation est-elle mieux ainsi. Elle persiste depuis des siècles – en fait, comme tu l'as dit, depuis le IVe siècle précisément. Les barbares sont au nord et à l'est, et nous à l'ouest et au sud, le Mal étant placé entre nous. Et l'équilibre est rompu de temps en temps. Il y a cinq cents ans, si ce n'est plus, le Mal a reculé. Les barbares avaient alors relâché leur pression et Rome repoussait ses frontières. Mais l'Empire était puissant alors. C'est à cette époque que nous avons connu notre brève période de renaissance. Qu'elle ait tourné court sous les assauts du Mal, cela reste à prouver. Je crois qu'elle se serait très vite résorbée, de toute façon. Mais il y a deux siècles environ, les barbares ont avancé, et le Mal s'est rabattu sur nos frontières. Rome était en plein déclin, les légions battaient en retraite, précédées de hordes de réfugiés. C'est le fleuve qui est devenu la nouvelle frontière et la situation n'a pas évolué depuis. Mais ce que je veux te dire, c'est que le Mal sert encore de tampon entre nous et les barbares. Et il se pourrait bien qu'il soit un adversaire moins redoutable. Nous le connaissons mieux que ces hordes, il est presque prévisible dans ses initiatives. Non, il vaut mieux avoir le Mal en face de nous, de l'autre côté du fleuve, plutôt que les bandes des barbares.

– Je ne comprends pas, dit Harcourt. Les barbares sont des hommes. Nous nous battons contre eux comme des hommes, l'acier contre l'acier... Mais avec le Mal, il en est tout autrement. Ces choses nous attaquent avec leurs griffes et leurs crocs venimeux. Leur souffle est pestilentiel et leurs attaques sournoises. Il est difficile de les tuer et elles s'accrochent de toutes parts. Non, j'en ai assez de ces créatures et de la guerre que nous leur faisons...

L'abbé se pencha vers Harcourt.

– Durant le raid, nous avons perdu de nombreux frères et presque tous nos biens. Mais, étrangement, je me souviens d'un bien que nous possédions et qui était sans doute insignifiant. Peut-être ne l'as-tu pas oublié, toi non plus, ce petit cristal qui contenait un arc-en-ciel...

– Oui, je me rappelle, dit Harcourt. Quand je suis venu ici, j'étais encore un petit garçon. Je crois que toi et Hugh, vous étiez avec moi.

– Oui, c'est vrai.

– L'un des moines, j'ai oublié lequel, nous a conduits dans le sanctuaire pour nous montrer le prisme. Il l'a levé dans un rayon de lumière, et ce fut vraiment comme si l'arc-en-ciel était entré dans le cristal...

– En fait, cette pierre était sans importance, rien qu'une curiosité, un sujet de conversation. Mais, quand j'y repense, peut-être était-elle plus que cela, en vérité. Une œuvre d'art, qui sait? Certains prétendaient que le cristal avait été taillé à Rome, d'autres en Gaule, par un artisan des temps anciens. Il provenait d'une eau particulièrement pure, et remontait sans doute à cette période de renaissance.

– Je me suis bien souvent demandé à quoi ressemblerait le monde, dit Harcourt, si cette renaissance n'avait pas avorté. Nous lui devons cette abbaye, par exemple, et bien d'autres choses dont nous sommes justement fiers. Eloise m'avait offert un livre d'heures datant de cette époque. Pas un seul de nos artistes ne serait capable de tailler un tel prisme, aujourd'hui.

– Sache que je le regrette, moi aussi. Mais ce n'était qu'un exemple. Le vieil abbé, qui a été tué pendant l'attaque, m'avait révélé que le prisme était l'expression de données mathématiques précises. Mais je dois avouer que je ne comprends toujours pas ce qu'il entendait par là. Peu importe : le prisme a disparu. Durant quelque temps, j'ai espéré que les pillards l'avaient dédaigné. Peut-être, me disais-je, l'un d'eux l'a-t-il ramassé par hasard et, faute de lumière, n'a pu faire jaillir l'arc-en-ciel... Alors, il l'aura abandonné comme un bout de verre ordinaire. Mais, en dépit de toutes mes recherches, jamais je n'ai pu le retrouver et je suis à présent convaincu qu'on l'a emporté.

– Quel dommage. Une telle splendeur...

– Mais la légende prétend qu'il existe un autre prisme, plus gros que le nôtre. Il aurait appartenu un temps à un sorcier nommé Lasandra.

– J'ai entendu parler de cette légende, fit Harcourt.

– Donc tu connais le reste de l'histoire...

– L'âme d'un saint, à ce que l'on dit, aurait été emprisonnée par Lasandra à l'intérieur du prisme. J'ignore les détails.

– Si détails il y a, ils sont pour le moins nébuleux, à moins qu'il ne s'agisse de divers fragments de légendes éparpillées... Selon moi, toutes les légendes présentent beaucoup d'absurdités. Quoi qu'il en soit, on dit que ce saint, dont j'ai perdu le nom dans les brumes du passé, aurait tenté d'expulser le Mal de ce monde pour l'envoyer vers les Ténèbres Extérieures. Du moins telle était son intention, car il n'a pas réellement réussi et une bonne partie du Mal est demeurée sur terre. Si l'on en croit l'histoire, il aurait fait franchir la porte à bien des représentants du Mal avant de la refermer, mais pas à tous. Et parmi ceux qu'il n'avait pas expulsés, se trouvait le sorcier Lasandra qui parvint à s'emparer de lui et à enfermer son âme dans le prisme. Mais je ne te dis que ce que j'ai pu lire dans les documents anciens.

– Tu veux dire que tu t'es intéressé à la légende?

– On ne connaît que peu de chose à son propos. Il doit exister d'autres détails que j'ignore. Mais j'avais mes raisons...

– Et lesquelles?

– Un bruit qui courait. Moins qu'une rumeur. Disons un murmure. On prétendait que l'Eglise était parvenue à arracher le prisme de Lasandra au Mal, et qu'il faisait l'objet d'un culte pieux avant qu'on ne le perde de nouveau. Comment? ça, la rumeur ne le dit pas.

– Donc tout cela n'est peut-être qu'une légende. Et il en existe tellement que je n'arrive pas à donner plus de poids à l'une ou à l'autre. Il se peut d'ailleurs que la plupart ne soient que de simples contes forgés par des esprits imaginatifs et désœuvrés.

– Oui, en effet, approuva l'abbé. Mais je dois ajouter autre chose. Veux-tu l'entendre?

– Bien sûr que oui.

– Ta famille a construit cette abbaye. Tu le sais, bien sûr. Mais sais-tu qu'elle fut érigée sur le site d'un ancien monastère, abandonné bien longtemps avant que ta famille n'arrive? On trouve encore certaines des pierres de l'ancienne maçonnerie dans les murs.

– Je savais qu'il y avait eu une construction ici même autrefois, mais j'ignorais qu'il s'agissait d'une abbaye. Ne me dis pas que...

– Si, insista l'abbé. C'est ainsi que le rapporte la rumeur. Le prisme de Lasandra aurait été gardé ici, dans cette ancienne abbaye.

– Et tu crois cela?

– Je m'efforce de ne pas y prêter crédit. J'essaie de me dire que l'histoire, toute l'histoire est absolument fausse. Mais je dois avouer, Charles, que j'ai affreusement envie de la croire.

On frappa violemment à la porte.

– Entrez! aboya l'abbé.

Un moine s'avança vers Harcourt et dit :

– Monseigneur, l'enfant du meunier est ici.

– Tu veux dire Yolanda? demanda l'abbé.

– Oui, c'est d'elle dont je parle, dit le moine d'un ton quelque peu roide. A ce qu'elle prétend, monseigneur, votre oncle Raoul serait de retour.

2

Harcourt se précipita vers la cour de l'abbaye, suivi de l'abbé, et y trouva Yolanda, entourée de moines. L'un d'eux tenait son cheval par la bride.

– Qu'y a-t-il? Tu dis que mon oncle serait revenu à la maison? Comment se fait-il que ce soit toi qui m'apportes cette nouvelle? Si mon oncle est de retour...

– Il n'est pas encore arrivé, l'interrompit-elle. Il est dans la demeure de mon père et s'y repose.

– Il...

– Il est malade et affaibli. Il dormait lorsque je suis partie. Ma mère a essayé de le faire manger, mais il s'est assoupi avant d'avoir pu absorber quoi que ce soit. Alors je me suis précipitée jusqu'au château. Mon père boite, vous le savez.

– Oui, je sais.

– On m'a dit que vous étiez ici. Je savais que vous voudriez me voir dès que possible...

– Oui, oui, fit Harcourt d'un ton impatient. C'est très aimable de ta part.

– Il faudra des hommes pour le conduire au château. Votre grand-père a dit qu'il en rassemblerait pour porter une litière mais, quand j'ai quitté le château, il pestait après tous ses gens qui s'étaient dispersés et je pense qu'il faudra quelque temps pour les rassembler.

Le moine qui tenait le cheval d'Harcourt s'approcha.

– Si tu entends suivre le ravin jusqu'au moulin, dit l'abbé, tu devras te montrer prudent. Il existe bel et bien une piste, mais elle est peu praticable et escarpée.

– Je la connais bien, dit Yolanda. Je peux vous guider si je monte en croupe derrière vous.

AU PAYS DU MAL

CLIFFORD D. SIMAK

Demain les chiens	*J'ai lu* 373/3
Dans le torrent des siècles	*J'ai lu* 500/4
Au carrefour des étoiles	*J'ai lu* 847/3
Le pêcheur	*J'ai lu* 609/4
Les ingénieurs du cosmos	
Les fleurs pourpres	
La croisade de l'idiot	
Tous les pièges de la Terre	
Chaîne autour du Soleil	*J'ai lu* 814/3
Une certaine odeur	
À pied, à cheval et en fusée	
Le dernier cimetière	
Des souris et des robots	
Le pèlerinage enchanté	
La planète de Shakespeare	
Le principe du loup-garou	
La réserve des lutins	
À chacun ses dieux	
L'empire des esprits	
Eterna	
Les enfants de nos enfants	
Les épaves de Tycho	*J'ai lu* 808/2
Une chasse dangereuse	*J'ai lu* 903/4
Héritiers des étoiles	
Mastodonia	*J'ai lu* 956/3
Escarmouche	*J'ai lu* 1005/3
Les visiteurs	*J'ai lu* 1194/3
Projet Vatican XVII	*J'ai lu* 1367/4
La planète aux embûches	*J'ai lu* 1588/3
Au pays du Mal	*J'ai lu* 1781/3
Le chemin de l'éternité	*J'ai lu* 2432/4
La Confrérie du Talisman	*J'ai lu* 2760/4

CLIFFORD D. SIMAK

AU PAYS DU MAL

TRADUIT DE L'AMÉRICAIN
PAR MICHEL DEMUTH

ÉDITIONS J'AI LU

Collection créée et dirigée
par Jacques Sadoul

Titre original :

WHERE THE EVIL DWELLS

Pour la première fois, il la regarda vraiment. Elle portait une robe en loques; des mèches de cheveux hirsutes apparaissaient sous son capuchon. Elle avait un visage maigre aux traits tirés avec des yeux d'un bleu intense. Il remarqua le cal de ses mains. Il se dit qu'il ne l'avait jamais vraiment vue, qu'il ne connaissait que son étrange histoire.

– D'accord, répondit-il enfin. Tu vas monter derrière moi.

Harcourt se mit en selle, prit les rênes d'une main et, de l'autre, aida la fille à se hisser sur son cheval. Il fut surpris par la fermeté de sa prise. Autour d'eux, les moines rassemblés murmuraient.

Harcourt fit pivoter sa monture et partit en direction du ravin, qui s'ouvrait derrière l'abbaye. Se tournant à demi en selle, il agita la main à l'adresse de l'abbé.

Yolanda referma les bras sur sa taille et lui dit :

– Avez-vous vu ces méchants petits moines? On leur montre un bout de jambe...

– Ils n'en ont pas l'habitude, fit-il en riant. Il faut être tolérant avec eux.

La piste qui descendait vers le moulin était tout en lacet, suivant la pente raide entre les énormes blocs de rochers qui, au fil des âges, étaient tombés des hautes falaises. Elle empruntait parfois le cours d'un ruisseau dont l'eau recouvrait à peine les sabots des chevaux pour ressurgir sur des escarpements rocheux que les montures négociaient lentement à foulées prudentes. Par endroits, elle disparaissait complètement, et Yolanda indiquait alors la route à Harcourt.

– Tu m'as dit que mon oncle était arrivé à la maison de Jean, lui dit-il. Mais d'où venait-il?

– Il a traversé le pont.

– Tu veux dire qu'il arrivait du Pays Vide?

– On le dirait bien. Quand je l'ai aperçu, il était en train de traverser le fleuve, venant de l'autre côté. Il semblait avoir du mal à marcher et j'ai tout d'abord pensé qu'il avait bu. Il est tombé deux fois, mais il a toujours réussi à se remettre sur pieds, et je me disais que c'était vraiment dégoûtant de s'être mis dans un état pareil. Et puis, j'ai réfléchi : et s'il n'était pas saoul? S'il était blessé ou malade? Alors, j'ai appelé Jean, mon père, qui est arrivé en courant du mieux qu'il pouvait. Nous sommes allés au-devant de lui et nous l'avons ramené à la maison. Tout d'abord, mon père ne l'a pas reconnu, seulement plus tard... Il m'a dit qu'il lui paraissait plus vieux; voilà pourquoi il ne l'avait pas reconnu immédiatement. Dès que j'ai su qui il était, je suis partie pour le château.

– Il ne t'a rien dit? A-t-il même parlé?

– Seulement murmuré. Il ne tenait plus debout. Je crois qu'il n'avait continué à marcher que par la seule force de ses nerfs. Mais il n'était pas blessé. En tout cas, il ne portait aucune trace de sang sur lui, j'en suis certaine.

– Tu dis qu'il a murmuré. Aurait-il tenté de parler?

– Non, je ne pense pas. Il émettait juste des sons, des bruits.

– Et Jean ne l'a pas reconnu tout de suite?

– Il a les cheveux blancs. Quand Jean l'a vu la dernière fois, ses cheveux étaient encore bruns, à peine marqués de gris. Mais pour moi, il a l'air d'un vieil homme.

« Oui, songea Harcourt, l'oncle Raoul doit être plus âgé, car il était parti depuis si longtemps. » Pourtant, il gardait le souvenir d'un homme encore jeune, étrangement jeune alors qu'il ne l'était plus vraiment. Un homme fort et de grande taille, si différent des gens nés dans ces régions, qu'il semblait venu d'ailleurs. « Combien de fois est-il revenu? se demanda-t-il. Cinq ou six, peut-être. » Il ne pouvait s'en souvenir avec certitude.

Quelquefois sur un échec, parce que son expédition n'avait débouché sur rien. Pourtant, jamais en lui

Harcourt n'avait cru discerner le sens de la faillite. Son oncle avait toujours admis franchement qu'il avait perdu sans jamais préciser exactement comment ni pourquoi, comme si l'échec subi n'était pas vraiment important. Cet oncle bizarre avait sans doute ressenti de l'amertume ou du désappointement, mais sans jamais le montrer, et jamais l'insuccès ne l'avait empêché de recommencer. Après quelques semaines, quelques mois au plus, il s'était toujours remis en route. « En fait, se souvenait Harcourt, ses départs ont toujours été prévisibles. Quelques jours auparavant, il se montrait nerveux, impatient, comme s'il tirait sur sa laisse, attiré par quelque nouvelle aventure fomentée dans son cerveau fertile. »

Mais il lui était arrivé de revenir vainqueur, chevauchant une monture au harnachement splendide, avec des habits superbes et des cadeaux merveilleux pour tous. Mais cela ne le rendait pas plus bavard sur son entreprise. Il parlait de bien d'autres choses et, parfois, l'on pouvait deviner quels pays il avait traversés, sans toutefois en être jamais certain. La famille, bien sûr, n'avait cessé de s'interroger à son propos, mais sans jamais poser de questions, de crainte d'apprendre des choses honteuses qu'elle ne tenait pas à savoir.

Pourtant, une fois, son oncle avait entraîné Harcourt à l'écart et lui avait parlé comme à un homme.

– Charlie, lui avait-il dit, je me demande si je pourrais t'emprunter tes yeux. Crois-tu que tu pourrais guetter quelque chose pour moi? Bien sûr, moi aussi, je serai aux aguets, mais à deux nous guetterons mieux. (Cette proposition ressemblait à une vaste conspiration à laquelle on l'invitait à participer. C'était une expérience nouvelle, excitante, et le monde lui avait paru tout à coup plus brillant.) Il se peut que je ne reste pas longtemps, avait ajouté son oncle, mais tant que je demeurerai là, tu seras payé un besant d'or par jour de guet. Tu attendras deux hommes qui voyagent ensemble, sans doute à pied. Tu les reconnaîtras car l'un d'eux boite. Ils arriveront très probablement par la route des crêtes.

– Oncle Raoul, est-ce qu'ils te poursuivent?

– Ça se pourrait bien.

– Si je les vois, dois-je courir te prévenir?

– C'est exactement ça. Alors, acceptes-tu ce travail?

– Bien sûr.

– Il y a autre chose. Il ne faut parler de cela à personne. Pas plus à ton grand-père qu'à ta mère ou au Noueux. A personne. Tu es d'accord?

Harcourt se rappelait avec quelle ferveur il avait acquiescé et conclu le marché. A son âge, partager un secret était une expérience fascinante, et il s'agissait d'un vrai et grand secret, pas d'une de ces petites cachotteries qu'il avait connues déjà.

– Alors, voici ta première pièce, avait dit oncle Raoul. Ne la perds pas. Chaque jour, tu en recevras une autre.

Harcourt s'était senti devenir riche, tout à coup, car un besant d'or était une somme princière, et il en avait rarement vu.

Durant cinq jours, il avait fait le guet avec application. Mais, bien vite, son rôle était devenu inutile : au beau milieu de la nuit de ce cinquième jour, l'oncle Raoul était reparti sans dire au revoir à personne. Cependant, chaque jour, Harcourt avait eu droit à son besant. La famille ne fit aucun commentaire à propos du départ de Raoul qui était toujours reparti ainsi.

Après le départ de son oncle, Harcourt, plusieurs jours durant, avait surveillé la route des crêtes. Mais, à son grand désappointement, les deux hommes ne s'étaient pas montrés.

Les pentes des collines étaient couvertes d'arbres énormes et touffus dont le feuillage débordait parfois sur la piste que suivait Harcourt. Leurs racines tourmentées et massives perçaient le sol de toutes parts pour mieux ancrer les fûts géants des genévriers et des bouleaux convulsés qui s'agrippaient à d'étroits surplombs, en face de la falaise.

Yolanda tendit le doigt vers un arbre qui se dressait tout près de la piste.

– Celui-là est à moi. Jean m'a promis de le couper quand il aurait le temps et de le ramener au moulin. C'est un cerisier.

Harcourt sourit, amusé par l'importance qu'elle semblait donner à cet arbre entre tous. Elle avait parlé sur un ton tellement calme, tellement sûr...

– Qu'y a-t-il de si important dans un cerisier? demanda-t-il.

– C'est le meilleur bois pour travailler. Facile mais durable. Le grain est fin et il prend une bonne patine. Je crois que je vais faire une sculpture pour l'abbé Guy. Il m'a dit qu'il avait besoin d'une statue de saint; voilà ce que je vais faire.

– Quel saint vas-tu choisir?

– Oh, ils se ressemblent tous, avec leurs visages solennels et sévères, et ils portent tous des robes à plis. Il lui donnera le nom qu'il voudra.

– Tu connais l'abbé? Lui as-tu déjà parlé?

– Je le connais, oui. Mais je ne le vois pas souvent. L'hiver dernier, il est venu au moulin pour discuter avec Jean au sujet d'un travail et il a vu mes sculptures. C'est là qu'il m'a demandé de lui sculpter un saint pour l'abbaye.

– Je savais que tu travaillais le bois. Travailles-tu beaucoup?

– Tous les jours... Mon père m'a construit une cabane qui me sert d'atelier; j'y entrepose mes sculptures.

– C'est un beau présent. Avais-tu étudié cet art auparavant?

– Jamais. Et jamais personne ne me l'a enseigné. Qui donc aurait pu le faire, d'ailleurs? Non, ça vient de moi, tout naturellement. Dans le bois, je vois une forme, un visage qui veut sortir et je n'ai plus qu'à l'aider. Du moins, j'essaie. Avec de meilleurs outils, je ferais du meilleur travail. Mais je ne dispose que de ceux que Jean m'a fabriqués.

« Quelle étrange fille, se dit Harcourt, très étrange... » Une enfant trouvée, en vérité, qui avait été recueillie par le meunier et son épouse. Elle avait eu de la chance car le meunier et sa femme languissaient d'avoir un enfant. Quelques années auparavant, un fils était né mais il était mort très jeune.

Harcourt se souvenait des confidences du meunier, alors qu'ils contemplaient le fleuve, assis sur le banc, devant le moulin.

– Vous ne pouvez vous imaginer ce que nous avons ressenti, quand nous avons trouvé Yolanda sur le seuil, par ce beau matin d'octobre. Elle jouait avec notre petit chat. Elle devait avoir sept ou huit ans peut-être. Elle n'a pas su nous dire d'où elle venait, mais nous avons été si heureux de la recueillir. Nous avions peur que quelqu'un vienne nous la réclamer, les premiers jours. Nous avons fait quelques recherches, mais personne ne semblait avoir perdu d'enfant. Nous l'avons gardée et c'est comme si elle était notre vraie fille.

– Mais vous n'avez toujours pas la moindre idée d'où elle a pu venir? avait demandé Harcourt.

– Nous ne pouvons en être certains, avait ajouté le meunier d'un air grave, mais il est possible qu'elle soit venue du Pays Vide. Il y a encore quelques humains là-bas, vous savez. Quelqu'un a pu lui faire traverser le pont en profitant de la nuit.

– Qu'est-ce qui vous fait croire cela?

– Rien de particulier. Non, c'est sûrement une idée qui nous est venue.

La piste devenait moins difficile. La pente moins raide. En regardant par-dessus son épaule, Harcourt put voir la muraille abrupte des falaises de calcaire qu'ils venaient de franchir. Le grondement puissant du fleuve arrivait à ses oreilles, à présent.

Et là-bas, entre les arbres, il distinguait le pont, un ouvrage massif de poutres et de piliers de pierre construit par quelque légion oubliée, en un âge où le pays n'était qu'une étendue sauvage.

Instinctivement, sans réfléchir, il leva le bras en un salut silencieux à ces ingénieurs d'autrefois, et son geste le surprit.

3

L'oncle d'Harcourt était allongé dans la cuisine du meunier, sur une paillasse, couvert d'une peau de mouton. Ses cheveux et sa barbe étaient blancs, son visage ascétique, le crâne marqué et lisse. Il dormait et ses paupières semblaient fines comme du parchemin.

– Il est comme ça depuis que Jean l'a ramené, dit la femme du meunier. Je n'ai jamais vu un homme aussi maigre. Jean l'a allongé et je lui ai offert un peu de soupe, mais il s'est endormi presque aussitôt avec la cuiller dans la bouche.

– Où est votre mari?

– Il est parti chercher de l'aide. Je ne voulais pas qu'il y aille : la piste est si difficile. Vous l'avez rencontré en route?

– Non. Il a sans doute pris par la piste qui mène au château. Nous sommes venus de l'abbaye. C'est Yolanda qui m'a prévenu. Mon grand-père va envoyer des hommes pour ramener mon oncle à la maison.

– Il peut rester ici. Il ne nous gêne pas, et ce serait bien malheureux de le réveiller maintenant. Il doit se reposer. Pauvre homme, il a dû souffrir...

– C'est très gentil à vous, dit Harcourt, mais mon grand-père nous attend au château. Je crois qu'il désespérait de jamais revoir mon oncle Raoul. Il y a si longtemps qu'il est parti et nous sommes restés sans nouvelles... Mais, à présent que j'y songe, il en a toujours été ainsi, chaque fois qu'il a quitté la maison. Le vieil homme doit compter les minutes. Et puis, il y a ma mère. Elle a dû préparer sa chambre et lui cuisiner les plats qu'il aime...

– Comment va-t-elle, donc? demanda la femme du meunier. Et votre grand-père? Vous avez tous été si bons avec nous. Je me souviens que votre grand-père nous avait prévenus lorsque le Mal a franchi le fleuve. Et nous avons eu le temps de nous réfugier au château...

– Mais depuis, dit Harcourt, Jean a largement payé sa dette. Il s'est battu bravement sur nos murailles. C'est là qu'il a été blessé. Nous avions besoin d'hommes tels que lui.

Yolanda entra dans la cuisine, une grande chope dans les mains.

– Tenez, monseigneur : ce n'est peut-être pas une très bonne bière...

– Aussi loin que je me souvienne, dit Harcourt, la bière de Jean a toujours été fameuse.

Il trempa ses lèvres dans la mousse. Non, il ne s'était pas trompé.

Il regarda attentivement son oncle, qui murmurait dans son sommeil et crispait nerveusement un bras.

– Il faudra sans doute attendre quelque temps avant que les hommes du château ne soient là, dit-il. (Il se tourna vers Yolanda.) Accepterais-tu de me montrer tes œuvres, Yolanda?

– Monseigneur, j'en serais infiniment honorée.

Harcourt finit sa chope, la reposa sur la table et emboîta le pas à Yolanda.

Dehors, le soleil était chaud et le fleuve renvoyait un millier d'éclats, tout en dévalant entre les champs avec ces murmures profonds et confiants qui sont la voix des puissants cours d'eau. L'air était tout empli du parfum des fleurs des bois épanouies dans l'ombre des frondaisons et dans la grande clairière où se dressait le moulin. « Oui, songea Harcourt, c'est un lieu bien agréable. Il ferait bon y vivre quelque temps, à écouter la rumeur du fleuve en respirant l'arôme des fleurs sauvages. »

Yolanda le conduisit jusqu'à la cabane, à mi-pente. Le mur orienté au sud n'atteignait pas le toit afin de laisser pénétrer la lumière à l'intérieur.

– L'auvent empêche la pluie d'entrer et laisse l'air circuler, ce qui est nécessaire pour le séchage du bois, expliqua la jeune fille.

Elle ouvrit une porte et s'effaça devant Harcourt qui s'arrêta sur le seuil, surpris par ce qu'il découvrait soudain.

Certaines des sculptures n'étaient pas achevées. Les plus grandes reposaient contre les parois, et sur les rayonnages, des formes de têtes, pas seulement humaines, mais également des trophées de monstres dont il ignorait le nom. Çà et là, étaient exposés d'autres sujets : une rose et une vigne gravées dans un panneau plat, quelques petits chevaux, une chatte et ses chatons, un bœuf tirant un char, accompagné par un bouvier. Mais les têtes étaient les plus nombreuses.

– C'est très difficile de trouver un bon bois, dit Yolanda. Ils ont tous une qualité particulière. Les meilleurs sont le merisier et le châtaignier; encore faut-il trouver les bons châtaigniers. Il y a beaucoup de chênes, mais leur bois est dur et a tendance à se fendiller. Bien sûr, il existe d'autres bois à grain fin, mais ils ne se polissent pas aussi bien.

Harcourt remarqua une gargouille sur l'un des rayons. Elle était laide et difforme au point de donner une certaine impression de charme. Ses oreilles étaient des ailes de chauve-souris, son mufle aux narines distendues occupait tout son visage et des crocs pointus apparaissaient entre ses lèvres épaisses et flasques.

– Ce que je ne comprends pas, dit Harcourt, c'est

comment tu peux imaginer certains de ces sujets... Cette gargouille, par exemple.

– Il y en a dans l'abbaye. Avec la permission de l'abbé, j'en ai étudié quelques-unes.

– Oui, je vois. Ça ne m'était pas venu à l'idée. En fait, je ne les ai jamais vraiment regardées...

– Mais moi si, fit Yolanda. Et j'ai fixé leur image dans mon esprit. Ensuite, j'y ai apporté quelques petits changements de mon cru. J'ai essayé de leur donner de la vie, de les rendre réelles. Cette gargouille, que vous regardez là, est un monstre, mais j'ai tenté d'en faire une créature bien vivante, qui respire presque... Je lui parlais tout en la façonnant et j'ai eu l'impression qu'elle me répondait.

La femme du meunier frappa à la porte et entra.

– Votre oncle s'est réveillé, dit-elle à Harcourt. Il a tenté de parler et a réussi à prononcer quelques mots à peine compréhensibles...

– J'y vais, s'écria-t-il en s'élançant au-dehors.

Il fut bientôt agenouillé auprès de la paillasse.

– Oncle Raoul, dit-il doucement.

– Charlie? C'est toi, Charlie?

– Oui, mon oncle. Je suis venu pour te conduire à la maison. Grand-père t'attend.

– Mais où suis-je, Charlie?

– Au moulin de Jean.

– Alors, j'ai traversé le fleuve?...

– Oui, tu es en sûreté, à présent.

– Je ne suis plus dans le Pays Vide?

Harcourt hocha la tête en silence.

– C'est très bien, ajouta son oncle, oui, très bien. Je suis donc sauvé.

– Nous allons te ramener au château.

La main du vieil homme se referma comme une serre sur le bras d'Harcourt.

– Charlie, souffla-t-il, Charlie... Je l'ai trouvé!

Harcourt se pencha sur lui.

– N’essaie pas de me raconter maintenant, dit-il. Plus tard...

– Je l’ai trouvé, mais je n’ai pas réussi à le prendre. Ils étaient trop nombreux. Mais je sais où il se trouve. Je sais qu’il existe. Ce n’est pas une légende.

– Mais, oncle Raoul, de quoi parles-tu?

– Du prisme, dit son oncle dans un souffle. Le prisme de Lasandra.

– Veux-tu dire celui qui...

– Oui, celui dans lequel se trouve enfermée l’âme du saint.

– Mais, mon oncle...

– Je te dis que je sais où il se trouve. J’ai presque réussi à le reprendre. J’y serais parvenu mais...

– N’en parlons plus pour l’instant, dit Harcourt d’un ton plus dur qu’il ne l’aurait souhaité. Ce n’est pas le moment de bavarder. Il faut te ramener à la maison.

– Les hommes du château sont arrivés, annonça la femme du meunier depuis le seuil.

4

En approchant du bout de la piste, Harcourt avait perçu les sons métalliques et les voix. Lorsqu’il atteignit la crête, il tira sur les rênes de sa monture et observa les hommes en armes rassemblés devant le château. Des légionnaires romains. Ils portaient la tenue de marche : casques, cuirasses et jambières brillaient dans le soleil de fin d’après-midi. Les hommes se rangeaient en ligne sous les aboiements de leurs officiers, et les lourds pilums semblaient des faisceaux d’épines enchevêtrés sur leurs épaules.

Un centurion vint à la rencontre d’Harcourt, les plumes rouges de son casque flottant au vent de sa course. Il leva la main en un bref salut et Harcourt lui répondit.

– On nous a dit que vous arriviez par les falaises et que vous rameniez un homme sur une litière. Nous avons donc attendu que le chemin soit libre. La piste est étroite et raide, n'est-ce pas? Vous êtes Harcourt?

– Oui, Charles Harcourt, à votre service... Et vous?

– Je suis Decimus Apollinarius Valenturian, et je commande unc compagnie de ce fragment de cohorte. Pour être franc, je dois vous dire que nous ne sommes pas au plein de nos forces. Cette unité devrait être une véritable cohorte, mais elle compte moins de la moitié d'hommes nécessaires. La légion, ces derniers temps, doit être diminuée de moitié pour ses missions.

– Tout est devenu ainsi, dit Harcourt.

– Oui, c'est vrai partout, et plus particulièrement dans Rome. Notre empereur est un crétin balbutiant et, si l'on en croit la rumeur, nous avons une femme pour papesse.

– J'ignorais cela, dit Harcourt, surpris.

– C'est très récent. Mais le temps que les nouvelles nous parviennent, elles n'ont souvent plus cours. Les communications sont coupées en bien des points et nul ne sait vraiment ce qui se passe.

Harcourt avait envie de l'interroger encore à propos de cette femme papesse, mais il n'osa pas. Il avait le sentiment que le centurion avait voulu plaisanter et qu'il valait mieux ne plus aborder ce sujet. Que l'empereur fût un idiot ne le préoccupait pas outre mesure. En fait, cela n'avait rien de bien nouveau.

– Et vous êtes en patrouille? demanda-t-il.

– C'est plus qu'une simple patrouille, dit le centurion. Nous avons une mission de reconnaissance dans le Pays Vide. On dit que les barbares s'agitent et que le Mal s'en inquiète. Si telle est la vérité, tout peut arriver. Nous ignorons si le Mal est capable de résister face aux barbares. S'il ne le peut pas, nous devons nous attendre à toute éventualité. Il peut aussi bien se répandre dans toutes les directions à la fois...

– Moins qu'une cohorte, dites-vous? Cela paraît bien peu pour une telle expédition.

– Oui, mais regardez bien ces hommes. Ont-ils l'air d'appartenir à une cohorte?

– Non, pas vraiment. Ils me semblent de bons combattants.

– Oui, c'est la racaille de la terre, dit le centurion avec fierté. Les pires salauds que je connaisse. Ils sont terribles au combat et connaissent la frontière.

– Mais vous n'allez effectuer qu'une reconnaissance. Vous n'allez pas vous battre...

– Si nous devons strictement obéir aux ordres, c'est exact. On ressort aussi vite que l'on est entrés, le temps d'estimer la situation. Mais notre tribun ne l'entendra sûrement pas ainsi. Il est en marche vers la gloire. Et il est bien capable de nous faire tous tuer...

– Mais pourtant tout est tranquille depuis quelques années, remarqua Harcourt. Depuis le grand raid, à dire vrai. Je me suis souvent demandé... Mais vous pourrez peut-être me répondre : quand le Mal s'est-il abattu sur nous et nous a submergés? Lorsque nous avons dû lutter pied à pied pour nos existences, où était donc la légion?

C'était l'aveu d'un débat intérieur douloureux qui l'avait rongé tout au long des ans.

– Elle attendait tranquillement dans les camps, dit Decimus. Mais elle aurait attaqué si vous vous étiez repliés.

– Nous ne nous sommes pas repliés, dit Harcourt. Nous les avons tous rejetés au-delà du fleuve.

– Quand vous dites qu'il ne s'est rien passé depuis quelque temps, j'espère que vous ne vous trompez pas. Peut-être ne serons-nous pas attaqués. Mais je me tiendrai sur mes gardes. Ah, je crois que voilà vos hommes...

Harcourt se retourna.

– Oui. Ils auront bientôt quitté la piste et vous pourrez passer. Merci d'avoir attendu. J'ignore comment nous aurions pu nous croiser...

Les six hommes portant la litière étaient en vue, descendant la dernière pente. D'autres suivaient, qui s'étaient relayés comme porteurs.

– C'est mon oncle, dit Harcourt au centurion. Il est malade.

– C'est ce que l'on m'a dit au château. J'espère qu'il se remettra rapidement.

Harcourt ne donna pas d'autre explication et le centurion ne risqua aucune autre question. Vraisemblablement, son grand-père s'était montré discret. Si le centurion avait appris que l'oncle Raoul revenait du Pays Vide, les questions auraient déferlé.

Les hommes passèrent devant eux, en route pour le château, et le centurion déclara :

– Nous devons passer le fleuve avant la nuit. On m'a dit que le pont était en bon état.

– C'est exact, l'assura Harcourt, tout en espérant que le juste orgueil qu'il ressentait n'était pas perceptible dans sa voix.

Depuis des années, sa famille était responsable de l'entretien du pont et s'était toujours honorablement acquittée de son devoir. Il fallait pousser loin en amont et en aval pour trouver d'autres ponts accédant au Pays Vide.

Le centurion manœuvra son cheval, leva le bras et lança un ordre. Les premiers hommes s'ébranlèrent, deux par deux, dans le claquement de leurs armures. Derrière la compagnie, venaient deux chariots emplis de provisions et tirés par des bœufs. Le reste de la cohorte suivait.

Decimus se plaça à côté d'Harcourt et, ensemble, ils regardèrent passer les soldats.

– On ne peut pas dire qu'ils marchent en ordre,

commenta le centurion, mais ce n'est pas à cela qu'on reconnaît les bons combattants, n'est-ce pas? Ils sont parmi les meilleurs. De vrais tueurs-nés. Tout ce qui leur importe, c'est la bonne chère, le vin et les femmes.

« Oui, songea Harcourt, ils en ont bien l'air. » Jamais encore il n'avait rencontré une pareille bande de renégats. La racaille de la terre, avait dit le centurion. La lie. Une bande de loups.

– Faites bien attention à vos chariots, dit-il au centurion. Par endroits, la piste est vraiment très étroite.

– Nous y arriverons bien, fit l'autre d'un ton désinvolte. (Harcourt vit que les porteurs venaient de pénétrer dans la cour du château.) J'espère que nous nous reverrons, lui dit le Romain. Peut-être reviendrons-nous par le même chemin...

Harcourt leva la main.

– En ce cas, ne manquez pas de faire halte chez nous. Nous pourrons boire un verre ensemble.

Il regarda s'éloigner le centurion, puis descendit vers le château.

En observant les deux tours trapues, il se souvint de l'attaque du Mal, sept ans auparavant. Un sorcier logeait alors dans leur demeure et, après la déroute du Mal, il avait prétendu qu'il était l'artisan principal de la victoire. Le grand-père d'Harcourt l'avait chassé quelque temps après et, depuis, jamais plus le château n'avait abrité de sorcier.

– Je ne pouvais plus supporter cette fripouille, avait déclaré son grand-père. Il passait son temps à larmoyer et à marmonner en faisant brûler des saletés puantes dans son appartement pendant que nous nous battions pour nos vies. Non, c'est grâce à nos bras, à nos épées et à nos valeureux archers que nous avons repoussé l'ennemi. Mais quand tout danger a été écarté, cet escroc est sorti de sa tanière pour se parer des lauriers... Aussi longtemps que je vivrai, jamais plus un sorcier ne mettra les pieds dans cette demeure.

Le vieux Noueux avait essayé de le raisonner.

– J'admets que celui que tu as chassé était particulièrement odieux. Mais crois-tu qu'il soit bien sage, mon vieil ami, de proscrire tous les sorciers? Tu ne peux savoir si tu n'auras pas besoin quelque jour des services de l'un d'entre eux... Ne crois-tu pas qu'il en existe de dignes de confiance?

– Tous les sorciers sont des charlatans, avait répété le vieil homme têtu.

Et jamais plus un seul sorcier ne s'était montré au château.

5

Le grand-père d'Harcourt et le Noueux étaient assis devant la grande cheminée.

L'abbé Guy était effondré sur un banc, le dos appuyé contre la muraille, la robe retroussée, les jambes écartées. Ses mollets étaient aussi sales que ses pieds. Le feu brûlait avec de grandes flammes et la cheminée ronflait comme un gros chien endormi.

– Quand j'ai vu les légionnaires, expliqua l'abbé à Harcourt, j'ai accouru pour voir s'il n'y avait rien que je puisse faire.

Harcourt hocha la tête, faisant mine d'accepter cette explication, tout en sachant parfaitement que l'abbé n'avait pas eu la moindre intention de se montrer utile mais qu'il était simplement venu fureter pour savoir ce qui se passait.

– Mais c'est avec joie que j'ai accepté l'invitation de Sa Seigneurie, reprit l'abbé, mielleux. Il n'y a rien dont je raffole autant que le porc bien rôti et juteux à souhait.

Derrière eux, les serveurs s'activaient à allumer les chandelles après avoir disposé les chopes, les tranchoirs et les couteaux.

Harcourt vint s'asseoir auprès de l'abbé, faisant face à son grand-père et au Noueux, qui se leva pour s'approcher de l'âtre. Il avait le torse velu d'un ours et ne portait pour tout vêtement qu'une large ceinture nouée sur la hanche. C'était un solide gaillard et, en le regardant, Harcourt prit conscience qu'il n'était pas vraiment humain, qu'il tenait bien peu de l'homme. Durant des années, il l'avait accepté comme l'ami de son grand-père, le compagnon de tous les jours, sans jamais se poser vraiment la question de savoir s'il était réellement un homme. Pourquoi le voyait-il maintenant tel qu'il était? se demandait-il.

Il était facile de comprendre pourquoi on l'avait appelé le Noueux. Il était *vraiment* fait de nœuds. Si ses épaules étaient massives, elles n'étaient pas tout à fait semblables aux épaules d'un homme normal. Ses bras étaient plus longs, et sa tête penchée en avant et non plantée droit entre ses épaules. Il n'avait pas de cou et ses jambes étaient arquées comme s'il chevauchait une monture invisible. A présent qu'il décelait ces différences pour la première fois, Harcourt se demandait pourquoi elles lui apparaissaient brusquement. Car il aimait le Noueux, il l'avait toujours chéri, même à présent, en dépit de ses différences. Quand il était tout petit, le Noueux l'avait tenu dans ses bras et, plus tard, c'est lui qui avait guidé ses premiers pas, ses premières promenades et lui avait révélé les merveilles de la nature. Il lui avait montré des nids d'oiseaux en le portant à bout de bras; il lui avait appris à découvrir toutes les fleurs sauvages et comment distinguer les racines et les plantes bénéfiques de celles qui pouvaient être un poison. Avec le Noueux, il était parti à la recherche des repaires de renards et de blaireaux. Et, Harcourt s'en souvenait, il s'était imprégné de tout cela; tout ce qu'il avait connu alors, il ne l'oublierait jamais plus. Après la promenade, ils s'asseyaient sous un arbre et le Noueux lui racontait des histoires interminables et palpitantes que l'enfant croyait. Il se souvenait encore de la plupart, aujourd'hui.

– Je crains que vous ne deviez vous passer de porc, grommela le grand-père d'Harcourt à l'adresse de l'abbé. Je n'ai encore jamais vu ma maison dans cet état. Les femmes ont donné le meilleur lit à ce fils errant et elles l'ont gorgé de vin et de mets à tel point que c'en est écœurant.

– Et comment est-il? hasarda Harcourt.

– Il n'a rien que douze heures de bon sommeil ne puissent guérir, mais j'ai peur qu'il ne soit maintenant gavé au point de ne plus pouvoir fermer l'œil. Ta mère est sans nul doute la meilleure des femmes, mais elle en fait quelquefois un peu trop.

Harcourt préféra abandonner ce sujet de discussion.

– Et que voulaient donc les Romains? demanda-t-il. Etaient-ils seulement de passage?

– Les Romains ne sont jamais seulement de passage. Ils avaient besoin de froment pour leurs chevaux, de jambon, de saucisses, de bœuf salé et de tout ce qui pouvait leur tomber sous la main. Ils ont chargé deux de leurs chariots jusqu'à en faire craquer les essieux. En tout cas, ils m'ont remis un reçu pour tout.

– Il va falloir que vous vous rendiez à Rome pour être remboursé, dit l'abbé, ou du moins jusqu'au plus proche camp de légionnaires... Et je ne sais où il peut se trouver. Dieu soit loué, ils ne se sont pas arrêtés à l'abbaye.

– Ils savent bien que les abbés sont tous des pingres, fit le vieil homme. Et ils savent aussi qu'un loyal citoyen de l'Empire, tel que moi, ne peut faire autrement que leur donner ce dont ils ont besoin.

– Il me semble, intervint le Noueux, que tu payes

un prix exorbitant cette citoyenneté qui, en fait, n'a pas de prix.

Le vieil homme ne répondit pas et se tourna vers Harcourt pour demander :

– Raoul t'a-t-il dit tout ce que cela signifiait?

– Pas vraiment. Il a essayé de m'expliquer, mais je l'ai fait taire. Il m'a seulement dit qu'il avait retrouvé le prisme de Lasandra.

L'abbé se redressa brusquement.

– Le prisme! Celui dont nous parlions cet après-midi même?

– Oui. Celui qui renfermerait une âme.

– Et il l'a ramené? demanda le grand-père d'Harcourt.

– Non. Il sait seulement où il se trouve.

– Il passe son temps à chercher, toujours. Il ne s'arrêtera jamais.

– Mais tu es heureux qu'il soit revenu, grand-père?

– Bien sûr que je m'en réjouis. Il est mon unique fils. Avec ta mère, ce sont mes seuls enfants... du moins pour autant que je sache.

– Si Raoul ne se trompe pas... commença l'abbé.

– Quand il s'agit de choses aussi importantes, dit le grand-père, mon fils ne ment jamais. Il a tendance à enjoliver un peu ses récits pour qu'on lui prête plus d'attention, mais s'il prétend avoir vu cette chose, c'est qu'il l'a bel et bien eue sous les yeux. Et s'il dit savoir où se trouve le prisme, c'est qu'il le sait avec certitude.

– C'est vrai, concéda l'abbé. On ne peut jamais être sûr de la réalité d'une légende, mais si un homme sincère assure qu'il l'a découverte, alors il ne s'agit plus d'une simple légende.

– C'est ce qu'a dit mon oncle, fit Harcourt. Qu'il ne s'agit pas d'une légende. Il sait que le prisme existe et où il se trouve.

– Est-il dans le Pays Vide? demanda le Noueux.

– Je le suppose car c'est de là que Raoul revient. Il a ajouté qu'il n'avait pu le prendre car ils étaient trop nombreux. J'ignore à qui ou à quoi il faisait allusion.

– Eh bien, dit son grand-père, il nous le révélera plus tard. Pour l'instant, il a besoin de repos.

– Mais si le prisme existe! insista l'abbé. Alors certainement...

– Il suffit de savoir qu'il existe. Pour le calme de nos esprits...

– Mais l'âme d'un saint y est emprisonnée, entre les griffes du Mal.

– Plus ou moins longtemps, cela ne saurait faire de différence.

– Une âme ne devrait pas demeurer au pouvoir du Mal, mais plutôt revenir parmi les saintes reliques de la Chrétienté. Au sein de l'Eglise, nourrie par les prières de la communauté dévote, protégée jusqu'au jour enfin où elle pourra gagner les cieux.

– Je suppose, dit le Noueux d'un ton acerbe, que vous souhaiteriez lui offrir un sanctuaire dans votre abbaye.

– Très certainement, fit l'abbé, tombant joyeusement dans le piège.

– Vous voudriez ainsi courir le risque de voir votre abbaye devenir la plus célèbre de tout l'Empire?

– Alaric, dit le grand-père d'Harcourt d'un ton sévère, un tel sentiment est indigne de toi. L'abbé, j'en suis bien certain, ne voudrait pas...

Il ne put achever car, à cet instant précis, la mère d'Harcourt, suivie de ses dames, apparut dans l'escalier. Et on apporta sur la table le sanglier rôti, avec une pomme dans la gueule et des branches de houx sur la tête.

6

Harcourt regagna ses appartements tard dans la soirée. Le dîner s'était prolongé dans la bonne humeur. Sa mère, plus particulièrement, s'était montrée plus bavarde que d'ordinaire, ravie du retour de son frère au foyer. Mais le grand-père d'Harcourt avait paru taciturne, buvant plus que de coutume, répondant parfois à une question. Quant à l'abbé, il n'avait presque rien dit non plus, mais sa bouche avait été pleine tout au long du repas. Il avait largement rendu hommage au sanglier et copieusement enduit sa barbe de jus gras. Tous les autres convives s'étaient joints au bavardage de la mère d'Harcourt et la soirée avait été chaleureuse.

Harcourt n'avait pas sommeil. Il marcha un moment de long en large, s'interrogeant sur l'agitation qu'il ressentait. Il comprit enfin que les paroles de l'abbé Guy à propos du château Fontaine, dans l'après-midi, l'avaient troublé. Bien sûr, l'abbé s'était tiré de ce faux pas en revenant à des propos plus anodins, mais la trace était restée. Durant toutes ces années, la famille d'Harcourt avait toujours pris garde à ne point faire allusion à cette tragédie en sa présence, et le jeune homme en était reconnaissant. Le silence des uns et des autres, il en était persuadé, l'avait aidé à oublier en partie. Mais jamais totalement. Quelque part au fond de son esprit, Eloise demeurait et attendait toujours.

Harcourt se figea sur place au centre de sa chambre et son regard se posa sur le bureau, dans un coin de la pièce. Il s'approcha de sa table de chevet, prit le chandelier et gagna le bureau. Il posa doucement le candélabre sur le plateau du meuble, se laissa tomber dans le fauteuil et prit, dans un tiroir, un livre qu'il ouvrit en l'approchant de la flamme.

Les décorations des pages, les couleurs et les lettres ornementées parurent s'éveiller dans la lumière. Harcourt retint son souffle : ce qu'il voyait était encore plus beau que dans son souvenir.

Devant la page ouverte, il essaya de retrouver cette tendresse qu'il avait éprouvée pour Eloise tant d'années auparavant. Non pas le chagrin, l'apitoiement, l'amertume et la douleur de la perte, mais la tendresse, l'exaltation de l'amour. Cependant, il n'en restait aucune trace. Avec le temps, elle s'était perdue, effacée.

Le livre était ancien : il datait probablement de plusieurs siècles, de cette lointaine renaissance où les hommes, quittant les ténèbres, avaient retrouvé la beauté dans leur esprit et leur âme. Le livre avait longtemps appartenu à la famille d'Eloise, qui le tenait d'une grand-mère défunte. La jeune fille le lui avait offert; elle seule avait deviné qu'il saurait apprécier la beauté d'un livre d'heures.

Harcourt essaya de se souvenir de ce qu'elle lui avait dit en lui donnant le livre, des paroles qu'ils avaient échangées mais en vain. Tout s'était estompé, balayé par le chagrin et l'amertume. Il comprenait à présent ce qu'on lui avait pris.

Ce livre ouvert devant lui, Eloise l'avait touché, elle en avait tourné les pages, vu les images qu'il avait à présent sous les yeux. Elle l'avait conservé avec amour et respect avant de le lui donner. A présent, il ne retrouvait plus son visage, il se rappelait seulement ces petits plis qui apparaissaient à ses tempes lorsqu'elle souriait.

Harcourt demeura longtemps assis devant le livre ouvert. La miniature représentait des serfs ramenant à la ferme un troupeau de gorets, d'autres cueillant des fruits, ou occupés à moissonner. A l'horizon, se profilait un château, estompé par la distance. Ses hautes tours, ses créneaux et ses tourelles ne rappelaient en rien la demeure du grand-père d'Harcourt.

En ce temps-là, les gens devaient voir le monde avec des yeux différents, un monde plus brillant, peuplé de gens heureux. Il se demanda si Eloise avait pensé qu'il pourrait, comme elle, à travers elle, contempler le monde avec le regard de cet artiste d'autrefois dont la main habile avait su retrouver les gestes des paysans.

Il resta très longtemps ainsi, finissant par fixer la miniature sans vraiment la voir, les yeux perdus dans la clarté vacillante des bougies, essayant douloureusement de rappeler à lui ces moments-là. Puis, lentement, il referma le livre, le remit dans le tiroir et tourna la clé dans la serrure.

« C'est fini », songea-t-il. Sa mémoire lui faisait défaut. Il n'arrivait plus à se souvenir de cet amour. Le chagrin avait trop duré.

Il se leva, se dirigea vers une grande armoire, y prit une lourde cape qu'il drapa sur ses épaules et sortit.

A mi-chemin du hall, il rencontra sa mère. Comme chaque nuit, elle faisait un dernier tour dans la maison pour vérifier que tous étaient au lit.

– Charles, dit-elle d'un ton de reproche, tu devrais déjà dormir. Cette journée a été rude.

– Je vais prendre un peu l'air.

– Tu es bien comme ton père. Toujours à ruminer, toujours sombre. Même si je l'aimais, je crois que je ne l'ai jamais compris. Et je ne suis pas certaine qu'il se soit compris lui-même. Nous venions de peuples différents, c'est sans doute la raison. Ses parents étaient des gens rudes des pays du nord et moi je venais de la Gaule, un territoire agréable et doux, civilisé disons... Mais, honnêtement, j'ai été heureuse de le suivre ici. D'ailleurs, je l'aurais suivi partout. Tu es tout à fait comme lui, Charles, et il faut prendre garde à tes humeurs sombres.

C'était la première fois depuis des années que sa mère faisait allusion à son père, et Harcourt était bien certain qu'il ne s'était pas passé un jour sans qu'elle pense à lui. Mais lui n'avait aucun souvenir de son père. Moins d'un an après sa naissance, son père avait été tué à la chasse, la gorge traversée par une flèche. Personne n'en avait jamais parlé devant lui, mais Harcourt s'était bien souvent demandé si son père avait pu avoir un ennemi capable de le tuer d'une flèche dans le cou. Il reposait à présent dans l'abbaye, aux côtés de son père et de son grand-père ainsi que de tous les Harcourt qui étaient morts depuis l'édification de l'abbaye sur la terre de la famille.

Harcourt avait grandi sous la surveillance affectueuse et étroite de son grand-père maternel qui était venu du sud pour aider sa fille. Il avait amené le Noueux avec lui et l'oncle Raoul était arrivé un peu plus tard. Harcourt n'avait jamais su quel avait pu être le statut de sa famille dans le sud de la Gaule; elle avait appartenu à quelque grande maison commerciale, semblait-il. Une fois, il s'en souvenait, sa mère lui avait parlé de ce pays qu'elle aimait tant, mais sans faire la moindre allusion à sa famille. Après la mort de son époux, elle ne s'était pas remariée. Harcourt devait apprendre plus tard que cela faisait considérablement jaser dans les châteaux et les demeures, tout au long du fleuve. Sans doute, s'était-il dit souvent, était-ce autant par amour et loyauté envers son défunt mari que pour son fils. Elle craignait probablement qu'un second mariage pût mettre en péril son héritage. Et puis, avec son grand-père, la présence d'un autre homme dans le fief était moins nécessaire. Durant toutes ces années, tandis qu'Harcourt acquérait sa maturité, le vieil homme s'était comporté comme si le domaine était sien.

– Ne reste pas trop longtemps dehors, ajouta sa mère. Bien que tu puisses en douter, le sommeil t'est nécessaire.

Le pont n'avait pas été levé; cette précaution n'était pas nécessaire, ces derniers temps. Pourtant, la garde du château demeurait vigilante.

Le vieux Raymond était au poste de guet, près de la poterne.

– Ne vous éloignez pas trop, dit-il à Harcourt. Il y a un moment, j'ai entendu des loups. Si vous avez besoin d'air, pourquoi ne faites-vous pas plutôt le tour du chemin de ronde?

Harcourt secoua la tête.

– En cette période de l'année, les loups n'attaquent pas. Ils ont largement de quoi se nourrir dans la forêt. Ils ne sont dangereux qu'au cœur de l'hiver.

Raymond n'émit qu'un vague grognement en guise de commentaire, et Harcourt ne s'en offensa pas : Raymond avait toujours grogné ainsi. Il l'entendit encore en traversant le pont.

La nuit était sombre et la lune basse à l'ouest, occultée par un banc de nuages. Mais dans le ciel clair, les étoiles scintillaient.

Harcourt escalada le talus et se dirigea vers le chemin de charroi qui traversait les champs. Il se rappelait ce jour où ils étaient sortis pour la première fois du château, après que le Mal eut levé le siège, pour savoir ce qu'il était advenu de leurs voisins.

Il ne s'était rien passé de grave jusqu'à ce qu'ils atteignent Fontaine. Là, ils avaient découvert que le Mal avait frappé et qu'il ne subsistait pas la moindre trace de vie. La volaille même avait été massacrée. De toutes parts, des corps mutilés gisaient dans une puanteur atroce. Pas seulement des corps humains, mais aussi ceux d'ogres, de trolls, un couple de dragons et d'autres formes de vie hideuses et peu familières. Fontaine était tombé mais le prix que le Mal avait dû payer était élevé.

Reconnaître les corps des humains avait été une besogne ignoble. Finalement, ils les avaient enterrés dans une fosse commune, ces derniers jours passés sous le soleil les ayant rendus inidentifiables.

Harcourt se souvint que le Noueux lui avait dit :

– Ce n'est pas un travail pour toi. Laisse les autres s'en charger.

Mais il avait secoué la tête.

– Non, elle doit être là. Il faut que je l'enterre séparément.

Guy, qui s'était joint à eux depuis l'abbaye, avait à son tour tenté de le raisonner, mais Harcourt avait refusé de l'entendre.

Il n'avait pas retrouvé Eloise. Ce qui ne signifiait pas qu'elle n'était pas parmi les autres. La putréfaction avait déjà fait son œuvre après les prédateurs et les mutilations diverses.

Guy, qui n'était pas encore abbé mais simple curé, avait servi la messe des morts tandis que l'on entassait les restes pitoyables des habitants de Fontaine dans la fosse commune. Harcourt se souvenait des hommes qui maniaient les pelles, un foulard sur le visage.

En atteignant le champ de blé, il s'arrêta et se retourna vers le château. « A quoi bon revivre tout cela? se demanda-t-il. Pourquoi rechercher tous ces affreux détails? »

Pourquoi continuait-il ainsi à réveiller sans cesse la douleur, à s'accrocher à son chagrin et se punir pour une faute qu'il n'avait pas commise?

Le château dressait sa forme sombre et indistincte. Là-bas, par-delà le fleuve, c'était le Pays Vide, une étendue ténébreuse sous l'horizon clouté d'étoiles. Le repaire du Mal. Et là-bas, si son oncle avait raison, se trouvait le prisme de Lasandra. En cet instant, Guy devait rêver d'une expédition dans le Pays Vide pour remettre la main sur la précieuse relique, imaginant le jour où elle aurait retrouvé sa place, comme autrefois, dans le sein de l'abbaye.

Levant la tête, il contempla les étoiles et vit la Grande Ourse, la première constellation que le Noueux lui avait appris à reconnaître. Là, juste au-dessus de l'horizon, brillait la Grande Etoile du Nord.

– Elle te montrera toujours le nord, lui avait expliqué le Noueux. Tu la repéreras toujours grâce à ces deux étoiles, là-bas, juste à la pointe de la Grande Ourse.

Brusquement, Harcourt eut un frisson. Pourtant, il n'avait pas ressenti le froid jusqu'à présent. Etait-ce la noirceur de la nuit ou bien le vent du nord-ouest, il n'aurait su le dire. « En vérité, songea-t-il, ce froid vient du fond de moi-même. »

Il était allé aussi loin que possible, poussé par le besoin de marcher dans cette nuit, fouler cette terre de noirceur et se souvenir. A présent, c'était fini.

Il retourna en hâte vers le château.

7

L'abbé arriva au château peu avant l'heure du petit déjeuner et partagea le bacon avec tous ceux qui se trouvaient là pour rencontrer l'oncle d'Harcourt.

Raoul avait quitté son lit. Il était installé dans un fauteuil, vêtu d'une robe d'intérieur, autrefois splendide, mais qui n'était plus que douillette et pitoyable. On avait essayé de le peigner pour lui rendre une apparence convenable, mais ses cheveux rebelles lui donnaient un air affreux.

– Comment te sens-tu ce matin? grommela le grand-père. As-tu pris quelque repos? Vas-tu rester quelque temps avec nous, cette fois au moins?

– Père, tu sais que durant toutes ces années, je n'ai pu faire autrement, dit Raoul. Je n'avais aucune raison de demeurer ici, parmi vous. Ce pays n'est pas mien, je venais seulement vous voir, toi et Margaret, et Charlie, bien sûr... Charlie et moi, nous sommes de bons amis. Nous nous entendons bien. Charlie, te rappelles-tu ce jour où je t'avais engagé pour faire le guet et...

– Ils ne savent pas, oncle Raoul, dit Harcourt. Tu m'avais demandé de ne rien dire et je me suis tu. Même après ton départ, j'ai continué à guetter. Mais ces deux hommes ne sont jamais venus. Les as-tu rencontrés ?

– Oh, oui... Un peu plus tard. Ils ont fini par m'avoir.

– Et alors ?...

– Et alors je suis là, dit Raoul. Pense ce que tu voudras.

– Qu'est-ce que ça signifie ? gronda le grand-père. Que se passe-t-il ? Raoul, veux-tu dire par-là que tu as mêlé mon petit-fils à l'une de tes sombres affaires ?

– C'était il y a longtemps, dit Harcourt. J'étais encore un gosse. Il m'avait demandé de faire le guet pour lui. Deux hommes le suivaient. Tout ce que je devais faire, c'était courir le prévenir.

– Ma foi, ce n'était pas si grave, grommela son grand-père. Mais quand même, Raoul, cela ne me plaît guère...

– Je le savais d'avance, dit simplement Raoul. Voilà pourquoi j'avais demandé à Charlie de ne rien dire. Mais puisque je dois me défendre...

– Je ne te le demande pas.

– Mais si. Tu m'as toujours demandé de m'installer ici, de me fixer une fois pour toutes, d'avoir un domaine à moi. Mais le problème, c'est que ce fief n'est pas plus à moi qu'à toi. Il m'est aussi étranger que tous les territoires que j'ai traversés.

– Il m'appartient, à présent, intervint Harcourt, d'un ton plus vif qu'il ne l'aurait souhaité. Et tu y es le bienvenu. J'aimerais que tu restes parmi nous. Pourquoi ne t'installes-tu pas ? Nous ferions tout pour que tu te sentes chez toi, et ça ferait tant plaisir à grand-père.

Son oncle le regarda droit dans les yeux durant un très long moment, puis répondit :

– Charlie, il se pourrait bien que j'accepte ton offre.

Je ne suis plus très jeune et je ferais peut-être aussi bien de m'installer pendant quelque temps. (Il se tourna vers son père.) Mais ce n'est pas une promesse. Si j'ai envie de repartir, je repartirai.

– Je le sais, et nous ne te retiendrons pas. (Le grand-père regarda l'abbé et ajouta :) Je voudrais que vous excusiez cette querelle familiale inconvenante. Cela n'est pas dans nos habitudes. Je suis navré que vous y ayez assisté.

– Mais cette querelle, dit l'abbé d'un ton apaisant, était marquée par l'amour de la famille. Ce serait plutôt à moi de m'excuser de mon intrusion. Mais si je me trouve parmi vous, c'est à cause du profond intérêt que je porte aux découvertes de Raoul dans le Pays Vide.

– Oui, qu'as-tu trouvé? demanda le grand-père. Charlie avance que tu aurais remis la main sur le prisme de Lasandra...

– Non, je ne l'ai pas vraiment retrouvé. Je sais où il se trouve. J'en suis convaincu. Mais si j'avais voulu m'en saisir, j'aurais dû affronter des défenses qu'un homme seul ne saurait percer.

– En es-tu absolument certain? demanda l'abbé.

– Sur ma vie.

Le grand-père hocha la tête d'un air grave.

– Je ne te demanderai pas de jurer sur ta vie. Je sais bien que si mon fils l'affirme, c'est qu'il n'a pas le moindre doute. Mais, dis-nous, Raoul, quel indice a bien pu te mettre sur la piste?

– Je suis prêt à te le dire, mais sans prononcer un nom. Le seul fait de savoir que cet objet existe est un danger. Je me trouvais à Constantinople quand on m'a donné des preuves de son existence. Bien sûr, comme tout le monde, je connaissais la légende. Mais, pour la première fois, je rencontrais quelqu'un qui jurait de l'existence du prisme. Je demandai donc à mon informateur comment il en était venu à détenir un tel secret. Ses explications, je le soupçonne, ne furent pas complètes et l'histoire qu'il me narra était si tortueuse que je ne saurais vous la rapporter ici. Mais, ainsi que vous pouvez l'imaginer, j'étais fort intrigué car l'accent de la vérité vibrait dans ses paroles. Dès lors, je gardai les oreilles grandes ouvertes et posai quelques questions autour de moi dans les limites que la prudence m'imposait. J'ai entendu, vous vous en doutez, bien des histoires extravagantes, dont la plupart ne comptaient pas un grain de vérité. C'est alors qu'en Hyrcanie, sur la rive méridionale de la mer Caspienne, dans une cellule de moine, on me montra un parchemin qui indiquait l'endroit où se trouvait le prisme. Ce lieu, je devais le découvrir ultérieurement, était situé dans le Pays Vide. Mais le plus important, c'est que ce parchemin correspondait très fidèlement à tous les détails de l'histoire que j'avais entendue à Constantinople. Il n'avait été rédigé qu'une quarantaine d'années après que le prisme eut été emmené au Pays Vide. En ce temps-là, il faut le préciser, le territoire qui s'étendait de l'autre côté du fleuve était encore une province romaine et non le domaine du Mal. Les termes dans lesquels l'histoire était rapportée m'inclinèrent à penser que le document ne souffrait pas trop d'exagération ni d'erreurs.

– Même ainsi, dit le grand-père, qu'est-ce qui a bien pu te pousser à te mettre en quête du prisme? A risquer ainsi ton existence?

– Je l'avais risquée auparavant pour bien moins que cela. La plupart du temps, pour des choses qui n'auraient fait qu'améliorer un peu mon existence matérielle. Mais cette fois, il s'agissait d'un objet qui pouvait m'apporter beaucoup sur le plan spirituel. Dans la vie, il vient toujours un temps, assez tardivement, où les hommes se soucient plus de leur âme que de leur bourse.

– Je sais cela, dit le vieil homme.

– Quand je réussis à atteindre l'endroit indiqué sur

le parchemin, je ne trouvai pas le prisme. Il était ailleurs.

– Et comment l'avez-vous appris? demanda Harcourt.

– On me l'a dit. Un homme que j'ai rencontré...

– Un homme? Dans le Pays Vide?

– Il reste encore de nombreux humains dans le Pays Vide. Ceux qui n'ont pas voulu ou pas pu fuir lorsque le Mal a reflué sous la pression barbare. Les légions romaines étaient alors débordées. En battant en retraite, elles ont entraîné bien des réfugiés avec elles car l'horreur était sur leurs talons; de plus, ils étaient largement surpassés en nombre. Mais les plus entêtés, les plus stupides ou les plus confiants sont restés là-bas, sans doute parce qu'ils pensaient que le Seigneur les protégerait. Nombreux sont ceux qui ont dû périr alors... Mais un certain nombre ont réussi à se terrer et à survivre. Et leurs descendants habitent encore le Pays Vide. D'autres humains les ont rejoints – des fous ou des héros qui ont osé pénétrer dans cette terre de gobelins pour des raisons diverses et étranges. Les humains qui vivent là-bas ne se montrent guère, et je soupçonne le Mal de tolérer leur présence et de s'en amuser. L'homme que j'ai rencontré prétendait être prêtre. Il s'était caché dans les ruines d'une cathédrale. C'est lui qui m'a confié que le prisme ne se trouvait pas là, mais en un autre lieu, assez éloigné de la cathédrale. Toute la nuit nous avons parlé. Il m'a supplié de retrouver le prisme et de le remporter vers la Chrétienté. Je ne comprenais pas toujours ce qu'il voulait me dire : il avait perdu quatre dents et, à chaque mot, il émettait un sifflement. Il voulait m'accompagner mais il n'en aurait pas eu la force, tant il était vieux et amaigri.

– Et cet autre lieu, l'avez-vous trouvé? demanda l'abbé.

– Oui, finalement. Mais j'ai bien failli perdre la vie en tentant d'y pénétrer. Il est bien gardé, et un homme seul ne saurait parvenir à entrer. Je n'ai même pas eu le temps de bien voir. Le prêtre m'avait dit que c'était un palais, mais je pense plutôt qu'il s'agit d'une ancienne villa romaine, l'une de ces somptueuses constructions ornementées qu'affectionnaient les riches propriétaires en ce temps-là. Elle est située au milieu d'un parc en friche, entouré de murs. J'ai la certitude que le prisme se trouve bien là et que le prêtre ne m'a pas menti : il était vif et alerte, en dépit de son âge, et il n'a pu se tromper non plus. Et puis, l'endroit est trop bien gardé.

– Comment? demanda brusquement l'abbé.

– Sorcellerie, nécromancie... Appelez ça comme vous voudrez. Les alentours sont infestés de pièges mais aussi de dragons, de trolls, d'ogres...

– Et avez-vous essayé malgré tout?...

– Oui, j'ai fait une tentative.

– Etiez-vous seul? Deux hommes auraient-ils pu y parvenir? Ou bien trois? Ou même une armée?

– Non, sûrement pas une armée, car si elle tentait de pénétrer dans le Pays Vide, elle serait immédiatement balayée et ne pourrait pas parcourir plus de dix lieues, d'ailleurs. Non, seul un petit groupe aurait une chance de réussir à s'infiltrer. J'ai pu pénétrer dans la villa moi-même, parce que j'étais seul.

– Donc, seuls quelques hommes décidés auraient une chance?

– Bien faible, oui. Je ne parierais pas sur eux, pour être franc.

Le grand-père d'Harcourt se tourna vers l'abbé et lui demanda d'un ton aigre :

– Voulez-vous essayer?

– J'y songeais, fit l'abbé en jetant un regard perçant à Harcourt qui haussa les épaules.

– Je ne sais pas... fit-il.

– Ce serait une noble entreprise, insista l'abbé. Une sainte croisade. Pour l'Eglise.

– Et pour la gloire de votre abbaye, dit le Noueux.

– D'accord, j'y ai songé, mais ce n'est pas la seule raison qui m'anime. Cette capture profiterait autant à notre sainte mère l'Eglise. Et puis, il y a autre chose encore : cette légende, ou plutôt cette rumeur fondée sur des textes anciens que j'ai eus sous les yeux, dit que le prisme de Lasandra aurait été conservé un temps dans un ancien monastère, sur les fondations mêmes de notre présente abbaye.

– Vous voulez parler de celle dont vous êtes l'abbé? demanda le Noueux.

L'abbé acquiesça.

– Il a raison sur un point au moins, convint le grand-père. Ces dernières années, j'ai eu assez de temps pour consulter les archives du domaine. L'abbaye des Harcourt fut effectivement construite à l'emplacement exact d'une abbaye plus ancienne. Une partie des pierres fut même récupérée pour construire notre château.

– Je l'ignorais, dit Harcourt, du moins jusqu'à hier.

– Tu ne t'es jamais beaucoup intéressé aux archives de la famille, dit le grand-père. Tu as d'autres soucis.

– Vous voyez donc, conclut l'abbé, que mon intérêt est presque celui d'un propriétaire légitime. Quoique je ne sois pas entièrement convaincu de la véracité de cette histoire. Mais elle pourrait bien se vérifier en partie...

– Vouloir récupérer le prisme de Lasandra, dit le grand-père, me semble une entreprise bien téméraire; aussi bien de votre part, l'abbé, que de la tienne, Raoul.

– Oui, je sais, dit Raoul. Je le comprends maintenant.

– Et si vous nous aidiez en traçant un plan? insista l'abbé. Cela nous permettrait de voyager plus vite en évitant les dangers qui pourraient se dresser sur notre route.

– Oui, je le pourrais, mais j'hésite encore. Je ne veux pas avoir votre mort sur ma conscience.

– Pas même pour la plus grande gloire de Dieu?

– Pas même.

– Tout dépend de la direction que nous prendrons, dit Harcourt.

– Il faut voyager en direction de l'ouest.

– La cohorte romaine qui est passée hier va probablement se diriger droit au nord. Nous pourrions profiter de cette diversion. Les forces du Mal vont sans doute la suivre, ce qui nous permettra de nous infiltrer dans le Pays Vide.

– Et quand vous atteindrez la villa, ou le palais?... demanda son grand-père.

– Nous agirons en fonction des circonstances.

– Ce qui signifie que tu aurais l'intention de participer à cette expédition insensée?

– Pas vraiment. J'essayais seulement d'estimer la situation. Je pensais tout haut : simple exercice de tactique mentale.

– J'ai dit que je refusais de dessiner une carte et de vous aider, dit l'oncle Raoul d'un ton hésitant. Mais, Charlie, il y a un détail que je n'ai pas mentionné et qui te concerne directement...

– Qui me concerne moi? Qu'est-ce donc?

Une expression de doute ou de chagrin apparut sur le visage de Raoul.

– Je répugne à le dire, car cela pourrait t'influencer. Pourtant, il faut que je parle, car je ne pourrais vivre en me taisant à ce propos. Et jamais plus je ne pourrais te regarder en face.

– Pour l'amour du Christ! s'emporta Harcourt. Parlez, mon oncle. Ce ne peut pas être aussi grave que cela...

– Peut-être pas, mais il m'est difficile...

– Parle, dit le grand-père. Mon petit-fils est un adulte à présent. Si cela le concerne directement...

– Ce prêtre, que j'ai rencontré dans la cathédrale, dit Raoul, a mentionné un nom qui, sur le moment, m'a paru familier; mais ce n'est que plus tard que je me suis souvenu... Il a nommé Eloise.

Harcourt fut debout instantanément.

– Eloise! Qu'a-t-il dit?

– Charles, je t'en prie, maîtrise-toi, dit son grand-père. Il est inutile de crier. (Il se tourna de nouveau vers Raoul.) Eloise a été tuée il y a des années de cela. Comme tu le sais. Il est inconvenant de prononcer son nom à la légère dans cette demeure.

– Il se pourrait qu'elle ne soit pas morte. Des humains vivent là où se trouve le prisme. Le prêtre m'a donné deux noms pour preuve de la véracité de ses dires. Et l'un de ces noms était celui d'Eloise.

Lentement, Harcourt se rassit; il s'aperçut qu'il tremblait.

– Cela ne signifie pas nécessairement qu'il s'agisse de ton Eloise, lui dit son oncle. Ce n'est peut-être qu'un hasard.

« Mais c'est aussi une possibilité, se dit Harcourt. Une chance qu'il me faut saisir; aucune piste ne doit être négligée et rien ne peut m'arrêter. Si elle était encore en vie... »

– Elle est peut-être encore vivante, dit-il, nous n'avons pas retrouvé son corps.

– Il y a tant de corps que nous n'avons pu identifier.

– Oui, je le sais, mais s'il existe la plus faible des chances pour que...

Une main pesa sur son épaule et la serra. Levant les yeux, Harcourt vit l'abbé penché sur lui.

– Nous irons là-bas. Tous les deux. Et nous ramènerons Eloise... et le prisme peut-être aussi.

Harcourt se recroquevilla sur son siège. Les murs de la pièce semblaient danser autour de lui, les meubles devenaient flous, comme soudain plongés dans le courant rapide d'un torrent.

La voix de son oncle, venant de très loin, résonna à ses oreilles :

– Je suis désolé. Je pense que je n'aurais pas dû parler de cela...

– Ce n'aurait pas été honnête de ta part de te taire, dit le grand-père. Le petit songe à elle depuis tant d'années...

L'eau s'évacuait, les formes redevenaient stables et les visages familiers.

– Je pars, dit Harcourt. Personne ne m'en empêchera. Et l'abbé viendra avec moi. Nous avons l'un et l'autre notre raison d'entreprendre ce voyage.

– Il faudra nous montrer circonspects, dit le grand-père. Si quelqu'un laisse filtrer un seul mot de ce...

– Impossible de garder le secret, intervint le Noueux, quoi que nous fassions. Tous ces murs ont des oreilles. Dès demain matin, les rumeurs courront dans toute la campagne...

– De simples bruits ne pourraient mettre en danger l'entreprise. Les gens n'apprendront votre départ qu'après votre départ du château. (Il dévisagea Harcourt et demanda :) Es-tu bien certain de vouloir partir? Si tu avais quelque arrière-pensée...

– Je dois aller là-bas.

– Bien entendu, intervint le Noueux, tu sais que je vous accompagne. Impossible que vous partiez sans moi.

– Je t'en suis reconnaissant, dit Harcourt. J'espérais que tu me le proposerais.

– Cela m'enlève un poids sur le cœur, dit son grand-père. Deux, ce n'était pas assez. J'aimerais me joindre à vous, quoique je continue de juger cette entreprise insensée, mais je ne vous serais pas d'un très grand secours et ne ferais que ralentir votre marche.

« Ainsi, songea Harcourt, un même but nous unit. Non pas la cupidité, comme souvent dans de telles expéditions, mais la piété et l'émotion. Et la piété, n'est-ce pas un sentiment tranquille et solide? Cette aventure qui, quelques instants auparavant, m'aurait semblé stupide, insensée comme dit grand-père, me semble à présent logique, nécessaire, à la portée de n'importe quel humain raisonnable. »

– Trois, dit le Noueux, c'est assez. Nous devrons marcher vite, en nous tenant hors de vue constamment. Ce qui signifie que nous ne pourrons emprunter les routes.

– L'ancienne voie romaine, dit l'abbé, va droit vers l'ouest. Nous pourrions la suivre un peu plus au sud.

– Etes-vous bien certains de ne pas avoir besoin de quelques hommes d'armes? demanda le grand-père. Je pourrais désigner les meilleurs...

– Ils n'auraient pas le cœur à cela, dit Harcourt. En prenant peur, ils pourraient tout gâcher.

– De toute façon, dit le Noueux, nous ne chercherons pas le combat. Nous éviterons les rencontres. Il nous faudra voyager rapidement avec nos provisions, en espérant que l'expédition sera brève.

– Et quand vous aurez retrouvé cet endroit où se trouve le prisme? demanda le grand-père.

– Ce ne sera plus long, dit Harcourt. Ou nous réussirons à entrer, ou nous échouerons.

– Il faut que Raoul vous dessine un plan avant le soir. Si vous devez partir, il ne faut pas attendre trop longtemps. Dans un jour ou deux, les bavardages iront bon train et les rumeurs courront bien au-delà du fleuve. Il faut que vous le traversiez avant que le Mal n'ait vent de votre projet.

– Ce qui signifie que nous ne pourrons emprunter le pont, dit l'abbé. Si personne ne nous voit franchir le fleuve, nul ne saura exactement où nous avons pu aller.

– Le meunier possède un bateau, dit Harcourt, et il connaît si parfaitement le fleuve qu'il peut s'y risquer la nuit. Il nous déposera sur l'autre rive, en aval du pont.

– C'est une excellente idée, approuva son grand-père. On peut lui faire confiance, il se taira. Charles, pourquoi ne vas-tu pas t'entendre avec lui?

– Il faut que nous partions cette nuit, insista le Noueux. Plus nous attendons...

– Oui, renchérit le grand-père. Vous partirez cette nuit.

8

Jean et Yolanda étaient assis sur le banc, devant la maison, et ils levèrent la tête ensemble en entendant approcher Harcourt. Yolanda jouait avec un chaton tandis que son père s'occupait à réparer une corde. Ils se levèrent tous deux et attendirent en silence qu'Harcourt mette pied à terre.

– Monseigneur, dit le meunier en portant la main à son front, vous êtes le bienvenu. Comment se porte votre oncle ce matin?

– Mieux. Bien mieux. Je suis venu te demander un service.

– Quel qu'il soit, je suis prêt à vous le rendre.

– Cela est confidentiel. Nul ne doit être au courant.

– Sur ma vie, monseigneur...

– Il s'agit d'une question de vie ou de mort. Et ceci, Yolanda, s'applique aussi bien à toi. Au moindre bavardage...

– Cela est vrai pour nous tous, dit Jean. Pour moi, Yolanda, aussi bien que pour mon épouse. Vous pouvez vous fier à nous, monseigneur.

– Oui, je te crois, dit Harcourt.

– Et de quoi s'agit-il donc?

– Je dois gagner le Pays Vide. Avec deux compagnons. Personne ne doit savoir que nous nous y rendons; nous ne pouvons donc emprunter le pont.

– Alors, je vous ferai traverser le fleuve en bateau. A la nuit. Je le connais bien...

– Voilà pourquoi je suis venu m'adresser à toi. Il faut que tu sois de retour avant l'aube au moins, afin que nul ne se doute de rien.

– Si vous partez pour le Pays Vide, dit Yolanda, je vais avec vous.

– Non, il n'en est pas question, dit Harcourt en se tournant brusquement vers elle.

– Yolanda! s'exclama Jean.

Elle dévisagea Harcourt d'un air serein et parla d'un ton grave :

– Le bateau est à moi. Jean me l'a offert. Je m'en sers plus souvent que lui. De plus, j'ai déjà voyagé dans le Pays Vide, je le connais. Vous aurez besoin de moi.

– Je sais que tu y es allée, dit Harcourt. C'est du moins ce que l'on raconte. Mais je ne le croyais pas vraiment. Jean, comment as-tu pu la laisser aller là-bas?

– Monseigneur, je ne pouvais l'en empêcher. Nous avons essayé de la raisonner mais elle se butait toujours. Nous craignions de la perdre en insistant. Et puis, nous redoutions aussi les bavardages.

– Cette rumeur n'est parvenue que confidentiellement à mon oreille, dit Harcourt. (Il se tourna vers Yolanda.) Mais je peux disposer du bateau, vois-tu. Avec ou sans ta permission.

– Je ne l'ignore pas. Mais alors, vous ne pourriez être certain du silence de nos murs.

Jean fit un pas en avant, la main levée, le visage blême.

– Non! lança Harcourt. Pas ça! (Il regarda Yolanda.) Pourquoi veux-tu venir avec nous?

– Notre famille, dit-elle, vit ici depuis aussi longtemps que les Harcourt. Nos hommes ont combattu à vos côtés et ont protégé cette terre avec vous depuis des siècles. Maintenant, c'est à mon tour.

– Et comment comptes-tu te rendre utile?

– Je pourrais marcher devant vous en éclaireur. Je connais tous les dangers du Pays Vide. Je sais me servir de mon arc et aussi chasser. Je connais les fruits, les plantes comestibles. Je ne serais pas un fardeau, bien au contraire.

– Quelle impertinence! s'emporta Jean. Monseigneur, je ne sais comment vous dire...

– Inutile de t'excuser, dit Harcourt. Toi, personnellement, qu'en penses-tu?

– Moi, monseigneur?

– Oui, de ce qu'elle prétend pouvoir faire?

Jean déglutit nerveusement.

– Tout ce qu'elle vous a dit est vrai. Yolanda connaît toutes ces choses. Elle arrive à voir des phénomènes qui échappent aux autres mortels. Mais il ne me plaît pas de la voir partir. J'ignore ce qui lui a donné cette idée. Pourtant, elle vous sera certainement utile. Plus que bien des hommes de ma connaissance. Si vous avez besoin d'autres mains...

– Nous n'avons besoin de personne... Nous ne devons pas partir nombreux pour faire vite.

– Je ne saurais vous accompagner avec ma jambe... Mais j'ai un bon bras droit et je sais encore tenir un arc.

– Non, mon vieil ami, merci. Il se pourrait que nul d'entre nous ne revienne. (Il se tourna de nouveau vers Yolanda.) Tu n'ignores pas, bien sûr, que tu risques ta vie dans cette expédition.

– Je le sais, monseigneur, fit-elle calmement.

Il la fixa longuement et reconnut qu'elle pourrait effectivement être utile. Yolanda connaissait le territoire et aurait peut-être l'occasion de faire basculer la chance en leur faveur, dans une situation critique. Et Dieu savait qu'ils risquaient d'affronter le danger sous tant de formes... Et puis, il ne lui restait que peu de temps pour peser sa décision.

– Tiens-toi prête, dit-il enfin. Nous partirons dès qu'il fera nuit noire. Jean, tu te charges du bateau?

– Je tiendrai les rames, promit Jean.

9

Harcourt était étendu sur le ventre dans un fourré, à l'orée de la forêt, et regardait jouer les licornes. Il n'en avait encore jamais vu. Combien de contes avait-il lus à leur propos, et combien de récits! Mais jamais encore il n'avait aperçu une seule de ces créatures qui étaient vraiment aussi belles qu'on le lui avait dit. L'abbé Guy était tapi sur sa gauche, Yolanda à droite, et le Noueux était caché un peu plus loin. Tout comme lui, Harcourt en était certain, l'abbé n'avait jamais vu de licorne. Par contre, il était sûr que Yolanda en avait déjà rencontré, bien qu'elle parût en cet instant aussi fascinée que lui. Quant au Noueux, peut-être en avait-il déjà aperçu une ou deux au cours de son existence mystérieuse.

Les licornes gambadaient toutes dans la clairière, sauf trois d'entre elles qui se tenaient à l'écart, l'une debout et les deux autres couchées. « Peut-être sont-elles plus vieilles que les autres qui folâtrent sous les arbres », songea Harcourt. Elles se pourchassaient en petits bonds gracieux, s'arrêtant parfois pour se pavaner, blanches, lisses, élancées, leur corne spiralée brillant dans le soleil de midi.

Aucune fée ne les accompagnait. Yolanda, qui était allée en avant, était revenue pour leur annoncer la présence de la harde de licornes. « Mais si vous voulez les voir, avait-elle ajouté, prenez garde à ne pas vous montrer. Souvent les fées accompagnent les licornes.

J'ignore pourquoi. Nul ne le sait, mais il vaut mieux se méfier des fées quand on rencontre des licornes. Alors, cachez-vous bien et faites attention. Les fées sont toutes des commères redoutables, et si elles nous apercevaient, elles iraient tout droit le raconter partout.

Ils avaient donc suivi le conseil de Yolanda. Dans toutes les histoires qu'Harcourt avait entendues à propos des licornes, jamais il n'avait été question de fées; mais il crut la jeune fille et se montra aussi prudent que les autres. « Yolanda... Quelle fille étrange, cette enfant perdue venue de nulle part qui sait donner au bois des formes harmonieuses auxquelles elle semble insuffler la vie! Pourquoi, se demanda-t-il, se passionne-t-elle autant pour le Pays Vide? Si elle en est originaire, se peut-il qu'il existe encore un lien puissant entre elle et cette terre étrange? Est-il possible que son subconscient, sa vie soient liés au Pays Vide, sa demeure ancestrale?

» Pour quelle raison au monde, s'interrogea-t-il encore, sommes-nous allongés dans les bois, à observer des licornes? Des licornes ou des fées. Dieu sait que nous en avons trop souvent vu, des fées, de l'autre côté du fleuve, plus que nous l'aurions souhaité! C'est trop absurde! Dès que Yolanda nous a dit que nous pourrions surprendre des licornes, nous avons obéi, sans poser la moindre question... »

Jusque-là, leur marche s'était déroulée sans problème.

Jean les avait déposés un peu plus au sud que prévu, car le temps était clair et les eaux calmes. La clarté des étoiles et de la lune, qui s'était levée, avait rendu la traversée plus aisée. Ils avaient abordé sur une grève caillouteuse, au débouché d'un profond ravin qui s'ouvrait entre deux collines escarpées et couvertes de forêt. La rive nord du fleuve ne présentait pas de falaises crayeuses, mais les collines étaient souvent plus élevées qu'au sud. Ils s'étaient engagés dans le ravin, mais avaient dû s'arrêter sous les arbres et attendre la première clarté de l'aube pour pouvoir continuer.

Dès qu'il s'était avancé dans le ravin, Harcourt avait été saisi par une impression de menace, de mystère. « Ce territoire est hanté, nous y sommes des étrangers, des intrus. » Il essaya de se dominer et de réfléchir à quelque raison logique pour expliquer ce sentiment. « Je ne dois pas laisser courir mon imagination. Après tout, ce pays n'est pas essentiellement différent du mien. Comment le simple fait de traverser le fleuve peut-il expliquer un changement aussi total? » Pourtant, le sentiment d'étrangeté persistait. Quelque chose guettait là, dans l'ombre, et refusait de disparaître. Plus tard, assis avec ses compagnons dans les ténèbres de la forêt, attendant la venue de l'aube, sous l'épais manteau de feuilles qui oblitérait la clarté de la lune, Harcourt avait épié le moindre mouvement alentour, tout en se demandant comment il pourrait identifier quelque forme dans cette nuit d'encre. Il ne percevait que des sons, des frôlements, des glissements. Dans les intervalles de silence, tous ses nerfs vibrant comme des cordes trop tendues, il guettait plus intensément encore et en éprouvait presque de la souffrance. Une souffrance à nulle autre pareille. Il avait le sentiment atroce d'être paralysé, impuissant contre un invisible cnnemi. Devant lui, autour de lui, il ne devinait rien contre quoi frapper. Pourtant, il y avait quelque chose. « Je ne peux avertir les autres, car je ne ferais que les effrayer s'ils ne ressentent pas la même chose que moi. Suis-je donc un lâche? »

Au premier soupçon de lumière, sa peur commença à se dissiper un peu. Il distinguait ce qui l'entourait et, désormais, nul ennemi ne pourrait se glisser en rampant jusqu'à lui. Lentement, Harcourt discerna les fûts géants des arbres, les branches noueuses et les nids de mousse et de lichens. Le sentiment d'une présence invisible persistait pourtant. Lorsque les compagnons parlèrent entre eux, ce fut à voix basse, comme s'ils redoutaient de briser le lourd silence de la forêt.

Ils avaient repris l'escalade de la colline. Le sol qu'ils foulaient étaient une épaisse couverture de feuilles, d'écorce et de branches pourries. « D'autres êtres humains sont-ils jamais passés par-là? Dans ce territoire sauvage, rien ne peut attirer les hommes », se dit-il.

Enfin, après plus d'une heure de marche, la forêt s'était faite moins dense et l'impression de menace latente s'était estompée. Et maintenant, ils regardaient les licornes qui jouaient dans la clairière, au sommet de la colline. Au-delà, le terrain s'inclinait vers une autre forêt profonde. « Cet endroit, où les licornes s'ébattent, a sans doute été un domaine, autrefois, songea Harcourt. Une ferme s'est peut-être dressée dans la clairière. » De fait, en examinant soigneusement le terrain, il crut déceler quelques irrégularités du sol qui pouvaient correspondre à des ruines. Rien d'étonnant à cela : ce pays avait été jadis habité par des humains forcés à fuir devant le Mal.

Quelque chose venait de changer dans les jeux des licornes. Brusquement, plusieurs d'entre elles se rassemblèrent et coururent vers le fond de la clairière, poursuivant une silhouette sombre. Harcourt plissa les yeux pour essayer de distinguer l'être qui fuyait devant les licornes. Un ours ou un homme? Il n'aurait su le dire avec certitude.

Les autres animaux avaient cessé de gambader et, immobiles, observaient la scène. Puis, comme répondant à un signal, toutes les licornes se mirent à trotter ensemble, encerclant celui qui fuyait. Le cercle se referma et les sabots s'abattirent en cadence comme autant de couteaux.

Harcourt se dressa sur les genoux mais son arc, qu'il avait glissé dans son carquois, s'accrocha dans une branche, et il perdit l'équilibre. Une main s'abattit sur son poignet et le plaqua au sol.

– A plat ventre! souffla Yolanda sans le lâcher. Pour l'amour de Dieu, ne bougez pas!

– Mais c'est un homme!

– Je croyais que c'était un ours, dit l'abbé. Je l'aurais juré.

– Homme ou ours, dit Yolanda, nous ne pouvons rien faire. Elles sont en train de le réduire en lambeaux. Et nous subirions le même sort si nous essayions de lui venir en aide.

– Ce serait inutile, dit l'abbé. Elles en font de la charpie.

Le cornes frénétiques se redressèrent, projetant dans les airs une forme noirâtre et disloquée qui retomba avec un bruit mou. Les cornes s'abaissèrent à nouveau et triturèrent la chose déchirée, les sabots piétinant à l'unisson; bientôt il ne resta plus que quelques fragments dans l'herbe de la clairière.

Harcourt sentit sa gorge se serrer douloureusement. « Tant de beauté, se dit-il, tant de grâce, et tout cela pour tant de cruauté. Le Mal... Ici, le Mal rôde partout... »

Il roula sur le côté pour dégager son arc tout en songeant qu'il s'était encombré là d'une arme bien gênante. Il avait longtemps hésité avant d'imiter les autres et de prendre un arc. Il l'avait toujours considéré comme une arme de lâche. Un bon archer, à distance, pouvait abattre un groupe de braves sans se trouver menacé par leurs glaives. Pour Harcourt, c'était un jeu injuste. Mais il s'était rangé à l'avis de ses compagnons : l'arc pourrait se révéler ici une arme efficace, peu encombrante, rapide, légère. Et il leur avait paru préférable à tous les quatre de s'armer. Harcourt était le seul, en tout cas, à porter une épée. Le Noueux avait choisi une hache de combat à manche court, Yolanda n'avait pris qu'une dague en plus de son arc, et Guy, ce gros balourd, avait opté pour une massue, prétextant qu'il lui était interdit de répandre le sang. « Cette distinction, songea Harcourt, est si subtile, et combien ridicule! » Pourtant, un des représentants de l'Eglise ne pouvait porter de lame. Cependant, une masse pouvait tuer aussi facilement, et sans doute moins proprement qu'une épée.

Ayant réussi à dégager son arc, Harcourt essaya de s'extraire du fourré. Mais le coude de l'abbé lui arriva droit dans la tempe. Il avait sans doute l'intention de lui cogner les côtes et avait été surpris par son mouvement.

Harcourt, les oreilles bourdonnantes, tourna la tête. L'abbé lui désignait le ciel où trois formes flasques venaient d'apparaître.

Trois dragons, qui plongeaient vers la clairière. Pour la deuxième fois en quelques jours, Harcourt rencontrait les monstres écailleux. « Et cela fait deux fois de trop, se dit-il. Quand les dragons plongent ainsi, c'est signe de mort rapide, ou pire encore... »

Les licornes avaient de leur côté aperçu les dragons et se dispersaient, galopant frénétiquement vers l'abri de la forêt. Jamais Harcourt n'aurait cru que les dragons pouvaient considérer les licornes comme des proies mais, apparemment, ils faisaient chère de tout : porcs, humains, licornes et bétail...

Les licornes se regroupèrent et foncèrent droit sur le fourré où se dissimulaient Harcourt et ses compagnons. Paralysé, il les vit venir; de toute façon, ils n'auraient pas eu le temps de se dégager du fourré. Les sabots acérés et les cornes pareilles à des lances étaient déjà sur eux tandis que les dragons fendaient le ciel, rapides comme l'éclair, les ailes repliées, le cou tendu, les serres déployées.

Harcourt croisa les mains sur sa nuque et essaya de ne faire qu'un avec le sol.

Les licornes allaient les piétiner. Il distingua un sabot qui s'enfonçait comme une lance dans la terre; la boue gifla son visage. Un autre sabot griffa sa jambe droite. Harcourt aperçut brièvement une autre licorne qui se préparait à bondir, à quelques centimètres de son visage. Là-bas, dans la clairière, un glapissement terrifiant s'éleva.

Les licornes disparurent dans la forêt.

Levant la tête, Harcourt vit alors deux des dragons qui s'élevaient au-dessus des arbres, ailes déployées. Le troisième était encore dans la clairière, luttant frénétiquement pour reprendre l'air, tenant le corps inerte d'une licorne dans ses serres.

Quelque chose pendait à son cou : une corde de plus de trois mètres de long, au bout déchiqueté.

Harcourt agrippa l'épaule de l'abbé.

– Vous avez vu ça? Vous avez vu cette corde?

– Que le Dieu tout-puissant me vienne en aide, souffla l'abbé.

– Mais c'est impossible, dit Harcourt d'une voix tremblante.

– Et pourquoi pas? Qui d'autre que toi et Hugh serait assez fou pour essayer de passer une corde au cou d'un dragon?

Lentement, le dragon s'éleva avec sa proie, traînant toujours sa corde.

Bientôt la clairière fut vide.

– Tout le monde va bien? demanda le Noueux.

– Ça va, dit Yolanda. Elles ne m'ont même pas effleurée.

Ils se relevèrent et se regardèrent, encore incrédules.

– On a eu de la chance, dit le Noueux.

– Dieu veillait sur nous, ajouta Guy. Pour moi, c'est le signe certain qu'Il nous tient sous sa protection.

– En tout cas, nous nous sommes montrés stupides, dit Harcourt. Coincés comme ça dans ce fourré pour regarder des licornes.

Il se tourna vers Yolanda; pas une tache n'avait maculé sa robe, pas une mèche de ses cheveux n'avait bougé.

– Et cet homme? demanda-t-il.

– Je ne crois pas qu'il s'agissait d'un humain, fit le

Noueux. Je pense comme l'abbé qu'il s'agissait d'un ours.

– Si c'était un homme, dit l'abbé, il conviendrait de prononcer quelques prières pour son repos...

– S'il reste de quoi l'identifier, dit le Noueux.

– Il me déplaît d'avoir à le dire, intervint Yolanda, mais le Noueux a raison, l'abbé. Nous n'avons pas de temps à perdre. Il faut repartir.

– Je suis certain que c'était un homme, insista Harcourt. Nous n'avons été ni chevaleresques ni pieux en restant tapis dans les buissons. A présent qu'il est mort, nous pourrions faire quelque chose pour lui.

– Charles, dit l'abbé, tu perds l'esprit. Je ne te reconnais plus. Tu as déjà vu mourir des hommes.

– Oui, mais...

– Bien que cela me chagrine, je pense que nous devons nous en aller sans perdre plus de temps. Et, de toute façon, je persiste à penser qu'il s'agissait d'un ours.

Les quatre compagnons reprirent leur route en direction de l'ouest, suivant la crête des collines et marchant d'un bon pas. Yolanda s'était portée au-devant, en éclaireur; les autres avaient fini par ne plus prendre garde à ses disparitions.

– Je commence à avoir faim, déclara l'abbé. Nous n'avons rien pris depuis la nuit dernière. Que diriez-vous d'une petite halte le temps de manger un peu de pain et de fromage?

– Vous n'avez qu'à les prendre dans votre sac, dit le Noueux d'un ton bougon, et grignoter sans vous arrêter.

– Je déteste manger en marchant. Cela me remue l'estomac et me donne immanquablement la colique.

– Dans moins de deux heures, nous pourrons nous arrêter pour la nuit, dit Harcourt. Le soleil décline. Nous avons bien marché, mais pas assez encore à cause de ces licornes qui nous ont retardés.

L'abbé émit un grognement mais ne ralentit pas,

essayant au contraire de se maintenir à la hauteur de ses deux compagnons. Une heure plus tard, ils atteignirent un point à partir duquel la piste plongeait tout droit vers une vallée profondément encaissée, emplie de brumes. Tout au fond, ils distinguèrent des étangs, des lacs et des ruisseaux miroitants. De l'autre côté, les collines semblaient lointaines et bleutées dans la clarté déclinante du jour.

– Un fen, dit le Noueux d'un air dégoûté. J'espère que nous trouverons un chemin pour le contourner. Il ne fait pas bon s'aventurer dans les fens (1).

– Celui-là n'est pas très grand, dit l'abbé, mais ça me paraît bizarre de le trouver là, en plein milieu des collines.

– Il s'en forme un là où l'eau s'accumule.

– Nous devrions peut-être changer notre plan, en ce cas, dit l'abbé. Pourquoi ne pas marcher droit au nord jusqu'à ce que nous rencontrions la voie romaine? Les Romains sont d'excellents ingénieurs. Nous ne risquerions pas de nous perdre dans les forêts ou de patauger dans des fens.

– Sur la voie, nous serions dévorés avant la fin du jour, remarqua le Noueux.

Harcourt entendit un bruissement de feuilles et se retourna : Yolanda se trouvait à quelques mètres, les observant d'un regard perçant sous le capuchon de sa robe.

– Messieurs, annonça-t-elle, j'ai trouvé un endroit où camper, avec une source à proximité, et un jeune chevreuil accroché à un arbre.

– Du gibier! croassa l'abbé, bouleversé. Du gibier! Et moi qui parlais de me sustenter de pain et de fromage!

Tous suivirent Yolanda et, avant le soir, ils avaient allumé un feu, rassemblé une provision de bois, et

(1) Les fens sont des dépressions marécageuses ou de vastes tourbières que l'on rencontre surtout en plaine. (N.d.T.)

d'épaisses tranches de chevreuil rôtissaient sur un lit de braise.

L'abbé s'était assis, le dos appuyé au tronc d'un arbre énorme, les mains croisées sur son ventre, la massue posée tout près de lui. Il huma bruyamment et déclara :

– Voilà une conclusion parfaite à une journée fertile en collines à escalader, en dragons et licornes. Le fumet de cette venaison nous console de toutes nos épreuves.

– Ce fen qui nous barre la route, demanda le Noueux à Yolanda, crois-tu que nous devrons le traverser?

– Non, nous n'aurons qu'à le contourner.

– Dieu soit loué, soupira l'abbé. (Il s'adressa à Harcourt :) Notre charmant guide vaut bien son poids en sel.

Ils dévorèrent goulûment leurs tranches de chevreuil, et l'abbé se resservit plusieurs fois. Quand il s'estima repu, sa barbe était luisante de graisse.

Puis ils s'étendirent près du feu avec une sensation de réconfort. L'abbé prit une bouteille de vin dans son sac. La nuit était tombée, à présent : des cris d'oiseaux s'élevaient du fen, une douce brise murmurait dans les feuillages. « Tout est calme, se dit Harcourt, bien trop calme et plaisant. » En dépit de l'euphorie du repas et du calme qui régnait, une sourde appréhension montait en lui. Ne se trouvaient-ils pas dans un pays hostile, étranger?

Par-delà le feu, il regarda Yolanda qui se tenait accroupie, les jambes croisées. Une expression de douceur qu'il ne lui avait jamais vue s'était dessinée sur son visage. Mais peut-être était-ce là une illusion créée par les flammes? « Yolanda se sent en paix avec elle-même, se rassura-t-il; c'est elle qui, la première, devinera la présence d'un danger. »

L'abbé se redressa péniblement pour nourrir le feu.

– Est-ce bien utile? demanda Harcourt. A présent que nous avons mangé, peut-être vaut-il mieux laisser mourir les flammes?

– Te revoilà encore plongé dans une de tes humeurs sombres, hein? fit l'abbé en souriant. Pourquoi ne te détends-tu pas comme nous tous? Nous ne sommes encore qu'à la lisière du Pays Vide, et il est peu probable que nous courions un danger.

– Nous avons rencontré licornes et dragons.

– Les licornes sont loin, à cette heure. Quant aux dragons...

Il se tut brusquement, sur le qui-vive. Harcourt se redressa.

– Guy, que se passe-t-il?

Ils entendirent en même temps le bruissement et se levèrent d'un bond. Harcourt porta la main à son épée, mais le silence s'était rétabli. Tous quatre debout, ils épièrent l'obscurité.

« Ce n'était peut-être qu'un oiseau nocturne, songea Harcourt. Ou bien un petit rongeur qui grattait entre les racines d'un arbre... »

L'abbé saisit sa massue tandis qu'Harcourt rejoignait Yolanda.

– As-tu entendu quelque chose? demanda-t-il.

– Ce que vous-mêmes avez dû entendre. Quelque chose a bougé, là, dans les feuilles.

La brassée de bois que l'abbé avait posée dans le feu s'embrasa soudain et Harcourt vit alors la chose qui avait fait du bruit dans l'ombre : un monticule informe de glèbe s'érigeait derrière le chêne gigantesque qui dominait leur camp, soulevant les feuilles et la mousse, les branches mortes, les moisissures et les ossements pourrissants de mille petites créatures. Cette forme qui se dressait appartenait au sol de la forêt, elle était la terre même, devenue vivante et mouvante. Une odeur de pourriture envahit l'air de la nuit en même temps qu'un sentiment de mal absolu, presque physique. L'odeur était tellement atroce qu'Harcourt et ses compagnons titubèrent, portant la main à leur gorge, comme si quelque poigne gluante tentait de les étrangler.

Harcourt recula sous la pression du mal et de la puanteur. Il tira son épée du fourreau et l'acier bruni miroita avec un éclat sanglant dans la clarté des flammes. Mais la motte informe qui grandissait auprès du chêne n'était pas faite de sang. « Si je tranche dedans, songea-t-il, je ne lui arracherai qu'un suint vert ou bien un flot d'encre. » Un instant, Harcourt crut discerner des griffes et des crocs dans le monticule immonde, mais ils se trouvaient placés à des endroits impossibles : ce ne pouvait être que des fragments de pierre ou d'os arrachés à l'humus.

Le tas affreux de feuilles humides, de charogne, d'écorce fangeuse, d'excréments et de plumes moisies qui s'érigeait dans la clairière prenait, dans la clarté du feu, des apparences de vie. L'odeur de mort devint plus dense en même temps que l'impression de malédiction se renforçait. Harcourt fut pris d'un spasme, déchiré par le dégoût et l'horreur devant le spectacle de cette chose qui osait émerger des profondeurs et se montrer dans la création. Il s'avança, mais l'abbé fut plus vif que lui. D'un seul mouvement, Guy saisit sa massue à deux mains et la fit tournoyer dans les airs. Le monticule abject se recroquevilla avec un bruit affreux de succion et des gouttelettes de boue volèrent alentour, répandant une odeur de putréfaction encore plus ignoble. Harcourt fit encore deux pas en avant, mais il ne parvint pas à rejoindre l'abbé. La puanteur le submergea et le plia en deux. Les larmes jaillirent de ses yeux et le goût aigre de la bile emplit sa gorge. Ses mains battirent l'air, impuissantes, comme s'il tentait de nager dans le flot d'abjection. Par un effort surhumain, il parvint à se redresser pour s'apercevoir que le monticule avait disparu; pourtant, l'abbé continuait de frapper, abattant sa massue en cadence sur la boue encore frémissante, hurlant de rire, souillé de boue.

Harcourt voulut crier, mais les mots se bloquèrent dans sa gorge douloureuse. Finalement, il parvint à gronder d'une voix sourde :

– Guy... arrête!

L'abbé ne parut pas l'avoir entendu. Il s'acharnait toujours sur les derniers fragments de la chose et Harcourt dut le prendre par le bras.

– Pour l'amour de Dieu, mon ami! Il ne reste plus rien!

– Oui, quand j'en aurai fini avec ça, il ne restera rien! Moins que rien! vociféra l'abbé en ricanant.

– Bon sang, reprends tes esprits! Il nous faut partir d'ici! Nous ne tiendrons pas un instant de plus dans cette puanteur!

A regret, l'abbé cessa de frapper et revint lentement vers le feu. Yolanda se tenait à l'écart, son écharpe pressée contre le visage. Le Noueux rassemblait déjà leurs bagages.

– Venez, dit-il. Il faut quitter cet endroit.

Harcourt saisit deux sacs qu'il jeta par-dessus son épaule et poussa l'abbé.

– Ça, c'est réussi! gronda le Noueux à l'adresse de Guy. C'était vraiment malin!

– Mais tout ce mal! protesta l'abbé. Ne l'avez-vous pas senti?

– On ne s'attaque pas à un putois, dit le Noueux d'un ton sévère. On le laisse en paix ou bien on fait un détour.

– Mais je l'ai tué. Il le fallait bien, non?

– On ne tue pas une chose pareille. Elle ne peut pas mourir. On ne peut qu'espérer qu'elle s'en aille. C'est tout.

Ils s'engagèrent dans les ténèbres, descendant la colline entre les arbres, en direction du fen. Ils se heurtaient régulièrement aux branches, trébuchaient ou se cognaient aux troncs, mais ils progressaient rapidement.

C'est en approchant du bord du fen qu'Harcourt

perçut la plainte. Il se figea sur place et prêta l'oreille. Le son venait de très loin, étouffé par la distance et les souffles du vent. Mais c'était indéniablement un gémissement, il ne pouvait en douter. Quelque chose, là-bas dans le fen, souffrait et appelait.

– Qu'est-ce donc? demanda-t-il.

– Des esprits perdus, lui dit Yolanda. Des esprits abandonnés qui lancent leur plainte, là-bas, dans le fen.

– Des esprits? Tu veux dire des fantômes?

– Ce pays en est peuplé. Ils sont si nombreux à être morts sans absolution.

– Je n'avais encore jamais songé à ce détail, dit le Noueux, mais c'est sans doute vrai. Tous n'ont pas réussi à fuir quand le Mal a envahi cette terre. Nombreux ont été ceux qui furent pris au piège. Les autres se sont cachés, ou bien ont essayé.

La plainte s'était tue. Le petit groupe attendit encore plusieurs minutes, puis reprit sa route vers le bas de la colline. Sous le clair de lune, le fen avait un aspect sinistre : l'eau argentée était cernée d'ombres noires et les buissons et les roseaux semblaient de bronze. Droit devant eux, ils découvrirent un petit étang bordé d'herbes hautes sur son étroite berge sableuse.

La plainte se fit entendre encore une fois, plus faible, plus lointaine; puis le silence revint, épais, absolu.

– Je sens encore cette puanteur, dit Harcourt, mais elle est plus supportable.

– Nous l'avons emportée avec nous, fit le Noueux. Dans un jour ou deux, elle aura disparu. Nous pourrions prendre un bain et laver nos vêtements.

– Mais qu'était-ce donc? insista Harcourt. Je n'ai jamais encore vu une chose pareille et nul ne m'en a jamais parlé.

– Le contraire serait bizarre, dit le Noueux. Bien peu en ont effectivement eu vent... Ce phénomène est un esprit élémentaire venu des temps anciens. Il appartient à la terre, et a été engendré par elle. C'est une chose qui grandit à partir de la matière morte. Mais elle ne dépend pas du Mal. Elle se trouvait là bien avant sa venue. On raconte qu'il fut un temps où les élémentaires étaient nombreux. Je pensais qu'il n'en restait plus aucun. Mais dans un tel endroit...

– Tu dis que rares sont ceux qui ont entendu parler des élémentaires. Pourtant, tu sembles les connaître, toi...

– Ce sont de vieilles histoires que racontent ceux de ma race. Voilà pourquoi je les connais.

– Ta race?

– Oui, bien sûr, dit le Noueux d'un ton tranquille. Tu n'en parles jamais, comme tous les autres, mais tu sais bien que je ne suis pas un homme.

– Pardonne-moi, dit Harcourt.

– Inutile de t'excuser. Je vaux n'importe quel humain.

– Allons nous laver, proposa l'abbé. Ensuite, nous pourrons essayer de dormir un peu. Je pense que nous manquons de sommeil.

Sur ce, il se dirigea vers l'étang et entra dans l'eau jusqu'à la taille. Il s'aspergea le visage et les bras, puis se mit en devoir de frotter ses vêtements.

– Il faudrait prendre un tour de garde, dit Yolanda.

– J'assurerai le premier, dit Harcourt.

– Et moi le suivant, fit le Noueux.

Harcourt mesura le temps passé en observant les étoiles et éveilla bientôt le Noueux qui se redressa en grommelant.

– Comment ça se passe? demanda-t-il.

– Tout est calme. J'ai bien entendu quelques bruissements de feuilles dans les bois, mais rien qui ressemble à ce que nous avons entendu sur la colline. Ce ne sont probablement que de petits animaux. Il y a eu aussi une plainte au fond du fen, mais c'est tout.

– Très bien. Glisse-toi dans ta couverture et essaie de dormir.

Harcourt s'étendit, mais il fut longtemps sans trouver le sommeil. Il passa un long moment à observer les étoiles et à songer. « Je ne suis pas humain, avait reconnu le Noueux pour la première fois. Ma race connaît les élémentaires. » Il avait parlé comme si les élémentaires avaient été autrefois très nombreux sur terre. Ils étaient là avant le Mal, avait-il prétendu. Mais lui, Harcourt, n'avait jamais entendu parler d'une race d'hommes noueux. Pour lui, n'existait que le Noueux, seul et unique, et il n'avait jamais même envisagé que puisse exister une race de Noueux. Les élémentaires, donc, étaient anciens, puisque le Mal lui-même remontait très loin et que les élémentaires, à en croire le Noueux, habitaient la terre bien avant lui. Il avait dit aussi que les élémentaires se raréfiaient et qu'il était surpris d'en rencontrer encore un. A la vérité – si le Noueux avait vécu dans le même monde que les élémentaires – il pouvait assurer qu'il ne devait rester que peu d'hommes noueux.

« Dès mon retour au château, se promit Harcourt, j'interrogerai grand-père, encore que ce soit là un sujet délicat à aborder. » Son grand-père admettrait que ses questions étaient aussi sincères que justifiées, mais il pourrait bien entrer dans une belle colère... Car, depuis des années, le Noueux et lui étaient de fidèles compagnons.

Finalement, l'esprit d'Harcourt se perdit et s'obscurcit dans ce débat, et il sombra dans le sommeil. L'abbé l'éveilla sans ménagement en lui secouant l'épaule.

– Debout. Il y en a d'autres. Plein les bois. Ils nous encerclent.

Harcourt se leva.

– Qu'est-ce qui nous encercle?

– Les tas de pourriture, dit l'abbé. Je me serais bien chargé d'eux, mais le Noueux s'est tellement déchaîné avec le premier...

Harcourt vit que le jour pointait.

Yolanda venait de s'éveiller et sortait de sa couverture en hâte. Quant au Noueux, il se redressait à peine, clignant des yeux, abasourdi.

– Que se passe-t-il encore? Ne peut-on pas avoir la paix un instant?

– Les tas nous ont cernés, dit l'abbé.

– Tu en es sûr?

– Absolument. Ils nous barrent la route d'un bout à l'autre du fen. Nous sommes coincés. Cette fois, je n'ai rien entendu. J'ai seulement aperçu le premier quand le ciel s'est éclairci. Alors, je suis allé voir.

Le Noueux se tourna vers Yolanda.

– Tu prétends que nous pouvons faire le tour du fen. Mais est-il encore possible de le traverser?

– Peut-être. Il doit exister un sentier, difficile d'accès, certainement. Nous serons obligés de patauger, mais je crois que nous réussirons à traverser.

– Mais c'est fou! protesta l'abbé. Essayons plutôt de passer à travers ces monticules.

– Il se pourrait que nous y parvenions, dit le Noueux d'un ton lourd, mais je préfère ne pas essayer. Vous ne connaissez rien de ces phénomènes.

– Mais tu as dit que...

– Peu importe ce que j'ai pu avancer. Nous allons traverser le fen. Et je ne pense pas qu'ils nous suivent.

10

Les esprits se rapprochaient du petit groupe, malgré le jour. Par instants, Harcourt croyait les voir dans le frémissement d'air chaud, comme par une journée torride d'été, au-dessus d'un champ de blé. Car ils lui parlaient sans cesse. La plupart du temps, Harcourt ne parvenait pas à discerner ce qu'ils disaient mais, à d'autres moments, il lui semblait comprendre. C'était comme un marmonnement qui lui rappelait les bavardages étouffés de sa mère et de sa servante, lorsqu'elles étaient occupées à coudre ou à broder, enfermées dans une pièce.

Harcourt pataugeait dans le marais, de l'eau jusqu'aux hanches, arrachant avec peine ses bottes à la fange du fond. Les autres le suivaient; des nuages d'insectes tourbillonnaient autour de sa tête et il agitait régulièrement les bras dans l'espoir de les chasser. Mais jamais leur sifflement ne le quittait, de même que le murmure des voix dans le soleil.

Il atteignit enfin un tertre qu'il avait repéré depuis longtemps, et se hissa péniblement sur la terre ferme en essayant de reprendre son souffle. Yolanda le talonnait, et il l'aida à s'extraire du marais. Puis le Noueux et enfin l'abbé les rejoignirent; tous restèrent un long moment silencieux, assis côte à côte sur le tertre, hors d'haleine, le visage rouge, souillés de boue et d'herbes.

– Je ne pense pas que je recommencerai, dit enfin l'abbé. Je ne déteste pas un peu de marche de temps en temps, mais brasser la boue de la sorte...

– Nous n'en serions peut-être pas réduits à cette extrémité, dit le Noueux, si vous aviez laissé ce monticule de glaise en paix. Mais non, il a fallu que vous le réduisiez en gadoue pour notre plus grand bien...

– Tu ne vas quand même pas me dire, protesta l'abbé, que ces tas de pourriture ont été engendrés par celui que j'ai détruit. Ni prétendre que les tas épars nous ont suivi pour grossir et nous prendre au piège!

– Je n'en suis pas certain, dit le Noueux. J'ai entendu, de mon temps, bien des histoires effroyables à propos des monticules. Il se peut que cette colline leur ait été un terrain favorable. Il leur a fallu probablement de longues années pour se former, mais quand ils ont été avertis...

– Avertis?

– Oui, prévenus qu'un ennemi approchait; alors, ils se sont probablement rassemblés et ont cherché à se venger...

– Se venger, grinça l'abbé en levant sa massue. Si tu m'avais laissé faire, je crois effectivement qu'ils auraient eu des raisons de se venger...

– Oublions cela, intervint Harcourt. N'en parlez plus, vous deux. (Il se tourna vers Yolanda.) Juste en face, sur cette île, je crois distinguer un nouveau sentier.

– Alors, je ne me suis pas trompée, dit-elle. J'ai craint un instant que nous n'ayons pris une fausse piste. Mais le sentier a été inondé, voilà tout. Maintenant, nous allons le retrouver.

– Nous le perdrons sans doute de nouveau, Yolanda, reprit Harcourt en haussant les épaules. Ce terrain est traître. Mais il faut continuer. Où crois-tu que nous soyons? A mi-chemin?

– Je ne pense pas. Non, pas vraiment. Mais ce serait bien si nous pouvions traverser avant la nuit.

– Certes, assura le Noueux, si nous ne perdons pas notre précieux temps en bavardages chaque fois que nous posons le pied sur un bout de terre ferme.

– Mais si nous ne prenons pas un peu de repos parfois, dit l'abbé, nous ne réussirons jamais à traverser. Il faut bien souffler un peu...

– Vous êtes le plus gros et le plus gras des paresseux que j'aie jamais rencontrés, proféra le Noueux d'un air écœuré.

– Noueux, dit l'abbé, je t'ai toujours bien aimé, même avec ta drôle de tête. J'ai du respect pour toi. Mais on dirait bien que l'effort te rend méchant...

– Arrêtez de vous chamailler, intervint Harcourt. Si vous êtes ici, c'est que vous l'avez voulu. Personne ne vous y a obligés.

– Ce que je veux savoir, insista l'abbé, c'est pourquoi nous devons patauger dans ce trou. A nous quatre, nous aurions pu passer à travers les tas de boue et rejoindre facilement la terre ferme, non? Qu'auraient-ils pu faire pour nous arrêter? Vous avez vu celui du camp? J'en suis venu à bout à coups de massue... Je l'ai complètement aplati.

– Peut-être est-ce une bonne question, dit Harcourt en s'adressant au Noueux. Je me la suis posée moi-même. Bien sûr, nous te croyons sur parole...

– Oui, je suis heureux de te répondre. Le monticule du camp ignorait à quel genre de fou il avait affaire. Et ce brave chrétien ne lui a pas laissé une chance. Il lui a fait cadeau de vingt livres de fer et...

– Mais que pouvais-je faire d'autre? s'emporta l'abbé. Cette chose malveillante était là à nous empuantir et...

– J'ai essayé de vous mettre en garde, mais il était trop tard pour vous arrêter, ce qui aurait pourtant été la seule chose raisonnable à faire. Cependant, je dois ajouter que pas un seul instant je n'ai songé que d'autres tas viendraient nous assiéger. Je connais leur histoire, je sais ce qu'ils sont, et leur réaction était impensable, en vérité. On les appelle monticules ou tas, mais il existe un autre nom, un nom historique...

– Tu parles beaucoup, dit l'abbé, mais tu ne dis rien, en fait. Alors peux-tu m'expliquer maintenant, aussi simplement que possible, pour quelle raison nous n'aurions pu franchir la ligne de ces monticules puants?

– Nous aurions eu une chance infime de réussir, dit le Noueux. Mais le risque encouru aurait été terrible. Vous avez tous senti le Mal.

– Bien sûr, dit Harcourt. Il était aussi puissant que la puanteur. Je ne sais si j'ai vomi à cause de lui...

– Moi, je n'ai pas été malade! claironna fièrement l'abbé.

– Parce que vous n'avez aucune sensibilité, gronda le Noueux. Vous parlez d'âme, mais où donc est la vôtre?

L'abbé se dressa en brandissant sa massue.

– Tu n'as pas le droit de me parler sur ce ton!

– Assis! lança Harcourt d'un ton glacé. Et pose-moi cette satanée masse! Nous ne devons pas perdre notre sang-froid, même si nous devons mourir!

L'abbé se rassit en grommelant, mais garda son arme à portée de main.

– A présent, dit Harcourt au Noueux, réponds à la question, veux-tu, et sans commentaire.

– Voici ma seule réponse : nous avons affaire à une créature pareille à aucune autre. Elle provient du plus profond du commun dénominateur de la nature. Et la nature, ne l'oublions pas, est féroce. Féroce et indifférente. Elle ne connaît pas l'amour, n'a pas à se soucier du sort des êtres ou des choses. Il n'existe aucun moyen de l'influencer, on vit selon ses règles : une seule faute et elle vous tue, sans passion. La définition du Mal, c'est le manque absolu d'amour. Une chose mauvaise ne ressent nul amour, ignore même le concept d'amour, n'en soupçonne pas l'existence. Les monticules n'ont pas demandé la vie : elle leur a été insufflée par quelque alchimie produite par la matière morte de la terre. Et il se peut qu'ils détestent la vie, qu'ils souffrent d'avoir été ainsi jetés dans ce monde sans l'avoir voulu. Commencez-vous à comprendre à quoi nous avons affaire?

– Oui, peut-être, dit brièvement Harcourt.

– Si nous avions attaqué les monticules, poursuivit le Noueux, ils nous auraient probablement tués avant même de nous trouver à leur portée. Ils auraient utilisé le poison dont ils sont chargés, la puanteur, le Mal... Car nul ne peut savoir précisément ce dont ils sont capables, car il faudrait les étudier, et avant de le pouvoir, vous seriez mort... Etes-vous satisfait de ma réponse? (Il n'y eut pas un mot.) Ils naissent de préférence au milieu des forêts, dans des endroits calmes où les débris se sont accumulés depuis des années... Mais peut-on appeler cela naître... Dans cette forêt, le sol est probablement resté le même depuis des siècles. Mais jamais encore je n'avais entendu parler d'une situation telle que celle d'aujourd'hui. Aucune des légendes de mon peuple ne mentionne la présence d'autant de monticules en un même lieu... Le fait d'avoir attaqué le premier a dû provoquer l'émergence des autres, mais je n'arrive pas à imaginer comment ils ont pu communiquer. Personne n'a jamais pensé qu'ils étaient capables de se parler.

– Mais ici, ils ne peuvent pas nous atteindre, n'est-ce pas? demanda Yolanda.

– Cela me paraît peu probable. Ils peuvent parfois se déplacer assez rapidement, mais ont plutôt tendance à demeurer près du lieu de leur naissance. A mon avis, ils ne quitteront pas la forêt ni ne s'aventureront dans le fen. (Il secoua la tête.) Vous devez comprendre que j'ai été aussi surpris que vous. Ces phénomènes remontent à des temps révolus. Les plus vieilles légendes prétendent qu'ils furent nombreux en un temps oublié. Mais les forêts sont devenues moins étendues, leur habitat a été détruit et ces apparitions se sont faites de moins en moins nombreuses. Si vous me l'aviez demandé, je vous aurais répondu que les monticules nés de la terre avaient disparu.

– Personne ne t'aurait jamais posé la question, dit Harcourt, car nous n'en avions jamais entendu parler et jamais tu n'as mentionné leur existence.

– Il y a bien des choses dont je n'ai jamais mentionné l'existence, conclut le Noueux. (Ce disant, il se leva et ajouta :) Et si nous y allions? J'ai cru t'entendre dire, Charles, que tu avais repéré un sentier?

– Oui, je vais marcher en tête. On ne distingue pas bien ce chemin avec tous les roseaux et les buissons, mais je crois qu'il débute là-bas, dans cette île.

– Et personne n'a été dérangé par ces chuchotements et ces plaintes? demanda l'abbé. (Il se tourna vers Yolanda.) N'as-tu pas dit qu'il s'agissait d'esprits?

– Oui, c'est du moins ce qu'on prétend. Les fantômes tourmentés de ceux qui sont nés hors du sein de notre mère l'Eglise. Ils errent ici et en bien d'autres lieux. De nombreux réfugiés humains ont dû périr dans ce pays, en fuyant devant le Mal.

– N'y a-t-il rien que l'on puisse faire pour eux? Ne peut-on leur rendre la paix?

– Je l'ignore. Je sais seulement qu'ils sont là. Je n'ai jamais conversé avec aucun. Mais, bien sûr, j'ai pitié d'eux, comme tout bon chrétien.

– Vous pourriez essayer de répandre un peu d'eau bénite, suggéra le Noueux à l'abbé.

Guy fit entendre un grognement irrespectueux et se leva en repliant sa soutane humide et maculée de boue.

Les quatre compagnons se remirent en route et traversèrent le tertre qui, ainsi qu'Harcourt l'avait prévu, n'était qu'une petite levée de terre entourée d'eau. Lorsqu'ils parvinrent à l'extrémité, ils durent de nouveau plonger dans la vase. Par endroits, ils avaient de l'eau jusqu'à la taille et ils ne cessaient de se heurter aux souches et blocs de rochers englués dans la boue du fond. Ils progressaient lentement, les sens aux aguets.

Ils traversaient parfois des étendues d'eau libre, mais pour retomber très vite dans des méandres fangeux et étroits, encombrés de bancs d'herbes et de joncs, d'arbres morts et pourris qui avaient dû être robustes et verts avant la formation du fen.

Les esprits, qui avaient paru se taire et s'éloigner durant la courte halte sur le tertre, revenaient à présent qu'ils pataugeaient dans l'eau, et ils percevaient leur sinistre murmure. Harcourt essayait de ne pas les entendre, de fermer son esprit à leurs plaintes mais en vain. Tout d'abord, les appels des esprits l'avaient frappé d'horreur sans qu'il en ressente la moindre honte : rien de plus normal qu'un être vivant fût effrayé par la présence de fantômes autour de lui. Et puis, au fil des heures, l'horreur et la peur s'étaient estompées et Harcourt n'éprouvait plus que de l'irritation marquée de dégoût. Alors, il s'efforçait de ne plus entendre les plaintes mais, par instants, il lui semblait que des doigts bien réels s'agrippaient à son bras et tentaient de le retenir.

Il lui arrivait aussi, dans le marmonnement informe, de distinguer des bribes de mots. Mais n'était-ce pas là un tour de son imagination? Les phrases ne provenaient-elles pas de son propre esprit?

« Retourne! croyait-il entendre. Arrière! Danger! »

Cela ressemblait à un avertissement pressant. Mais une supplique, également, se faisait entendre :

– Aide-nous. Pour l'amour de Dieu, aie pitié. Nous existons dans le pays de l'ombre, entre la vie et la mort. Nous ne sommes ni vivants ni défunts. Si tu ne nous secoures pas, nous demeurerons à jamais ici.

Pourtant Harcourt ne percevait pas distinctement le contenu de ces phrases. Il ne décelait que des segments de sons qui prenaient un sens en s'alignant dans son cerveau.

– Baissez-vous! lança brusquement l'abbé. Tous!

Sans réfléchir, Harcourt s'accroupit dans l'eau, au milieu des roseaux. Il regarda autour de lui : les autres l'avaient imité, telle une basse-cour paralysée par l'apparition d'un busard. L'abbé, en tête, leur montrait le ciel. Trois dragons survolaient le fen, trois paires d'ailes sombres. « Les mêmes, sans doute, jugea Harcourt, qui ont attaqué les licornes. » Il essaya désespérément de voir si l'un d'eux traînait une corde mais les dragons planaient bien trop haut. Lentement, ils tournaient, scrutant le sol, et Harcourt se prit à jurer en silence. Ils perdaient un temps précieux. Il fallait absolument quitter ces étendues d'eau et de vase traîtresses avant la nuit.

S'ils continuaient à gaspiller des heures à se cacher des dragons ou à épier des licornes, ils n'atteindraient jamais leur but.

Quand ils avaient évoqué la réalité de cette expédition, au château, tous avaient semblé savoir ce qui les attendait : des ogres, des trolls et autres créatures du Mal... Mais il apparaissait maintenant que le domaine du Vide n'était pas aussi restreint. En peu de temps, ils avaient rencontré deux obstacles imprévus : les monticules de terre des collines et les esprits du fen. Combien d'autres surprises leur étaient-elles encore réservées?

A présent que le groupe était immobilisé, les esprits affluaient de plus en plus nombreux. Leurs vagissements affreux envahissaient les pensées d'Harcourt. Et les mots qu'il percevait, s'il s'agissait de mots, n'avaient plus aucun sens.

Et puis, soudain, il y en eut un qui résonna entre tous les autres.

« Eloise! »

Harcourt sursauta en l'entendant et cria en réponse :

– Eloise! Où est Eloise?

– Baisse-toi! gronda l'abbé. Baisse-toi, idiot!

Il obéit. L'espace d'une seconde, il avait oublié les sinistres ailes qui continuaient de battre dans le ciel.

11

Enfin, les dragons disparurent vers l'orient. Jamais la petite bande ne sut s'ils avaient été réellement à la recherche d'êtres humains ou en simple expédition de chasse.

Harcourt n'avait plus levé la tête depuis un certain

temps. A demi accroupi parmi les roseaux, il laissait un nom résonner dans son esprit : Eloise! Eloise!

Et, durant tout ce temps, le nuage d'esprits invisibles qui se manifestait parfois, en marge de la vision, comme un reflet, un frémissement, à chaque seconde avait tourné autour de lui sans jamais cesser son bavardage inepte. Harcourt avait essayé de leur répondre, tenté de crier à l'intérieur de son esprit, pour les atteindre et converser avec eux.

« Dites-moi, leur avait-il demandé, où est mon Eloise? Pourquoi prononcer son nom? »

Il se rendait compte, horrifié, que si ces esprits informes bredouillaient son nom, il fuirait ces lieux. « Immonde! pensa-t-il. C'est immonde! Eloise ne peut se trouver ici. Je ne le veux pas. » C'était impossible, d'ailleurs, car elle n'était pas morte ici, mais au château Fontaine, de l'autre côté du fleuve.

Toutes ces questions laissèrent son esprit comme pétrifié, et Harcourt perdit conscience de l'endroit où il se trouvait, de l'éclat du soleil, de l'odeur fétide de l'eau, du bruissement des roseaux autour de lui.

Il se refusait à songer à la présence d'Eloise dans cette fondrière puante. Où la voyait-il, alors? A cette pensée, surgie soudainement des profondeurs de sa conscience, il se roidit, stupéfié qu'une telle idée lui soit venue et ait pu naître en lui.

Il ne parvenait plus à se rappeler le visage d'Eloise. Toujours, inlassablement, le vent balayait la mèche sur son visage. Et, lorsqu'il avait ouvert le livre d'heures, Harcourt n'avait pu se souvenir des mots qu'elle avait prononcés en le lui offrant; il ne parvenait plus à retrouver l'image de ses doigts tournant les pages. Elle avait dérivé, s'était éloignée de sa mémoire, perdue dans l'horizon des années passées. « Mon Dieu, se dit-il avec horreur, mon Dieu, je l'ai oubliée... Dieu tout-puissant, faites qu'elle ne soit pas ici. Faites qu'elle ne me parle pas. Si je devais la rencontrer en ce lieu, je m'enfuirais, et cela lui briserait le cœur et le mien aussi. Nous ne pourrions nous retrouver dans cet endroit atroce. Si jamais je dois la revoir, faites que ce soit en un lieu paisible et doux, une prairie remplie de fleurs. Mais pas ici, Dieu! Pas dans ce marécage impur! »

– Charles, il faut y aller! (La voix de l'abbé tonna à son oreille.) Debout, mon ami. Les dragons nous ont enfin quittés!

Harcourt se leva, comme arraché brutalement à un rêve. Il observa le ciel, immense et vide. Avec des mouvements mécaniques, il se mit en marche. A l'extrémité du chenal, le groupe déboucha dans un creux d'eau libre et calme, non loin de l'île qu'il avait repérée. Là, au-delà d'un bouquet d'arbres, le sentier reprenait.

L'abbé le rejoignit.

– Les dragons nous ont coûté beaucoup de temps, dit-il en haletant. Nous ne serons jamais sortis du fen avant la nuit!

Harcourt vit que le soleil s'inclinait à l'ouest.

– Nous ferons ce que nous pourrons. S'il faut passer la nuit ici, nous nous débrouillerons.

– Ce voyage se présente mal, insista l'abbé, très mal. Nous devrions être à des lieues de distance, sur la terre ferme.

– Tout va s'arranger. J'en suis certain. Dès que notre marche deviendra plus aisée. (Après quelques mètres, Harcourt reprit :) Crois-tu que les dragons étaient à notre recherche? Comment pourraient-ils savoir où nous sommes?

– Je l'ignore. J'y ai réfléchi et je ne comprends pas. Mais peu importe. Qu'ils soient à notre recherche ou non, ils restent menaçants.

– As-tu réussi à voir si l'un d'eux traînait un bout de corde derrière lui?

– Non. J'y ai bien pensé... mais ils volaient beaucoup trop haut.

– J'ai comme l'impression que nous allons revoir

cet animal, dit Harcourt. Et même peut-être de très près. J'ai bien l'intention de le tuer.

– Charles, tu es un romantique incurable. En dépit de tes humeurs sombres et de ta nature plutôt rude, tu es enclin à la rêverie. Tu vas jusqu'à délirer en plein jour. Défier un dragon... vraiment...

– Mais je le ferai, sois-en certain. Je me retrouverai un jour face à lui et je ferai tout pour l'abattre.

– Crois-tu que cette rencontre a été écrite il y a bien longtemps en haut du Rocher des Dragons? Et que tout doit voir un terme ici, dans le Pays Vide?

– Je ne saurais le dire... Je ne suis pas un philosophe comme toi. Mais je suis certain de ce que je ressens, voilà tout ce que je peux te dire.

Leur marche se faisait de plus en plus difficile, et l'île, vers laquelle ils se dirigeaient, semblait s'éloigner. Harcourt sentit que l'eau du fen leur arrivait un peu au-dessus des chevilles. Pourtant, ils marchaient plus lentement. Comme si l'eau devenait plus épaisse, visqueuse. « Et l'air aussi est différent, songea-t-il. Moins transparent, moins léger. »

– Guy! souffla-t-il.

– Oui, je l'ai remarqué aussi. Il se passe quelque chose!

Ils peinaient à présent pour avancer, luttaient pour progresser plus vite, mais le monde changeait, la réalité se faisait étrange. « L'eau semble boueuse et collante, remarqua Harcourt, mais ne nous ralentit pas vraiment. Je fais des enjambées aussi longues qu'avant, jugea-t-il, et pourtant, la distance parcourue se réduit encore. » Devant eux, là-bas, l'île apparaissait par instants pour disparaître ensuite. Son image devenait imprécise et ses contours flous. Les marmonnements des esprits leur parvenaient encore parfois, mais comme déformés par l'écho.

Sur leur gauche – non, à présent c'était brusquement sur leur droite – quelque chose les observait. Harcourt tendit désespérément la tête et ne distingua rien : les eaux glauques du fen se perdaient de tous côtés. Pourtant, il avait la certitude d'être épié par une forme diffuse, une entité monstrueuse qui attendait, là, quelque part dans la boue, féroce et moqueuse.

Malgré ce sentiment d'avancer de plus en plus lentement, l'île finit par se rapprocher quelque peu. Un trait d'espoir apparut dans les pensées floues d'Harcourt : en atteignant l'île, peut-être allaient-ils retrouver le monde vrai, le monde familier. Peut-être l'air et l'eau redeviendraient-ils ce qu'ils étaient...

Brusquement, sans même avoir tourné la tête, il entrevit la chose qui les guettait, accroupie dans la boue. C'était une forme indistincte, distordue, comme entrevue au travers d'une plaque de verre fondu, et environnée de reflets et de rais de lumière. Elle était faite de bouches et d'yeux, couverte de cloques et rappelait un peu un crapaud. Harcourt ne fit que l'entrevoir. L'instant d'après, elle n'était plus là. « L'ai-je vraiment vue? se demanda-t-il alors. A quoi bon revoir pareille créature? » Mais il voulait absolument savoir qui avait pu leur jeter ce sort, si tel était le cas. « Mais quand bien même, se dit-il, l'enchantement qui pèse sur nous n'en subsisterait pas moins. »

Il ne parla pas de ce qu'il venait de voir à l'abbé, certain de ne pas être cru. Guy n'avait-il pas déclaré, quelques instants auparavant, qu'il le prenait pour un rêveur romantique? « Pourtant, songea-t-il, le Pays Vide n'est-il pas le domaine des visions fantastiques? »

Enfin, ils se retrouvèrent sur la grève et gagnèrent rapidement la terre ferme. Harcourt avait espéré que l'enchantement cesserait alors, mais il n'en fut rien. Leur marche était toujours aussi difficile. En d'autres circonstances, ils se seraient reposés un moment, mais ils ne s'arrêtèrent pas. « Tout comme moi, se dit Harcourt, l'abbé ne fera halte que lorsqu'il aura de nouveau le sentiment d'être libre. »

L'île n'était pas grande et, si l'on exceptait le bosquet d'arbres, totalement dénudés. Ils suivirent le sentier jusqu'à atteindre l'autre extrémité. Devant eux, ils trouvèrent une nouvelle étendue d'eau et, de l'autre côté, un entassement de rocs blancs.

Dès qu'ils s'avancèrent, tous quatre prirent conscience du changement. L'eau était de nouveau liquide et l'air était redevenu léger. Mais, de l'autre côté, l'île rocheuse semblait plus lointaine qu'ils ne l'avaient cru.

– Merci, Dieu tout-puissant, dit l'abbé d'un ton larmoyant et avec une ferveur qu'Harcourt ne lui avait jamais connue. Nous avons échappé à ses griffes!

Ils poussèrent un peu plus loin et le monde demeura normal. L'abbé se retourna et demanda à Yolanda :

– Sais-tu ce que c'était?

Elle secoua la tête.

– Un enchantement. Mais il était plutôt faible. J'ignore d'où il venait.

– Rien qu'un signe, grommela le Noueux. Pour nous rappeler ce qui nous attend plus loin?

– On dirait que nous lui avons échappé pour le moment, dit Harcourt, et nous ferions bien de ne pas nous attarder. Je crains que le soleil ne soit trop bas pour que nous puissions atteindre l'autre berge avant la nuit. Le mieux serait de gagner cette île rocheuse et de nous y réfugier en attendant le jour.

– Il nous aura fallu deux journées pour couvrir deux lieues, dit l'abbé. A cette vitesse, nous n'arriverons jamais.

– Nous y réussirons, l'assura le Noueux, parce qu'il le faut. Et puis, nous allons bientôt quitter le fen.

A présent, la petite troupe marchait de front et non plus en ligne. Le soleil disparaissait déjà derrière le profil bleuté des collines occidentales, et le crépuscule s'avançait sur l'étendue sombre du fen. Les oiseaux de nuit ululaient, des vols de canards tourbillonnaient dans le ciel. Une brume spectrale rampait sur l'eau et une lune pâle se levait lentement.

Les esprits revenaient, et Harcourt crut bientôt discerner certaines formes dans l'ombre sans être certain qu'il n'était pas abusé par les doigts de brume qui glissaient dans le fen. Leur murmure n'avait pas changé mais, tout comme auparavant, il y discernait parfois cette supplique sourde, cette mise en garde souvent répétée auparavant. Mais il ne percevait plus le nom d'Eloise, quoiqu'il fût certain, à présent, de ne jamais l'avoir vraiment entendu.

– Nul encore ne m'a fait succomber à un enchantement, lui dit l'abbé. Je dois avouer que j'en ai eu le sang glacé. L'un de nous a-t-il déjà éprouvé pareille sensation? Je sais que tel n'est pas ton cas, Charles.

– Je sais reconnaître un enchantement ou un sortilège, dit Yolanda, mais je n'en ai jamais été victime. Je crois que j'ai réagi par instinct car c'était pour moi une expérience inconnue.

– Par deux fois, au cours de mon existence, dit le Noueux, j'ai succombé à un enchantement. Et c'était bien pis que ce que nous avons subi il y a un moment... A mon avis, nous n'avons eu affaire qu'à un sorcier qui essayait ses pouvoirs.

– Oui, je l'ai senti, approuva Yolanda. La malveillance n'était pas évidente.

– Mon Dieu! s'exclama l'abbé. Vous voulez dire que nous sommes entourés de sorciers qui passent leur temps à exercer leurs pouvoirs sur les malheureux voyageurs que nous sommes?

– Dans le Pays Vide, fit Yolanda, rien ne devrait vous surprendre.

– Mais tu n'as pas peur, toi? Tu as accepté de nous accompagner comme guide en sachant cela?

– J'ai peur, ne vous méprenez pas. Mais j'ai suffisamment confiance en moi pour déceler le danger à temps. Vous savez bien qu'il m'arrive de visiter ce pays...

– Oui, tu me l'as confié, fit Harcourt. Je me demande pourquoi.

– Je ne suis pas certaine de pouvoir vous l'expliquer. Mais c'est comme si quelque chose m'attirait ici. Un mystère qui exerce sa fascination sur mon esprit...

Tout en discutant, ils atteignirent bientôt les premiers rochers de l'île. Les blocs étaient énormes et d'un blanc de marbre, avec des arêtes vives, comme si quelque géant avait fracassé une montagne qui se serait abattue au centre du fen. L'île, en vérité, était un véritable chaos de rocs dont la surface tantôt lisse, tantôt fendillée, semblait attaquée par le ciseau d'un sculpteur.

Ils se reposèrent un long moment, contemplant l'étendue d'eau sombre qu'ils avaient franchie. Le soir venait, mais ils pouvaient encore deviner la forme de l'île d'où ils venaient, et la tache sombre du bouquet d'arbres sous la lune. Puis Harcourt se redressa.

– Je vais grimper jusqu'au sommet, déclara-t-il à ses compagnons. Il devrait être possible d'apercevoir la berge. Nous devrions bientôt avoir traversé le fen.

– Je t'accompagne, lui dit le Noueux.

Tout en escaladant les blocs, Harcourt se rappela le récit de son oncle Raoul à propos des grandes pyramides d'Egypte. Mais ici, dans cette île du Pays Vide, les blocs semblaient avoir été bousculés et entassés au hasard, ce qui ne facilitait pas la marche. Parfois, l'un d'eux, déséquilibré sous son poids, menaçait de basculer et d'entraîner ses voisins.

Peu à peu, les deux hommes se hissèrent vers le sommet de l'île, s'arrêtant parfois pour trouver leur voie. Enfin, Harcourt, levant la tête, vit que le bloc de pierre lisse qui le dominait devait être le dernier. Il tendit les mains, agrippa l'arête et se hissa à la force des poignets. Il parvint à loger un pied dans une irrégularité de la roche et poser un genou sur le rebord. Puis il roula sur le côté et s'apprêta à tendre la main au Noueux.

C'est alors qu'il vit le squelette.

Presque aussitôt, il comprit que ce n'était pas celui d'un être humain. Il était fixé à une croix dont la base avait été enfoncée dans un interstice entre deux blocs de pierre. Elle était penchée en avant, comme si le squelette allait s'abattre sur lui.

Harcourt retint un cri de terreur. Les ossements du crâne et les dents semblaient plus blancs encore que la roche. Le squelette était enchaîné à la croix, tellement serré que la plupart des os étaient restés en place. Le crâne était intact, de même que la cage thoracique. Quelques doigts manquaient à une main, mais la colonne vertébrale, quoique déformée, était toujours attachée au pelvis massif.

Harcourt prit conscience de la voix du Noueux.

– Charles... Tends-moi la main. Je ne trouve pas de prise.

Il se retourna aussitôt et aida le Noueux à prendre pied sur le sommet. Le Noueux observa fixement le squelette sur sa croix et demanda :

– C'est quoi, exactement?

– Ce n'est pas un humain, comme je l'ai cru tout d'abord.

– Oui... Un ogre, fit le Noueux. J'en mettrais ma main au feu. Il est très bien là où il se trouve, à mon avis.

Il se redressa et Harcourt l'imita. Ensemble, ils s'approchèrent de la croix.

– Crois-tu qu'il était vivant quand?... demanda Harcourt.

– Vivant? Bien sûr! Pourquoi aurait-on pris la peine d'enchaîner un ogre mort à une croix de cèdre? Ce que tu contemples là, Charles, est un acte de vengeance. Cet être du Mal a dû causer du tort à la race humaine et il n'est pas mort comme le Christ sur sa croix, vois-tu. Le corps de cet ogre a été enchaîné et sa mort n'a pas été provoquée par la tension des organes et des ligaments mais... par la famine. Cette créature est morte de faim et de soif. De soif, plus probablement...

– Mais tant de cruauté, de sauvagerie...

– Il ne fait aucun doute que ceux qui ont accompli cet acte de vengeance avaient leurs raisons.

– Cette pensée ne me plaît guère, pourtant. Une mort rapide par l'épée, c'est une chose très différente. Il faut tant de haine pour agir ainsi...

– Les humains qui habitaient ce territoire devaient avoir leurs raisons, répéta le Noueux.

– Qu'en ferons-nous?

– Rien. Laissons cet ogre ici. Qu'avais-tu en tête? Une inhumation chrétienne?

– Bien sûr que non.

– Alors, partons. Laissons-le sourire à la mort.

– Je suppose que c'est mieux ainsi...

Le Noueux se détourna, portant son regard vers l'ouest, et tendit le doigt.

– Voilà. Regarde! Le fond du fen n'est plus très loin. Voilà tout ce que nous voulions savoir...

12

Aux premières lueurs du jour, les voyageurs franchirent l'ultime bras d'eau pour aborder sur la terre ferme. Les collines bleues se dressaient devant eux, à l'ouest.

Harcourt n'avait trouvé le sommeil que par intermittence. Avec la nuit, le fen était devenu un lieu de cauchemar, que les esprits peuplaient de leurs marmonnements et de leurs lamentations; parfois, il avait discerné des formes vêtues de blanc qui dérivaient sur l'étendue d'encre des eaux. Ensuite, un tambour gigantesque avait résonné, quelque part à l'orient. Ou bien s'agissait-il de l'appel d'une voix étrangère? Longtemps, Harcourt avait guetté cet écho; n'était-ce pas le coassement monstrueux de la créature couverte de cloques entrevue auparavant? Il ne pouvait chasser cette idée de son esprit.

Lorsque les quatre compagnons avaient repris leur marche, au matin, le fen avait très vite cédé la place à la terre ferme, et ils s'étaient rapidement rapprochés des collines. Yolanda cheminait loin devant et avait été très vite hors de vue. Emerveillé par sa force et son agilité, Harcourt pensa qu'elle devait chercher le meilleur itinéraire à travers les collines.

Régulièrement, il levait la tête pour explorer les nuées du regard. Les dragons l'avaient plus impressionné qu'il ne l'aurait cru. Mais le ciel restait vide, si l'on exceptait quelques faucons.

Ils traversaient une prairie d'herbe haute, émaillée de fleurs largement épanouies. Les collines, à présent plus proches, leur parurent couvertes de bois, mais elles n'étaient certes pas aussi hautes que celles qui bordaient le fleuve.

L'abbé, qui semblait avoir retrouvé sa bonne humeur, rejoignit Harcourt et le Noueux.

– Avec un peu de chance, commença-t-il, je crois que nous rattraperons notre retard.

– Nous rencontrerons encore d'autres obstacles, coupa le Noueux. Du moins, je m'y attends.

– Mais rien d'aussi terrible que ce fen.

Non loin du pied des collines, la troupe rejoignit Yolanda.

– Il nous faut dévier un peu au nord, leur annonça-t-elle. J'ai découvert une vallée qui va nous permettre de franchir très facilement les collines.

– Il faudra bientôt faire halte pour manger un peu, dit l'abbé. Nous n'avons grignoté qu'un peu de fromage et de pain depuis ce matin.

– Vous ne pensez donc jamais qu'à vos tripes? s'exclama le Noueux. Si l'on vous écoutait, nous ferions halte toutes les demi-lieues pour manger un bout.

– Quand nous serons engagés dans la vallée, promit Yolanda, nous nous arrêterons pour déjeuner tranquillement. J'ai repéré plus bas un petit ruisseau et un bocage.

Les voyageurs pénétrèrent bientôt dans la vallée et quittèrent la prairie pour les bords d'un ruisseau aux eaux vives, qui courait entre des bouquets de saules. Le bocage annoncé par Yolanda n'était qu'un maigre bosquet mais le paysage semblait ici plus doux encore, peuplé de chênes et de bouleaux, de platanes et de hêtres. Plus loin, la vallée se resserrait en un ravin étroit et la marche devint plus difficile.

La forêt formait à présent un toit touffu au-dessus du ruisseau, réduit alors à un mince filet d'eau. Le sentier n'était qu'une piste indistincte qui passait d'un bord à l'autre, encombrée de racines et de cailloux. A la fin de l'après-midi, ils atteignirent un croisement d'où un nouveau chemin escaladait la pente de la colline. Yolanda s'arrêta et se tourna vers les autres.

– Restez là et attendez-moi. Je serai de retour dans un moment.

Ils la regardèrent s'éloigner, heureux de cette halte impromptue.

– Cette enfant n'est donc jamais fatiguée? dit l'abbé. Elle bondit comme une petite chèvre.

Harcourt ne répondit pas. Immobile, il sentait peser sur lui l'obscurité de la forêt. Les arbres semblaient les écraser, les menacer de toutes leurs branches. Le silence épais devenait inquiétant. Seuls le sifflement léger du vent dans les feuilles et le bruit du ruisseau se faisaient entendre.

Yolanda fut bientôt de retour.

– J'ai trouvé un endroit où passer la nuit, annonça-t-elle. Une grotte. Quelqu'un a dû y séjourner, d'ailleurs.

– Comment sais-tu cela? demanda le Noueux, intrigué.

– Je le sens, voilà tout. Mais il me semble que notre hôte, quel qu'il soit, ne verra pas d'inconvénient à notre présence.

– Nous serons peut-être repartis avant le retour de ce propriétaire.

Ils emboîtèrent le pas à Yolanda. La grotte, petite et peu profonde, s'ouvrait sur une étroite plate-forme rocheuse, à flanc de colline. Ils découvrirent les restes d'un feu et, dans un recoin, des bûches entassées. Trois poêles et une broche mobile étaient posés contre la paroi du fond. Une pile de petit bois sec attendait près de l'entrée et des sacs de peau avaient été disposés avec soin sur une sorte de table faite de pierres.

L'abbé pénétra dans la grotte et s'installa sur la litière.

– Ma foi, dit le Noueux, on se sent chez soi ici.

– Pourquoi pas? Si notre hôte est un honnête homme, son premier souci sera le confort de ses invités.

– Voilà justement la question qui me vient à l'esprit, fit le Noueux. Sommes-nous vraiment ses invités?

– Ne vous la posez plus, dit une voix qui venait du sentier, vous êtes bel et bien mes invités, et les bienvenus.

Ils se retournèrent. L'homme, petit, avait le teint hâlé au point d'en paraître presque noir; soigneusement rasé, mais avec d'épaisses moustaches bien dessinées, il les regardait en clignant de ses yeux plissés de pattes d'oie au coin des paupières. Il se tenait penché en avant, un sac vide jeté sur l'épaule, et d'une main tenait un bâton de pèlerin. L'homme, pieds nus et le pantalon en lambeaux, portait une veste de mouton.

– Je suis André le colporteur, dit-il, et voici mon humble demeure. Vous êtes les premiers visiteurs qui me fassent l'honneur d'y pénétrer depuis des années, et je m'en réjouis.

Il s'avança sur le seuil de la grotte et les dévisagea.

– Nous sommes des voyageurs, expliqua Harcourt. Simplement de passage.

Le colporteur se passa une main sur le visage et remarqua, songeur :

– C'est bien étrange. Nous avons peu de voyageurs par ici, voyez-vous. Ce n'est pas un pays très plaisant.

– Je me nomme Charles, du château Harcourt, sur l'autre rive du fleuve. Nous recherchons mon oncle, qui a disparu. Nous pensons qu'il se trouve dans le Pays Vide. Peut-être en avez-vous entendu parler?

Le colporteur secoua la tête.

– Non, jamais. C'est pure folie que de vagabonder dans cette région.

– Mon oncle est un peu fou, reconnut Harcourt. Il l'a toujours été.

– En attendant, vous passerez la nuit ici. Vous pouvez rester un peu plus longtemps si vous le souhaitez. Je vais faire du feu...

– Non, je m'en charge, dit le Noueux. Ce balourd, là-bas, va aller ramasser du bois pour que nous n'entamions pas votre réserve. Et même s'il en rapporte plus qu'il n'en faut, ce ne sera pas assez pour vous rembourser votre hospitalité.

– J'ai aperçu des truites dans un petit creux, juste au détour du sentier, dit Yolanda. Je vais essayer d'en attraper pour le dîner.

Le colporteur sourit.

– Je n'ai jamais rencontré d'invités aussi obligeants. Quel plaisir que vous accueillir en ma demeure! (Il se tourna vers Harcourt.) Je dois avouer que vos serviteurs me paraissent bien formés.

– Ce ne sont pas mes serviteurs, mais des amis. Ce

gros lourdaud qui va chercher du bois est un abbé, en vérité.

– En ce cas, vous avez bien de la chance de voyager avec de pareils amis.

– En effet, approuva Harcourt.

Cet homme ne lui plaisait guère : il lui semblait rusé et bien trop aimable. « Avec lui, se dit Harcourt, mieux vaut ne pas trop bavarder. » Sans qu'il pût se l'expliquer, sa méfiance ne faisait que se renforcer.

Le colporteur posa son sac au pied de sa litière et en sortit une poignée de colifichets qu'il éparpilla sur la couverture.

– Je ne vends pas cher, dit-il, et je laisse trop marchander. Mes prix sont peu élevés et mes gains bien maigres, mais, l'un dans l'autre, je m'en sors.

Une ancienne pièce en cuivre, un bout de collier brisé, une agate polie, un anneau oxydé avec une pierre rouge sertie, une pointe de lance en bronze et diverses autres bricoles se trouvaient là, pêle-mêle.

– Les gens me connaissent et pensent que je suis un peu idiot mais trop stupide pour être dangereux, alors ils n'ont pas peur de moi. Certains me font même confiance, savez-vous? Alors je suis admis partout sans problème. Je rapporte les derniers échos, les commérages, et même les scandales. Et quand je n'ai pas grand-chose à dire, j'invente un peu.

– Mais ces gens avec qui vous faites commerce, qui sont-ils donc exactement? demanda Harcourt.

– Mais... des gens, c'est tout. Oh, je vois à quoi vous pensez... Je vais vous dire exactement ce qu'il en est. On compte parmi eux des humains, mais aussi des Mauvais. Moi, je ne fais aucune distinction entre eux. Dans un cas comme dans l'autre, j'accueille bien toute vente.

– En ce cas, vous pourriez sans doute nous rendre service. Enfin, si vous le voulez bien.

– Mais certainement. Je rends service à quiconque me le demande.

Pendant ce temps, le Noueux avait allumé un grand feu devant l'entrée de la grotte, et l'abbé avait rassemblé une ample provision de bois.

– Quand nous aurons mangé, reprit le colporteur, nous bavarderons auprès du feu. Vous pourrez me demander ce que vous désirez.

« Très bien, songea Harcourt, mais jusqu'à quel point pourrons-nous lui accorder notre confiance? »

– Nous vous saurions gré de toute information que vous pourriez nous fournir, reprit Harcourt sur un ton solennel.

Yolanda était de retour avec une belle brochette de poissons. Elle s'assit à côté du Noueux et entreprit de les vider. Le colporteur leur apporta un poêlon et de la graisse. L'abbé revint avec une nouvelle brassée de bois et prit place à son tour près du feu, se pourléchant d'avance à la vue des poissons.

– Tout frais, commenta-t-il, et bien gras.

– Lorsque j'en ai le temps, confirma le colporteur, je m'en régale. (Il examina attentivement l'abbé et ajouta :) Si j'en juge par l'état de votre soutane, vous avez dû récemment patauger dans le fen.

– Oui, nous avons traversé cet endroit maudit, qui nous a retenu plus d'une journée de la vie d'un mortel, croyez-moi.

– Mais vous auriez pu en faire le tour!

Harcourt coupa la parole à l'abbé.

– Oui, mais à cause de circonstances plutôt particulières, il nous a semblé plus sage de traverser directement.

– Ah, je vois! fit le colporteur. Il arrive que ces circonstances particulières, ainsi que vous dites, deviennent plus fréquentes parfois. Surtout dans la région.

A présent, les truites rissolaient dans le poêlon et tous se rassemblèrent pour regarder, l'eau à la bouche.

– Nous avons aussi du fromage et du pain, dit

Yolanda, et un morceau de bacon. Et si nous l'accommodions avec les truites?

– Excellente idée, approuva le colporteur. J'arrive à m'en procurer de temps en temps, mais je n'en ai pas mangé depuis plus d'un mois. Rien ne me ferait plus plaisir.

Yolanda coupa plusieurs tranches qu'elle disposa dans le poêlon autour du poisson.

Après qu'ils eurent dégusté les truites, le colporteur demanda :

– Ainsi vous désirez des renseignements. Lesquels? Je suppose que vous voulez sans doute savoir ce à quoi vous devez vous attendre.

– C'est exact, dit Harcourt. Nous nous dirigeons vers l'ouest. Nous avons entendu parler d'une ancienne cathédrale.

Le colporteur prit un air songeur.

– Alors, il vous reste du chemin à faire. Je n'ai jamais été là-bas, mais j'ai entendu parler de cette cathédrale. En effet, elle se trouve plus loin vers l'ouest.

– Et à qui pourrons-nous demander notre route? demanda le Noueux. Certainement pas à ceux du Mal. Sont-ils les seuls habitants de la région?

– Non, vous trouverez les humains dans des lieux bien cachés. Les Mauvais savent où les dénicher, remarquez bien, mais les laissent en paix. Que savez-vous exactement du Mal?

– J'ai combattu contre lui sur les murs de mon château, il y a sept ans, dit Harcourt.

– Oui, je vois... C'était une époque difficile. Mais les Mauvais ne sont pas toujours nuisibles et méchants, seulement par périodes. Il y a même eu des époques où l'on pouvait traverser sans ennui cette région, mais, certaines fois, je ne me hasarderais pour rien au monde au-dehors. Ils semblent alors pris de folie. Et puis, quand la crise est passée, ils redeviennent simplement désagréables, mais ne sauraient tenter de vous tuer.

Actuellement, nous traversons une période néfaste. Une cohorte romaine sillonne les territoires du nord et cela n'améliore guère l'humeur des Mauvais.

– Ne savez-vous rien d'autre de ces Romains? demanda l'abbé.

– Ils ont eu quelques escarmouches, mais rien de très grave.

– Alors nous tenons notre chance de progresser sans encombre, dit Harcourt. Cette cohorte n'est qu'en mission de reconnaissance, et les Romains, d'ailleurs, ne recherchent pas l'affrontement.

– C'est sans doute vrai, et je l'espère. Les Mauvais sont surtout regroupés près des frontières et reculent devant les barbares qui, entre nous, ne se sont pas montrés très redoutables ces derniers temps; cependant, j'ai entendu parler de quelques raids de cavaliers.

– Quels dangers pourrions-nous rencontrer? demanda le Noueux. Quelles régions devons-nous plus particulièrement éviter? Tout ce que vous pourriez nous dire à ce propos nous serait fort utile.

– A quelques lieues à l'ouest, de l'autre côté d'un fleuve assez large, vous risquez de tomber dans une vallée peuplée de harpies. Elles chassent régulièrement mais demeurent à l'intérieur de leur territoire. Dès que vous aurez franchi le fleuve, il faudra vous méfier de ces créatures épouvantables.

– Et les dragons? demanda l'abbé.

– Avec eux, on ne peut jamais savoir : ils sont partout à la fois. En tout cas, observez soigneusement le ciel avant de vous aventurer en terrain découvert. Restez autant que possible à couvert car ils ne peuvent vous attaquer en forêt. Et faites bien attention près des ponts : les trolls les fréquentent assidûment. Mais vous savez cela, bien entendu.

– Oui, en effet, reconnut l'abbé.

– Il faudra que vous demandiez, si vous en avez l'occasion, la route d'un vieux puits dont on dit qu'il fut, il y a longtemps, un lieu de pèlerinage. La légende prétend que si l'on se penche sur la margelle, on peut lire son avenir dans l'eau. Je ne garantis pas la véracité de cette histoire, et j'ai quelques doutes. Mais les légendes qui courent à propos de ce puits m'ont toujours paru passionnantes.

– Nous ne manquerons pas de poser des questions, dit Harcourt sans trop s'avancer.

Le feu était mourant et la nuit tombait déjà sur les arbres qui se balançaient doucement dans la brise. Lentement, la lune se levait.

Le colporteur quitta sa place auprès du feu et entra dans la grotte. Il plongea la main dans l'un des sacs de peau et revint avec un objet qu'il tendit à Yolanda. C'était une chose iridescente et splendide, à la forme étrange : une spirale qui se terminait par une longue pointe.

Yolanda la tourna longtemps entre ses doigts.

– Qu'est-ce donc? demanda-t-elle. Quelle merveille!

– C'est un coquillage, dit le colporteur. Il vient d'un lointain océan et porte encore un peu de la mer en lui. Mettez-le contre votre oreille et vous entendrez le ressac.

Incrédule, Yolanda leva la conque et écarquilla les yeux, muette d'étonnement. Elle écouta longtemps tandis que ses compagnons la regardaient. Puis elle tendit le coquillage à l'abbé qui, après l'avoir examiné à son tour, le porta à son oreille.

– Dieu tout-puissant, souffla-t-il, c'est bien la mer pour autant que je puisse en juger, car je ne l'ai jamais vue. En tout cas, c'est là le bruit d'une grande étendue d'eau.

Le colporteur eut un rire teinté de moquerie.

– Je vous l'avais bien dit! Vous ne me croyiez pas?

– Je ne crois pas aux merveilles avant d'avoir une preuve en main, répliqua l'abbé.

Il passa la conque à Harcourt qui, à son tour, écouta l'écho des vastes eaux d'une mer inconnue.

– Je ne comprends pas, dit-il en la reposant. Comment un coquillage pourrait-il contenir le bruit de l'océan? A tant de lieues de distance?

Le Noueux tendit la main et prit le coquillage, mais sans le porter à son oreille.

– Ce sont des histoires de vieille femme, dit-il. Ce n'est pas le grondement de la mer que vous entendez, mais un autre son. Je n'ai pas plus d'explication à fournir que vous, d'ailleurs. Ni personne. Mais ce n'est pas le bruit de la mer.

– Alors, dites-moi, je vous prie, de quoi il s'agit, fit le colporteur.

– Je le répète, je l'ignore; voilà la réponse la plus honnête que je puisse vous faire. Mais ce n'est pas la mer.

Il rendit le coquillage au colporteur qui secoua la tête.

– Non, donnez-le à la demoiselle. C'est un présent.

13

Ils repartirent tard le lendemain matin. Le colporteur n'avait apparemment pas envie de se séparer d'eux et bavarda longtemps devant le feu sans toutefois rien leur apprendre de nouveau. Plusieurs fois même, il éluda quelques questions par des discours confus ou bien avoua son ignorance.

Finalement, les quatre compagnons se mirent en marche et s'engagèrent de nouveau dans l'étroite vallée. Le soleil était déjà au zénith quand ils franchirent la crête des collines pour pénétrer ensuite dans une forêt plus clairsemée que celle qui bordait le ruisseau.

Ils firent une brève halte pour entamer leurs provisions, sans courir le risque d'allumer un feu.

– J'avais espéré que ce colporteur nous serait de quelque secours, dit le Noueux, mais bien au contraire; n'est-ce pas bizarre? Il doit voyager constamment à travers ce pays et apprendre une foule de choses.

– Je ne ferais pas confiance à ce personnage, commenta l'abbé. Même s'il nous avait apporté des renseignements apparemment précieux, je ne m'y serais pas fié.

– Mais il ne nous a rien appris, en vérité, reprit le Noueux. Il a vaguement parlé de ces harpies, mais sans rien préciser. Quant à son cours, bien élémentaire, sur l'art d'éviter les dragons et les trolls qui guettent près des ponts, je m'en serais volontiers passé!

– Je me méfie, moi aussi, de ce personnage, murmura Harcourt. Il m'a semblé bien trop sournois.

– Et cette histoire à propos du coquillage, reprit le Noueux. Je peux vous affirmer que c'est pur mensonge. J'ai vu la mer et je l'ai entendue. Ce n'est pas ce que l'on entend dans le coquillage, je vous assure.

– Selon lui, fit l'abbé, cette cathédrale se trouverait vers l'ouest. Mais nous le savons déjà. Nous aurions dû lui poser quelques questions à propos de cette villa, ce palais ou je ne sais quoi; bref, l'endroit où le prisme est censé se trouver.

– Non, coupa Harcourt en secouant la tête. Mieux valait ne pas lui poser de questions à ce sujet. Ainsi, il aurait appris nos projets. Jusqu'à preuve du contraire, nous sommes à la recherche de mon cher oncle disparu.

Ils se remirent en marche et suivirent la ligne des crêtes.

– Nous allons vers le nord, annonça Yolanda, où nous trouverons sûrement un terrain plus facile.

Ils établirent leur camp peu avant la tombée de la nuit. Après le dîner, Yolanda s'installa un peu à l'écart pour écouter le coquillage. Au bout d'un moment, devinant qu'Harcourt la rejoignait, elle dissimula le coquillage sous ses jambes.

– On dirait que le son de la mer te fascine, remarqua le jeune homme.

– Non, ce n'est pas vraiment ça... fit-elle en souriant. Quoique je trouve ce bruit bien étrange et attirant. Mais quand je tends bien l'oreille, j'ai l'impression d'entendre une voix, très loin, de l'autre côté de la mer. Une voix qui cherche à me dire quelque chose.

– Une voix magique? (Elle fronça les sourcils et réfléchit.) Sais-tu ce qu'est la magie? ajouta Harcourt.

– Monseigneur, vous me parlez par énigmes.

– Ce n'est pas ce que je souhaitais, Yolanda. Je pensais que tu pourrais me le dire. Magie est un mot que l'on emploie souvent. Il vient très facilement aux lèvres et explique tout quand on ne trouve pas d'autre explication raisonnable.

– Et vous pensez qu'une simple jeune fille telle que moi pourrait vous aider à trouver une réponse? Même si je visite parfois le Pays Vide, sans savoir pour quelle raison; même si je sais voir une forme dans un arbre...

– Loin de moi cette pensée! protesta-t-il, tout en songeant piteusement qu'il avait bel et bien caressé cette idée. Mais si je t'ai offensée...

– Non, certes pas, monseigneur, répondit-elle doucement.

Yolanda porta de nouveau le coquillage à son oreille et Harcourt, comprenant qu'elle lui donnait ainsi congé, rejoignit l'abbé.

« Ce voyage, songea-t-il, se passe plutôt bien. Il y a eu la traversée difficile du fen et la menace des monticules vivants, mais, depuis, nous n'avons pas rencontré d'autres obstacles. Le Mal, en vérité, ne se manifeste guère, comme s'il n'avait pas encore eu vent de notre présence. Bien sûr, voilà ce que j'avais espéré mais, je le sais, cet espoir n'est guère raisonnable. »

– Guy, demanda-t-il à l'abbé, as-tu le sentiment que les choses se passent un peu trop bien?

– Oui, cette idée m'a effleuré, mais peut-être devons-nous simplement nous en réjouir, non? Après tout, nous n'en sommes qu'au quatrième jour.

– Alors, admettons que je me fais du souci à tort, ajouta Harcourt. Mais je ressens comme une démangeaison, vois-tu, une espèce de sensation entre mes omoplates. Comme si quelqu'un nous épiait. Je suis persuadé que, par là, une forme se tient prête à nous sauter dessus.

– Je connais cette impression, et je l'ai souvent éprouvée. Mais je fais tout pour l'ignorer afin de ne pas attirer les ennuis. Cela vaut mieux, crois-moi.

– Yolanda prétend entendre une voix dans le coquillage, au-delà du grondement de la mer.

– Les filles ont de l'imagination.

– Certes. Mais je n'ai pas confiance en ce colporteur. Ni en ce coquillage.

L'abbé posa sa lourde main sur l'épaule d'Harcourt.

– Du calme. Ne te crée pas d'ennuis.

Le jour suivant, les voyageurs atteignirent un petit plateau, en bordure des collines; de cette région doucement vallonnée, ils s'orientèrent à nouveau vers l'ouest.

– Nous avons trop marché au nord, fit remarquer Harcourt. Nous aurions dû rester dans les collines.

Ils venaient de faire halte un moment, et le Noueux avait sorti la carte tracée par l'oncle Raoul. Tous se penchèrent par-dessus son épaule.

– Difficile à dire. L'échelle n'est pas exacte, mais nous devons nous trouver ici, fit-il en posant un doigt sur la carte.

– Si tu ne te trompes pas, dit Harcourt, nous nous

trouvons encore à bonne distance de la voie romaine.

– Cette carte n'est pas exacte, dit Yolanda. On n'y voit pas le fen.

– Il est plus que probable que mon oncle n'en a pas entendu parler. Il est sans doute passé très au nord.

– Et la cathédrale est encore très loin, fit remarquer l'abbé. En tout cas, elle semble bien à l'ouest.

– Alors, voilà notre réponse : continuons droit vers l'ouest, conclut le Noueux en repliant la carte.

Sur le plateau, moins boisé que les collines, les arbres étaient de petite taille. Ils traversaient régulièrement des clairières et des étendues de prairie, qui devaient correspondre à d'anciennes habitations, mais ils ne découvrirent aucune trace de maçonnerie. Dès qu'ils se retrouvaient à découvert, tous quatre épiaient le ciel mais pas un seul dragon n'apparut.

De temps à autre, ils croisaient des ruisseaux descendant des collines. Par cette claire et agréable journée ensoleillée, le ciel était absolument pur.

Yolanda, ainsi qu'elle en avait pris l'habitude, précédait le groupe tout en restant en vue. Peu après midi, elle s'arrêta pour attendre les autres.

– Qu'y a-t-il? demanda Harcourt.

Elle tendit le doigt.

– Je sens de la fumée. Ça vient de là-bas.

– Seraient-ce des humains? dit le Noueux. Les Mauvais n'aiment pas beaucoup le feu et ne cuisent pas leur viande.

– Nous ferions mieux de continuer en ordre dispersé, proposa Harcourt. Et soyons prudents, pour l'amour de Dieu. S'il s'agit vraiment d'humains, ne les effrayons pas. Nous avons besoin d'informations.

– Si ce sont des Mauvais, nous avons intérêt à les voir avant qu'ils ne nous aient repérés, observa le Noueux.

Ils suivirent la pente, guidés par Yolanda. A michemin, Harcourt sentit la fumée. Yolanda ne s'était pas trompée : quelque part devant eux, brûlait un feu.

Harcourt s'avança de quelques pas, lorsqu'un cri guttural l'arrêta net. Il regarda sur sa droite et vit le Noueux qui lui désignait une mince colonne de fumée bleue.

De la main, il fit signe qu'il avait compris et continua de descendre la pente, accompagné par le Noueux et l'abbé. Mais Yolanda demeurait invisible. « Bon Dieu, se dit-il, ce n'est pas le moment de rester à l'écart. » Puis il la vit, loin devant eux, bondissant d'un arbre à l'autre.

Harcourt fit encore quelques pas et se figea sur place. Le feu était là, droit devant eux, au fond du ravin. Une cabane rudimentaire se dressait près d'un petit torrent écumant qui surgissait d'une crevasse. Harcourt remarqua une structure en bois placée en travers du courant et l'identifia. « Un moulin! se dit-il. Seigneur! Un moulin! » Au-dessus de la roue aux pales luisantes, il distingua une cage en bois mais ne parvint pas à deviner ce qui se trouvait à l'intérieur. Cependant, des piaillements irrités se faisaient entendre.

Un homme, non loin de la roue à aubes, taillait un bloc de bois à l'aide d'un ciseau et d'un maillet. Il semblait âgé car ses cheveux très longs, qui tombaient sur ses épaules, étaient blancs, ainsi que sa barbe. Le vieillard ne semblait pas avoir conscience de la présence des voyageurs.

Harcourt se redressa et s'approcha lentement de lui. Mais il vit, au même instant, que l'abbé l'avait précédé et suivait déjà le fond du ravin, l'air décidé.

L'homme l'aperçut, laissa tomber son ciseau et son maillet, et se mit debout. Puis, brusquement, il parut reconnaître la soutane et se précipita au-devant de l'abbé. Il se jeta à genoux et croisa les mains sur sa poitrine en clamant :

– Bénissez-moi, mon père! Bénissez-moi!

L'abbé leva la main, fit le signe de la croix et marmonna une prière en latin avant d'obliger l'homme à se redresser.

– Jamais je n'aurais cru que notre mère l'Eglise se soucierait de moi! Je pensais être à jamais perdu! Abandonné!

– Le Bon Dieu n'abandonne jamais Ses enfants, dit l'abbé.

– J'avais pris mes précautions, reprit le vieil homme. Peut-être par ignorance. Mais j'ai improvisé.

– De quoi parlez-vous, mon fils? demanda doucement l'abbé.

– Eh bien, j'avais l'oiseau, vous comprenez. Le perroquet.

– Un perroquet, dites-vous? Mais comment en avez-vous trouvé un dans le Pays Vide? Car il s'agit bien d'un... perroquet, n'est-ce pas?

– Oui, mon père, absolument.

– Et pourriez-vous me dire, je vous prie, ce qu'est un perroquet? J'ai entendu parler de bien des animaux mais...

– Un perroquet, intervint le Noueux qui s'était avancé, est un oiseau que l'on trouve dans la jungle, sous le climat du Sud. Son plumage est pittoresque, vert, bleu et rouge, souvent. Et il est capable d'imiter le langage humain si on l'éduque correctement.

– C'est vrai, dit le vieil homme, mais il faut beaucoup de patience et l'on ne réussit pas toujours. J'ai essayé de lui apprendre un Notre Père, mais sans succès. Ensuite, j'ai essayé à nouveau avec un Je vous salue Marie. Mais j'ai dû me contenter d'un Bénissez mon âme. Et encore, il mélange souvent les mots...

– Dieu me protège! s'exclama l'abbé, sidéré. Vous voulez dire que vous avez appris à prier à cet oiseau?

– Mon père, c'était tout ce que je pouvais faire. Je vous ai dit que j'avais essayé le Notre Père mais...

– Et pourquoi donc?

– Parce que, dit le vieil homme, apparemment étonné de l'incrédulité de l'abbé, quelqu'un devait intercéder en ma faveur et j'ai pensé qu'un oiseau ferait aussi bien l'affaire que n'importe qui. N'êtes-vous pas d'accord, mon père?

– Je n'en suis pas certain... Il aurait mieux valu que vous... Je veux dire vous-même...

– Mais, mon père, j'ai prié. Régulièrement.

– Mais alors, pourquoi cet oiseau?

– Mon père, voyez-vous, je pensais qu'il me donnerait une chance supplémentaire. Et j'en ai bien besoin, avec tout le Mal qui m'entoure...

– S'agit-il de l'oiseau qui est là, dans la cage? demanda le Noueux.

– Oui, monsieur, c'est lui.

– Mais pourquoi l'avoir mis en cage? Si vous le libériez, il ne s'enfuirait pas, non? Et pourquoi l'avoir placé là, au-dessus du moulin? Il y avait certainement un meilleur endroit.

– Pour comprendre, il faut que vous sachiez. Ce stupide volatile ne peut prier que lorsqu'il se trouve à l'envers sur son perchoir.

– Et pourquoi donc?

– En vérité, monsieur, je l'ignore. Je sais seulement que tel est le cas. Et il ne me restait qu'une chose à faire pour que l'oiseau se retrouve la tête en bas par moments. J'ai donc fixé la cage à la roue. Et à chaque tour, le perroquet se retrouve à l'envers sur son perchoir.

– Mais la cage reste immobile en ce moment, remarqua Yolanda. Pourtant, la roue tourne, elle.

– Hélas, c'est à cause du pignon qui s'est cassé. J'essaie d'en tailler un autre et, dès que j'aurai fini, la cage basculera à nouveau.

– Depuis combien de temps êtes-vous ici? demanda Yolanda.

– Oh, je n'ai pas compté les années. Mais je n'étais encore qu'un jeune homme quand je suis arrivé.

– Et vous avez amené l'oiseau avec vous?

– Oui. Nous sommes toujours restés ensemble.

– Et durant tout ce temps, il a tourné ainsi dans sa cage? Mais vous devriez avoir honte.

– Non, pas tout le temps, dit l'homme. Je veux dire qu'il m'a fallu de nombreuses années pour lui apprendre cette prière. Auparavant, j'ai dû lui faire oublier les mots qu'il connaissait déjà. A vrai dire, c'est un marin qui me l'a donné, et les mots qu'il lui avait appris auraient fait rougir le plus aguerri des hommes.

– Ce que je ne comprends pas, dit Harcourt, c'est pourquoi vous vivez ici. Aucun homme sain d'esprit ne saurait résider dans le Pays Vide.

– Monsieur, je vous demande bien pardon, mais ne vous y trouvez-vous pas présentement?

– Notre cas est bien différent, répliqua l'abbé avec un air de dignité offensée. Nous avons nos raisons, bien particulières.

– Mais moi aussi, j'avais les miennes. J'avais envisagé de devenir missionnaire auprès du Mal. Je pensais posséder les qualités d'un homme de prêche et j'étais décidé à devenir un martyr, si besoin était...

– Et vous n'êtes devenu ni l'un ni l'autre...

– Non, je me suis montré bien faible. Le courage m'a manqué. J'ai essayé de leur échapper, mais en vain...

– Et qui vouliez-vous fuir ainsi?

– Ceux du Mal. Mais ils n'ont jamais voulu me laisser partir. Chaque fois que je m'enfuyais, ils me rattrapaient. C'est alors que j'ai découvert cette retraite et que j'ai construit un véritable mur de dévotion et de prières pour protéger mon corps souillé et purifier mon âme...

– Et vous n'avez jamais plus tenté de rejoindre les vôtres? Vous êtes resté terré ici?

– Non... J'ai encore tenté de fuir de nombreuses fois, mais toujours ils m'ont repris. J'ai cru parfois être bien caché, mais hélas! Chaque fois, ils me ramènent à cette retraite. Parfois, j'ai affaire à un ogre, un troll, ou bien à une harpie ou quelque autre créature. Jamais ils n'ont tenté de me faire du mal. Ils repartent tous très vite après avoir joué au chat et à la souris avec moi. Ensuite, ils s'installent là, sur la colline, et se moquent de moi. En vérité, ils ne rient jamais vraiment mais ricanent plutôt. Et ils ne se risquent jamais dans le ravin, préférant rester toujours sur la crête. Il m'arrive de les apercevoir, mais bien rarement. La plupart du temps, je ne fais que les entendre ricaner. Quand ils descendront, ce sera l'heure de ma fin. Ils ne s'approchent que lorsqu'ils en ont assez de s'amuser, quand c'est le moment de tuer.

– Mais vous avez parlé d'un mur de piété que vous tentiez d'ériger... Est-ce votre perroquet qui devait le construire?...

– J'ai fait de mon mieux. J'ai utilisé tout ce dont je disposais.

– Vous avez appris à votre oiseau à réciter cette prière... Mais pourquoi? Si j'en crois ce que vous nous avez dit, le perroquet demande toujours à Dieu de bénir son âme... Mais son âme à lui, pas la vôtre... Voilà qui est bien ridicule... Vous vous rendez compte, j'espère, qu'un perroquet n'a pas d'âme...

– Je pensais et j'espérais qu'il deviendrait mon intercesseur. Il fallait que la prière fût aussi simple que possible, comprenez-vous. J'avais beaucoup de peine à lui apprendre les mots et je pensais que Dieu comprendrait ces paroles explicites...

– Jamais encore je n'ai entendu pareille chose, dit l'abbé.

– Cet homme est fou à l'évidence, déclara le Noueux. Jamais un individu sain d'esprit ne songerait un instant à devenir missionnaire auprès du Mal. Auprès des païens, je veux bien l'admettre, et même aussi des infidèles, car il subsiste toujours un espoir pour ces gens. Mais pour le Mal... Le Mal est tout ce que nous ne sommes pas, que nous soyons chrétiens, infidèles ou païens.

– Il se peut que je sois fou, dit le vieil homme, mais à chacun sa folie. J'ai suivi ma propre lumière. Je n'ai pas de pardon à implorer.

– Mon fils, vous avez bien des larmes à verser, en ayant suivi le chemin de l'erreur et du non-repentir, déclara l'abbé. Et, tout d'abord, vous n'avez su voir clairement en vous...

– Une minute, Guy, intervint Harcourt. Que fais-tu de la charité chrétienne? Cet homme est, par essence, une des brebis auxquelles tu dois pardonner. Il y a du bien en lui; n'a-t-il pas été courageux et vertueux en vivant durant des années en ces lieux?...

– Et, de plus, il pourrait nous être utile, ajouta le Noueux en se tournant vers le vieil homme. Si nous vous venions en aide, accepteriez-vous de nous assister?

– Bien volontiers, mais en quoi pourriez-vous me rendre service?

– A ce que vous dites, il vous est interdit de quitter cet endroit, car le Mal vous en empêche. Mais vous pourriez partir en notre compagnie. Vous bénéficieriez de notre protection et...

– Vous voulez que je parte?

– Oui, bien entendu. N'avez-vous pas tenté de le faire...?

– Mais cet endroit est le seul refuge où je sois en sécurité. Ils me laissent en paix, ici. Ils me surveillent, se moquent de moi, mais ne me font aucun mal. Si je vous suivais, leur colère me suivrait et s'abattrait aussi bien sur vous...

– D'accord... Si vous ne désirez pas quitter ces lieux, nous pouvons vous venir en aide d'une autre manière. Cette demoiselle est très douée dans l'art de travailler le bois. Elle peut façonner ce pignon dont vous avez besoin pour faire tourner la cage.

– Cela m'aiderait beaucoup, je dois l'avouer. J'y parviendrais peut-être moi-même, mais le travail serait loin d'être parfait.

– Et, en retour, vous pourriez nous parler de la région qui s'étend à l'ouest d'ici. Nous n'en connaissons pas grand-chose.

L'homme secoua la tête.

– Cela m'est impossible. Ainsi que je vous l'ai dit, je n'ai pas quitté ce ravin depuis bien longtemps. J'ignore ce qui peut se trouver là-bas.

– Encore une bonne idée qui part en fumée, dit Harcourt.

– Il ne nous sera pas plus utile que le colporteur, grommela l'abbé.

– Mais ne serait-ce que par charité, je vais lui tailler ce pignon dont il a tant besoin, décida Yolanda.

C'est alors que le phénomène se produisit. Harcourt ne sut pas exactement comment mais, quand la chose débuta, brusquement, il le sentit, et ses compagnons aussi apparemment. L'endroit où ils se trouvaient se modifia soudain : tout alentour devint différent. Ils furent tout à coup paralysés et le silence s'abattit sur eux comme pour les couper du monde.

Cela ne dura qu'une seconde, aussi brève qu'un battement de cœur, bien plus rapide qu'un souffle. Mais le temps leur jouait un tour bien étrange.

Le vieil homme fut le premier à recouvrer ses esprits. Il poussa un glapissement de terreur et fit un bond. A la seconde même où il retomba sur ses pieds, il détala et disparut presque aussitôt vers le bas du ravin.

C'est alors qu'Harcourt, comme guidé par un sixième sens, se retourna et aperçut l'ogre. Il s'avançait vers eux en se dandinant et venait à peine de quitter l'abri des arbres. Il était énorme et noir, avec un visage aux traits grossiers et des membres épais. Sa bedaine cachait à demi ses génitoires qui dansaient au rythme de sa marche. Il ne portait aucun vêtement et sa queue fléchée traînait derrière lui.

Harcourt porta la main à son épée et l'acier crissa dans le fourreau.

– Ne sors pas ta lame, lui dit l'ogre sans ralentir le pas. Je n'ai pas l'intention de te frapper. Evitons l'un comme l'autre de nous affronter. (Harcourt garda prudemment la main sur la garde de son arme.) Asseyons-nous, reprit l'ogre en se laissant tomber à terre devant lui, et tâchons de nous montrer raisonnables. En bavardant à cœur ouvert, nous réussirons peut-être à tirer quelque bénéfice. Et dis à cet homme d'Eglise de bien vouloir poser cette masse menaçante. (Il se tourna vers le Noueux et ajouta :) Tu es le seul d'entre eux qui paraisse sensé, car tu n'as pas levé ta hache. Cette jeune demoiselle elle-même tenait une flèche prête pour moi.

– Monsieur l'ogre, dit le Noueux, si j'avais dû me servir de ma hache, je l'aurais plantée dans ta panse avant que tu comptes jusqu'à un...

– Ça, je n'en doute pas, répondit l'ogre en gloussant de rire. J'ai entendu suffisamment d'histoires à propos de gens tels que toi.

Harcourt s'avança à son tour et s'assit devant l'ogre. Il remarqua qu'il était vieux. Au premier regard, il l'avait vu noir, mais à présent il remarquait des poils gris sur sa poitrine et ses épaules. Des crocs jaunis saillaient de sa lèvre supérieure et il avait perdu la main gauche; le moignon de son bras était couvert d'une coupelle de métal. Quant à sa main valide, elle était armée de griffes triangulaires, acérées comme des rasoirs, également jaunies par l'âge.

– Je suis Harcourt, dit-il, et je viens du sud du fleuve.

– Je sais qui tu es, dit l'ogre. Je t'ai aussitôt reconnu. Jamais je n'oublierai ton visage. Il y a sept ans, j'étais sur les murailles de ton château. (Il leva son moignon.) C'est à toi que je dois cela.

– Je ne m'en souviens pas, car ce qui s'est passé alors est devenu assez obscur pour moi...

– Nous ne nous serions sans doute pas battus, si nous étions parvenus à contrôler les plus jeunes.

– Tu parles comme un homme de paix.

– Je ne le suis pas. Je te hais, toi et les tiens, autant que possible. Et j'aimerais te déchirer la gorge. Mais la prudence me commande de n'en rien faire.

– Mes compagnons et moi ne te menaçons pas, déclara Harcourt. Nous sommes simplement en mission. Quand nous l'aurons accomplie, nous quitterons cet endroit. Nous recherchons mon oncle, un homme particulièrement stupide qui, nous l'avons appris, s'est introduit dans le Pays Vide pour des raisons que nous ignorons. Quand nous l'aurons retrouvé, nous repartirons, sans plus provoquer qui que ce soit.

– Ton oncle, nous le connaissons, répliqua l'ogre. Il parvient toujours à nous échapper sans que nous sachions comment. Je pensais qu'il était déjà parvenu à traverser le fleuve. Il s'est mêlé de choses qui ne le regardaient pas. J'espère que vous n'avez pas l'intention d'agir de même.

– Pas le moins du monde, dit Harcourt avec gravité. Quoique j'ignore ce que tu veux dire et ne désire point le savoir.

– Je dois te prévenir solennellement que si tu n'es pas sincère, tu signes ta perte, non seulement la tienne mais également celle de tes compagnons : de cet abbé papelard qui te suit, de cet individu atavique que tu appelles le Noueux, et même de la demoiselle qui, si je le comprends bien, est à moitié de ce monde, et à moitié de l'autre. Et ce ne sera pas beau, je puis te l'assurer. Il se pourrait bien que vos entrailles jonchent bientôt le sol.

– A présent, c'est toi qui nous menaces, dit Harcourt, et je ne saurais l'admettre. Mais si tu brûles de répandre nos entrailles, je suis heureux de t'en donner l'occasion. Rien que toi et moi, face à face.

– Mais non, mais non, mon excellent ami. C'est bien la dernière chose à laquelle je saurais songer en ce moment. Pourquoi persistes-tu dans cette attitude belligérante ?

– Parce que tu t'es montré plus arrogant que de coutume dans ton langage.

– A la vérité, vous avez mal choisi le moment de votre visite. Une bande de Romains stupides parcourt la contrée, et sa seule présence est parvenue à réveiller notre vieil antagonisme à l'égard des humains.

– J'avais cru comprendre en effet que des Romains se trouvaient dans le Pays Vide, dit Harcourt. J'avais espéré qu'ils ne viendraient pas, mais je n'y puis rien à présent, vois-tu. Et même si je l'avais su, je n'aurais pu les obliger à repartir.

– Tu mens bien allégrement à propos de ces Romains, dit l'ogre. Non, non, laisse ton épée au fourreau. Inutile de s'affronter. Tu savais, j'en suis certain, que les Romains allaient rôder par ici. Bien sûr, je t'accorde que tu ne pouvais les arrêter, mais tu devais être au fait de leurs projets. Et je te soupçonne d'être venu ici non pas pour rechercher ton oncle mais pour une tout autre raison; pourtant, je ne t'en veux pas. Cependant, au nom de la paix, je te demanderai de ne rien faire pour exciter les animaux. C'est tout.

– Tu es de bonne foi, je le sens, dit Harcourt. Et puisque tu connais mon nom, je serai très honoré de connaître le tien...

– Mon nom véritable est si complexe et grandiloquent qu'il en est ridicule. Mais ceux qui me connaissent m'appelle Agard.

– Je te remercie de me le dire. J'aime connaître le nom de mes ennemis autant que celui de mes amis.

– Bien sûr, dit l'ogre, nous ne pouvons nous parler comme des amis mais pourquoi ne pas nous comporter en gentilshommes, au moins? J'étais venu vous dire que nous sommes au courant de votre présence ici et que nous vous surveillons. Mais, à moins de méfait majeur de votre part, aucun mal ne vous sera fait. Je souhaite en cette heure qu'aucun événement ne survienne qui puisse déchaîner les passions de nos jeunes. Et je serais heureux si ces vilains curieux de Romains pouvaient repartir sans incident. Les barbares sont à nos frontières, au nord comme à l'est, et je ne tiens pas à affronter les légions romaines du sud. Le simple fait de vous massacrer exciterait les plus jeunes.

– Je suppose que tu nous verrais d'un bon œil quitter ce pays...

– A dire vrai, rien ne me ferait plus plaisir. Mais je suppose par ailleurs que je ne peux vous inciter aussi aisément.

– C'est-à-dire que, vois-tu, il y a mon oncle. Et j'ai beaucoup de respect pour lui.

– Alors, retrouve-le, et vite. Agis avec prudence, pour le bien général. Nous avons suffisamment d'ennuis comme cela. Ne vous montrez pas afin de ne pas déchaîner l'orage. Restez au sud de la voie romaine. Ne jouez pas trop avec votre chance et, surtout, ne restez pas trop longtemps parmi nous.

– Telle est bien notre intention, affirma Harcourt. Si nous restons sans nouvelles de mon oncle, d'ici à quelques jours, nous repartirons.

– Ma foi, je vois que nous nous comprenons, et je puis donc m'en aller. Tu as compris, je pense, que cette visite était la preuve de ma bonne volonté. Mes raisons ne sont pas désintéressées. Je souhaite que ce pays reste tranquille et que les Romains ne soient pas tués. Sinon, nous devrions subir la pression de l'Empire sur nos arrières. En vérité, c'est grâce à la politique que vous sauvez votre peau.

– Je sais tout cela. J'ai apprécié notre entretien, mais je préférerais ne pas avoir à te rencontrer de nouveau, je l'avoue.

– Je le souhaite moi aussi, répondit l'ogre avec ferveur.

Il se redressa et, tournant le dos à Harcourt, repartit en se dandinant vers le haut de la colline. Quatre paires d'yeux le fixèrent jusqu'à ce qu'il ait disparu.

– Que voulait-il exactement? demanda l'abbé.

– Je n'en suis pas certain, dit Harcourt, mais, connaissant le Mal, nous sommes enclins à le soupçonner d'intentions néfastes. Dans ce cas particulier, j'aurais quelque peu tendance à lui prêter crédit. Il est très âgé et jouit probablement d'un statut d'ancien dans son peuple. Et il se trouve coincé avec suffisamment d'ennuis au nord et à l'est pour s'en créer de nouveaux à la frontière sud. Quoique j'ignore si un affrontement avec les Romains peut créer de nouveaux incidents au sud. Dieu sait que les légions ne sont plus ce qu'elles étaient... Mais avec Rome, on ne peut jamais être certain de rien. L'Empire avait pourtant intérêt à conserver le Pays Vide comme tampon contre les vandales mais, comme je l'ai déjà dit, on ne peut être certain de rien...

– En tout cas, à présent, nous savons que le Mal est au courant de notre présence, dit le Noueux. Ils ont dû nous épier durant ces deux derniers jours. Nous ne sommes que quatre. S'ils le voulaient et s'ils étaient prêts à subir quelques pertes, ils nous auraient attaqués.

– Ils jouent au chat et à la souris, dit Yolanda. Ils nous narguent, se moquent de nous, tout comme ils l'ont fait avec le vieil homme. S'ils avaient voulu nous tuer, ils n'auraient pas hésité.

– Je suppose, dit l'abbé, que la meilleure façon de nous en sortir vivants serait de fuir. Ils ne tenteraient probablement pas de nous arrêter. Mais je suis contre.

– Et moi de même, approuva Harcourt. Nous devrions avoir peur, je le sais, mais bizarrement je ne ressens pas la moindre crainte. Mais je n'ai jamais été doué de bon sens.

– Moi non plus, renchérit le Noueux. Je crois que le mieux serait de reprendre notre marche.

– Je me demande ce qu'est devenu notre homme, observa Harcourt. On aurait dit que l'enfer venait de s'ouvrir sous ses pas.

– Il doit encore courir à l'heure qu'il est. Cette fois, il s'est bel et bien enfui!

– Crrooacc! fit le perroquet dans sa cage.

– Ne traînons pas ici, et cherchons rapidement un gîte pour la nuit, dit l'abbé. Que faisons-nous de l'oiseau? Son maître pourrait bien ne plus revenir...

– Nous allons le libérer, dit Yolanda. Il mourrait de faim, dans sa cage.

Elle se dirigea vers le moulin, escalada la roue à aubes et ouvrit la porte de la cage. Le perroquet sortit lentement, battit des ailes et alla se percher sur les superstructures. Il se mit à se balancer en grommelant.

– Il se débrouillera bien tout seul, déclara Yolanda en rejoignant ses compagnons. Il trouvera facilement des graines et des fruits pour se nourrir.

– Ooaark! déclara le perroquet.

– Il est plutôt joli, dit l'abbé. En tout cas plus amusant que nos paons.

Le perroquet s'envola à cet instant précis et vint se poser sur son épaule.

– Dieu bénisse mon âme! lança-t-il. Dieu bénisse mon âme!

– Je croyais qu'il ne réussissait à le dire que quand il avait la tête en bas, fit remarquer Harcourt, amusé.

– La sainteté de notre ami a fait son effet, ajouta le Noueux.

L'abbé tourna la tête et le perroquet faillit refermer le bec sur son nez.

– L'abbé, vous lui plaisez, commenta Yolanda. Il vous a reconnu comme le seul être bon parmi nous.

– Mademoiselle, je vous serais reconnaissant de ne pas vous gausser de moi.

Soudain, Harcourt entendit un bruissement dans les épais buissons qui tapissaient le ravin. Tournant brusquement la tête, il vit un corps jaillir dans les airs, puis, les bras ballants, la tête rejetée en arrière, retomber avec un bruit mou et affreux. Harcourt reconnut la longue barbe blanche et les cheveux du vieil homme. De toute évidence, il était mort.

Aussitôt il porta la main à la poignée de son épée. Mais il n'y avait rien en vue, nulle part : le ravin restait vide sous le brûlant soleil de l'après-midi, et seul le bourdonnement lointain d'une mouche se faisait entendre.

– Alors, il n'a pas réussi, dit le Noueux. Cette fois, ils ne l'ont pas ramené vivant.

Quelque part dans les buissons, vers le haut de la colline, quelque chose gloussa.

14

Les voyageurs cheminaient vers l'ouest, à la recherche d'un abri pour la nuit.

– Une caverne ferait notre affaire, haleta l'abbé qui trottait aux côtés d'Harcourt. Ou même un creux dans les rochers. N'importe quoi... Pourvu que nous puissions nous adosser à une paroi et faire face au danger.

– A quoi bon tant de précaution? répliqua Harcourt. Ils ont très bien pu décider de ne pas nous suivre.

Pourtant, s'il en croyait le curieux picotement qu'il éprouvait à la base de la nuque, ceux du Mal avaient bel et bien décidé de se lancer à leur poursuite.

– Mais ils ont tué le vieil homme... et l'ont jeté à nos pieds.

– Ce n'était peut-être qu'un avertissement. Pour souligner celui que venait de nous lancer l'ogre.

– Si j'avais seulement une paroi contre laquelle appuyer mon dos, insista l'abbé, je serais prêt à faire face à une armée entière.

– Silence, dit le Noueux. Gardez donc votre souffle. Yolanda est partie en avant et va certainement nous trouver un abri.

Ils quittèrent les bois pour pénétrer dans une forêt dense. Les arbres énormes et majestueux formaient une voûte sombre et ils ralentirent le pas, impressionnés par la pénombre et le silence : aucune trace de vie en ces lieux où les oiseaux s'étaient tus. Le perroquet s'était recroquevillé sur l'épaule de l'abbé, apparemment effrayé par l'absence de bruit et de clarté.

« Quelle malchance que le Mal nous ait repérés aussi rapidement ! » songeait Harcourt. Il avait espéré lui échapper et atteindre la cathédrale en suivant cet itinéraire, bien au sud de la voie romaine. Mais il s'était montré stupide. Et maintenant, ils étaient poursuivis par des êtres dont ils devraient se débarrasser. S'il s'agissait de poursuivants. Jusqu'à présent, ces créatures ne s'étaient pas montrées, mais il avait la certitude qu'elles guettaient là, quelque part, tout comme auparavant, dans le ravin du vieil homme. Car elles leur avaient bel et bien tendu un piège. Même si, à en croire l'ogre, le Mal avait été averti très tôt de leur présence dans le Pays Vide.

– Je regrette beaucoup que nous n'ayons pas pris le temps de donner à ce vieil homme une sépulture décente, observa l'abbé.

– Il était mort, dit le Noueux, et il n'y avait plus rien à faire pour lui.

– J'ai fait de mon mieux, insista l'abbé.

– Comme si ce n'était pas perdre son temps que de

faire des signes cabalistiques en marmonnant des mots incompréhensibles.

– Ce ne sont pas des signes cabalistiques, et vous le savez parfaitement.

– Silence, vous deux! lança Harcourt.

Dans une heure au plus, le soleil se coucherait, mais déjà l'obscurité envahissait la forêt, et un vent presque furieux venait de se lever brusquement. Les arbres géants gémissaient en s'inclinant, et une pluie de débris et de feuilles s'abattait sur les voyageurs.

– Quelle tempête! marmonna l'abbé. Il nous fallait bien encore ça!

– Juste quelques bourrasques, dit le Noueux. Nous n'avons même pas droit à la pluie. Nous n'aurions d'ailleurs pas lieu de nous en plaindre. Jusqu'à présent, nous n'avons pas été mouillés.

La forêt les abritait des rafales les plus violentes, et ils poursuivirent leur marche sans trop de difficulté, la tête rentrée dans les épaules. Peu à peu, les plaintes du vent diminuèrent pour se taire enfin, et ils discernèrent bientôt des éclairs entre les fûts des arbres, loin devant eux; puis le tonnerre gronda.

Brusquement, ils se retrouvèrent hors de la forêt, sur la berge d'une rivière. Yolanda était là, qui les attendait.

– Je n'ai pas réussi à trouver ce que vous vouliez, dit-elle, mais j'ai aperçu une île, là-bas, où nous pourrons trouver refuge.

– C'est mieux que rien, dit Harcourt. Si les ogres s'en prennent à nous, en tout cas, nous les verrons venir.

– C'est une île très bizarre, telle que je n'en ai jamais vu auparavant. Une île cyprès.

– Une île cyprès? Que veux-tu dire?

– C'est une île couverte de cyprès, encore plus sombre que cette forêt.

– Les cyprès ne sont pas communs dans cette

région, dit l'abbé. Les rares que nous ayons rencontrés ont été importés dans des temps plus anciens.

– Nous devons nous en contenter pour passer la nuit, fit remarquer Harcourt. (Et il ajouta, se tournant vers Yolanda :) Nous te sommes tous reconnaissants.

La rivière n'était certes pas aussi large que le fleuve qui délimitait la frontière du Pays Vide, mais c'était néanmoins un cours d'eau impressionnant, au cours lent et lourd. Elle se perdait dans les profondeurs de la forêt obscure, sous le ciel traversé d'éclairs.

– On peut traverser à gué, dit Yolanda. Au plus profond, l'eau arrive à ma taille.

– Il me semble que je connais cet endroit, dit le Noueux en posant la main sur le bras d'Harcourt.

– Comment serait-ce possible? Tu n'es jamais venu ici auparavant.

– C'est vrai, mais cet endroit existe dans ma mémoire. Cette île, cette rivière... la forme même de ces arbres. Mais je ne saurais dire d'où je tiens ce souvenir. Il me semble tellement ancien. Peut-être n'ai-je même pas vu cet endroit de mes propres yeux. Peut-être est-ce l'image que quelqu'un d'autre a contemplée, il y a bien longtemps...

– C'est la mémoire ancestrale, dit l'abbé. Certains prétendent qu'elle n'existe pas, mais d'autres défendent ardemment son existence. C'est une question de philosophie particulièrement ardue...

– Je n'en ai jamais entendu parler, dit Harcourt. Es-tu bien certain de ne pas avoir inventé tout ça?

– Absolument, répliqua sèchement l'abbé. Il en est question dans des écrits fort sérieux que j'ai lus.

– Eh bien, que pouvons-nous faire? Allons-nous passer la nuit dans cette île ou bien traverser la rivière et continuer? Sur l'île, nous serons au moins en mesure de voir ou d'entendre le Mal s'il se décide à nous attaquer.

– Nous n'avons pas à hésiter, trancha l'abbé. Etablissons notre camp dans cette île.

– Qu'en dis-tu? demanda Harcourt au Noueux.

– Je suis d'accord.

– Et toi, Yolanda, tu restes bien silencieuse.

– Je vous l'ai dit, fit-elle. Cette île est étrange et bien inquiétante mais, ainsi que vous l'avez déclaré, voilà tout ce qui s'offre à nous.

Harcourt, sans ajouter un mot, s'avança dans le courant. Les nuages d'orage, à l'ouest, occultaient le peu de lumière qui leur aurait permis de voir clair pour franchir la rivière. Le tonnerre roulait sans cesse, et des éclairs sillonnaient le ciel au-dessus de la muraille obscure des cyprès, sur la rive opposée. Les bourrasques de vent avaient cessé mais, à présent, des risées passaient à la surface de l'eau, de plus en plus vives.

– Sur l'île, dit doucement Yolanda à Harcourt, nous trouverons un abri.

– Un abri? Tu ne m'en avais rien dit. De quel genre?

– C'est une construction dissimulée par les arbres. Je ne sais pas ce que c'est exactement. J'ai hésité avant de vous en parler. Elle est si vieille et si sinistre.

– Qu'importe! C'est un abri. Et la tempête n'est pas terminée.

« Perdue dans la forêt de cyprès, la plus coquette des demeures doit prendre un aspect sinistre », songea-t-il, déjà au milieu du lit de la rivière. A présent, l'eau lui arrivait à la taille; puis, peu à peu, il sentit que le sol remontait sous ses pas. Harcourt se retourna pour s'assurer que les autres le suivaient bien. Le perroquet était toujours niché sur l'épaule de l'abbé, courbant la tête et le bec sous les souffles du vent.

Harcourt et Yolanda furent les premiers à poser le pied sur l'île et restèrent immobiles un instant, à observer la forêt tout en attendant le Noueux et l'abbé.

– N'as-tu pas l'impression que ces arbres ont été plantés? demanda Harcourt. Ils me paraissent former des rangs.

– Oui, à moi aussi. C'est ce que j'ai pensé en les voyant la première fois, et puis je me suis dit que c'était un effet de mon imagination.

– Non, je ne le pense pas. Je crois au contraire qu'ils ont bel et bien été plantés sur cette île. Et où se trouve cet abri dont tu m'as parlé?

– Par là, dit Yolanda en lui désignant une allée entre deux rangs de troncs noirs.

– Alors, allons-y, l'orage est sur nous. (Il se retourna et leva la main à l'adresse de l'abbé et du Noueux.) Dépêchez-vous!

Il s'élança sans plus attendre, Yolanda sur ses talons. Seuls les éclairs de l'orage semblaient leur indiquer le chemin dans l'obscurité. Enfin Harcourt découvrit le refuge. Il s'était attendu à trouver une cabane branlante, mais ce n'était rien de tel : l'abri qu'avait découvert Yolanda n'était ni une cabane ni une ruine. A la lueur des éclairs, Harcourt distingua des blocs de pierre, massifs et sombres, qui formaient une construction dont le sommet se perdait dans les feuillages. Harcourt reconnut des hiéroglyphes gravés dans la pierre d'une sorte de portique.

Il atteignit bientôt un seuil de dalles épaisses, juste en dessous de l'arche, et s'arrêta, Yolanda à son côté. Ils jetèrent un regard vers les grands cyprès battus par le vent. Brusquement, la pluie s'abattit sur la forêt en rideaux violents et froids, et de lourdes gouttes crépitèrent sur les dalles et les pierres du portique.

A la lueur brève des éclairs, Harcourt entrevit alors, au-dessous des arbres torturés, une forme immense et sombre : un serpent monstrueux qui semblait dressé sur sa queue, se balançant au rythme de la tempête.

– Vous avez vu? cria-t-il aux autres.

– Non, rien, fit l'abbé.

– Alors, entrons. Ne restons pas sous la pluie.

Harcourt n'était pas certain que ses compagnons l'aient entendu dans le fracas de la tempête mais, en reculant, il entrevit un mince rai de lumière sur sa gauche. Intrigué, il s'avança avec précaution tandis que la lueur grandissait. « Elle n'est pas assez vive pour provenir d'une chandelle ou d'un feu », pensa-t-il. C'était en effet un doux halo, comparable à la phosphorescence du bois pourrissant, teinté de vert.

« Ainsi, pour pénétrer dans cette demeure, il faut emprunter ce couloir! Tiens, il semble former un coude brusque après quelques pas. »

Harcourt s'arrêta et observa attentivement la lumière, essayant de deviner ce qui pouvait l'attendre au-delà. Mais il ne parvenait à discerner que des formes vagues. Ses trois compagnons l'avaient rejoint à présent, mais aucun d'eux n'avait prononcé un mot. L'abbé s'avança enfin et chuchota :

– Qu'est-ce donc, Charles?

Le tumulte de la tempête s'était estompé et ils pouvaient maintenant s'entendre.

– Je l'ignore, répondit doucement Harcourt. Je vais aller voir.

Il tira son épée du fourreau, la brandit et fit un pas vers la lumière; l'abbé le suivit.

– Prodigieusement étrange, marmonna-t-il.

« Oui, c'est prodigieusement étrange », reconnut Harcourt en lui-même.

Ils atteignirent l'angle du couloir et découvrirent devant eux un espace qui semblait sans limite. Plus qu'une salle, plus qu'un hall, c'était un monde. Un monde mort, à ce qu'il semblait. Rien ne bougeait. Rien ne semblait vivre en ce lieu qui aurait pu abriter des milliers d'habitants. Ici, la poussière partageait son royaume avec le vide. Pourtant, les deux compagnons reconnurent quelques éléments de mobilier. Devant eux, se dressait une espèce d'autel, qui ne rappelait guère, cependant, celui de l'abbaye.

« Mais s'agit-il vraiment d'un autel? » s'interrogea Harcourt.

Fasciné mais empli de terreur devant ce lieu inconnu, il s'avança, puis s'arrêta après quelques pas. Il se retourna vers ses compagnons et vit alors que le seuil de la porte avait disparu. Pourtant, pour pénétrer dans cet endroit, ils avaient bel et bien franchi un seuil invisible à présent, comme effacé et remplacé par une pile de blocs énormes perdus dans les hauteurs.

La surface de ces pierres énormes était couverte d'hiéroglyphes compliqués qui rappelaient à Harcourt ceux qu'il avait entrevus sur l'arche à la lueur des éclairs.

La peur devint comme autant de doigts glacés qui se refermaient sur lui. « Mais pourtant, c'est ridicule; je n'ai rien à redouter en ce lieu. La salle, s'il s'agit bien d'une salle, et non d'un univers, semble absolument déserte. Et ancienne et envahie par la poussière des âges... » songea-t-il en s'approchant des blocs de pierre pour tenter de déchiffrer les hiéroglyphes. Mais les signes ne ressemblaient à rien qu'il eût déjà vu. Cependant, ces formes évoquaient une sorte d'obscénité primitive qui le fit frissonner.

Un bruissement le fit se retourner brusquement, l'épée à demi levée. Mais il ne vit rien.

– N'essaie pas de les surprendre, dit le Noueux. Ils sont toujours là, mais ne cherche pas à les deviner. Cela vaut mieux pour toi.

– Quoi? lança Harcourt. Qui sont-ils? De qui parles-tu? Montre-les-moi! lança Harcourt en voyant l'abbé brandir le crucifix de son rosaire qu'il tenait dans sa main droite. Son visage était devenu de marbre et ses lèvres prononçaient des paroles incompréhensibles dont Harcourt devina l'origine latine.

– Rangez-moi donc ce maudit crucifix! lança le Noueux.

Quelque part dans l'immensité de la pièce, une voix

cria dans une langue inconnue et des échos lui répondirent.

– Si c'est le Mal, dit Yolanda, il est ici différent de celui que nous avons rencontré.

– Le Mal ne varie jamais, répliqua Harcourt sur un ton sévère. Il est partout le même.

Le visage de Yolanda, calme, placide, était même empreint d'une sérénité pieuse. L'abbé, quant à lui, avait lâché son crucifix qui pendait à sa ceinture.

Au bruissement puis au cri étrange succéda un battement d'ailes, loin au-dessus d'eux. Et puis, dans le recoin le plus éloigné de cette salle immense, ils découvrirent des yeux scintillants qui perçaient l'ombre. Enfin, ils entendirent un gargouillement qui fit courir des frissons sur leur échine.

– Ce Mal, dit Yolanda, était ici avant le début du monde. Il vient d'un univers que nous ne connaissons pas.

Le Noueux se dirigeait à présent vers l'autel, d'une démarche qui ne lui était pas familière. Il semblait traîner la jambe et, dans le même temps, son apparence avait changé. Il était devenu plus grand et ses genoux ne ployaient plus sous lui alors qu'il avançait avec confiance vers l'autel. C'était un Noueux bien différent de celui qu'ils connaissaient.

– Charles, nous sommes pris au piège, dit l'abbé. La porte a disparu.

Quelque chose rampait non loin d'eux; si c'était un serpent, il devait être gigantesque. Une forme courut sur un mur, mais pourtant il n'y avait pas de mur. S'agissait-il d'un jeu de lumière, d'une ombre sur un feu Saint-Elme? Harcourt se souvint alors de la chose gigantesque qu'il avait entrevue dans l'orage. Il fit un pas en avant et devina que l'abbé le suivait en brandissant sa massue. « Mais que peuvent une épée et une massue, ainsi que deux hommes décidés, contre ce grand serpent qui projette son ombre sur un mur inexistant?... »

C'est alors qu'Harcourt entendit une voix profonde et gutturale, une voix arrogante qui proférait des incantations incompréhensibles des profondeurs du lieu où elle se trouvait :

– *Egong aud dunag aud... egholu amu auth d'bo... tor agana's unhl anc.*

– Dieu tout-puissant, dit l'abbé, c'est le Noueux!

Quelque part sur leur gauche, une créature invisible miaulait. Et une autre forme trottait sur des pattes innombrables tandis que le Noueux, les bras levés au-dessus de l'autel, continuait de hurler dans une langue que nul homme n'aurait pu parler ou comprendre.

– Cela se cache ici pour attendre, dit Yolanda de sa voix calme et douce. Voici peut-être la fin du monde. Peut-être même la fin des temps, et le retour du chaos.

Alors, l'horreur se rapprocha, comme pour s'emparer d'eux. La chose qui rampait dans l'ombre, celle qui projetait son ombre sur les feux Saint-Elme, la chose qui miaulait. « Mais nous n'affrontons rien, en vérité, car rien de solide ne s'oppose à nous! Rien à combattre, rien contre quoi brandir la massue ou l'épée! » se dit Harcourt, affolé. L'abomination était dans l'air même qu'ils respiraient, dans la sensation qu'ils éprouvaient dans le dos, comme si des millions de vers ou de chenilles grimpaient le long de leur échine. Et puis, au sommet de l'horreur et du dégoût, la folie montra sa tête hideuse et les fixa. Alors Harcourt ne put que hurler comme un animal, tandis que les larmes jaillissaient de ses yeux.

Pas un instant la voix du Noueux ne s'était tue. Encore et encore, il répétait ces phrases étranges et sonores qui ne semblaient pas venir d'une gorge humaine.

L'abbé demanda enfin, d'une voix affreusement tendue :

– Yolanda... Comment sais-tu tout cela?

– Je ne sais pas. Je n'ai surpris que des murmures dans les recoins des cheminées, au cœur de la nuit. Des histoires anciennes, des contes que chacun a entendus au moins une fois. Ils parlent des plus anciens venus de l'au-delà. Mais lui, il sait, ajouta-t-elle en montrant le Noueux. Il sait et peut les contenir. Lorsqu'ils l'entendent, ils battent en retraite, retournent dans leurs refuges secrets. Car ils ont perdu leur puissance d'autrefois. Ils se sont affaiblis et doivent attendre de retrouver leurs forces pour affronter le jour, quand l'heure sera venue pour eux de rôder de par le monde.

« Dieu nous vienne en aide, pria Harcourt. S'ils sont faibles à présent, que devrons-nous affronter, lorsqu'ils auront récupéré leurs forces? »

Pour l'heure, ils se rassemblaient. Harcourt les devinait et, parfois, les entrevoyait. Il subissait leur présence, leur approche atroce, de tous ses membres, de tous ses nerfs. Il les sentait, les respirait. Bientôt, viendrait l'instant de l'assaut final et nul homme ordinaire ne pourrait leur résister. « Et peut-être, songea-t-il, ne trouverai-je rien devant moi. »

Rien contre quoi frapper.

Il s'avança en trois bonds à côté du Noueux, leva son épée et l'abattit en un arc scintillant. Au même instant, Yolanda étendit les bras, rejeta la tête en arrière et, de sa gorge, sortit un chant terrible et merveilleux, aussi puissant et effrayant que les mouvements de l'horreur, un chant qui semblait sans paroles mais se mêlait aux incantations du Noueux pour ne former qu'une seule et étrange mélopée.

Loin dans les profondeurs de l'espace immense qui s'étendait devant eux, des yeux flamboyaient d'une éclatante lumière dorée, des prunelles nombreuses et avides. Un monstre immense grondait doucement : c'était comme le ronronnement soyeux, puissant et tranquille d'un million de chats, entrecoupé cependant de sons glaçants. Des formes, sans pattes ni ailes, se démenaient là, dans l'obscurité, des créatures bavardaient frénétiquement en faisant claquer leurs sabots, se préparant au festin, et on pouvait entendre le gargouillement de la salive dans les gorges ignobles.

La peur avait envahi tout l'espace et semblait crépiter comme l'orage dans l'air. Quelqu'un bougea près d'Harcourt et, tournant la tête, il vit l'abbé qui tenait d'une main son crucifix et de l'autre sa massue.

– Nous ne sortirons peut-être pas d'ici, grinça-t-il entre ses dents, mais on va faire voir à ces saletés ce que nous savons faire.

– Ils arrivent, dit Harcourt.

L'abomination venait sur eux, maintenant. En dépit des imprécations du Noueux et du chant de Yolanda, elle avait repris des forces et rien, apparemment, ne pouvait plus l'arrêter. Harcourt raffermit sa prise sur la poignée de son épée et fit encore un pas en avant. Il découvrit alors de multiples visages, des faces hideuses qui s'agitaient, reculaient, s'effaçaient pour être remplacées par d'autres, sans cesse, toujours plus répugnantes et épouvantablement grotesques.

Comme la vague vivante s'avançait encore, une masse se dressa, pareille à une crête ondulante et puissante, un mur liquide et massif à la fois, une main fluide prête à les happer, puis une voix retentit, dominant les vociférations du Noueux et le chant incantatoire de Yolanda. Les mots qu'elle prononçait étaient aussi étranges et incompréhensibles que ceux du Noueux. Cependant, l'horreur parut les comprendre car elle demeura soudain suspendue en l'air avant de battre en retraite, comme une lame s'abattant sur un récif.

Le silence tomba dans le grand espace. Harcourt fit volte-face, cherchant à savoir la provenance de cette voix, mais ne vit rien ni personne. Les quatre compagnons étaient seuls, et le perroquet, toujours perché sur l'épaule de l'abbé, poussa un croassement sonore.

Le feu verdâtre était mourant et les yeux dorés

avaient disparu. Le ronronnement, les glissements, les chuchotements et les bavardages s'étaient tus. Mais une nouvelle clarté venait d'apparaître. Levant la tête, Harcourt aperçut alors la lune, juste au-dessus d'eux, qui se glissait entre deux bancs de nuages mouvants.

« Impossible que la lune apparaisse en un lieu clos, impossible qu'elle luise à travers les pierres », songea-t-il. Mais il n'y avait plus de pierres ni de murs. Le bâtiment était comme évaporé. Des ruines se dressaient maintenant autour d'eux, des blocs énormes entre lesquels se profilaient des arbres, des buissons. Dans les crevasses de la pierre, les lierres humides brillaient sous la lune.

– La pluie a cessé, annonça l'abbé, comme hébété. On dirait que l'orage est parti vers l'est.

– Quittons cet endroit, dit le Noueux, la voix rauque.

– Ce que je voudrais bien savoir, fit Harcourt, c'est comment tu as pu...

– Ce n'est pas le moment, l'interrompit le Noueux.

Yolanda prit le bras d'Harcourt, l'entraîna au milieu des ruines et l'abbé leur emboîta le pas en trébuchant parfois sur des fragments de pierre.

Harcourt se dégagea de l'étreinte de Yolanda.

– Dis-moi, fit-il, cette troisième voix... Qui était-ce? Je n'ai rien vu.

– Moi non plus. Mais je crois avoir reconnu la voix du colporteur.

– Le colporteur? Mais ce n'est qu'un...

– C'est un sorcier de mauvaise réputation.

– De mauvaise réputation? Pourquoi cela?

– Parce qu'il ne fait pas étalage de ses pouvoirs, mais les cache.

– Mais tu le connaissais, n'est-ce pas? Ou tu avais entendu parler de lui. C'est toi qui nous as conduits jusqu'à sa grotte.

– Je le connais en effet depuis quelques années, avoua Yolanda de sa voix la plus douce.

A présent, ils avaient quitté les ruines et Harcourt se retourna pour les regarder une ultime fois. « Elles ressemblent à n'importe quel château effondré, se dit-il, pourtant, elles demeurent imprégnées de l'essence du Mal. »

– Viens donc voir ce que j'ai trouvé! lança l'abbé. (Sa voix de ténor, nouée, trahissait combien il luttait pour garder son calme. Il se tenait immobile au bord d'une allée de dalles et, en approchant, Harcourt distingua des formes noires et prostrées, sur le sol.) Des ogres, expliqua l'abbé. Toute une bande de maudits ogres. (Tous gisaient sans vie, dans des postures d'agonie et de souffrance.)

– Il doit bien y en avoir une douzaine. Sans compter d'autres que peut-être nous n'avons pas vus.

– Alors ils nous suivaient, conclut le Noueux. Et de près. Si nous nous étions installés pour la nuit, ils nous seraient tombés dessus. Voilà de quoi méditer sur les intentions et les promesses de ce vieil homme que nous avons rencontré.

– Avant de pénétrer dans la demeure, dit Harcourt, j'ai cru voir un ancien – c'est bien ainsi que tu les appelles, n'est-ce pas? – sous la forme d'un serpent énorme qui dansait sur sa queue.

– Ce n'était peut-être pas nécessairement ce que tu crois, intervint le Noueux. Tout était entremêlé, à la fois dans l'espace, le temps et le néant. Nul ne peut savoir ce qui s'est produit...

– Mais tu semblais en partie au courant de ce qui arrivait, remarqua l'abbé. Tu t'es placé devant l'autel et tu as lancé des cris pour les repousser. Tu m'as également ordonné de poser le crucifix, cela je ne te le pardonnerai jamais. Quand il s'agit de la croix, on n'agit pas de la sorte.

– Oubliez ça, tous les deux, s'écria Harcourt. Plus tard, il sera encore temps d'en parler et de vous lancer ces autels et crucifix à la tête. Pour l'instant, des ogres morts gisent à nos pieds et le mieux serait de nous en éloigner aussi vite que possible.

– Le ciel est clair et la lune cachée, dit Yolanda. Nous pourrons traverser la rivière et couvrir une ou deux lieues avant le matin. Ce que dit le seigneur Harcourt est sage.

– Mais nul n'a le droit d'appeler la malédiction sur un crucifix, insista l'abbé.

Harcourt se pencha sur les corps des ogres. Ils étaient morts de façon atroce, comme s'ils avaient été tordus, et même parfois retournés de l'intérieur par quelque force brutalement interrompue dans sa tâche. Il leva ensuite la tête vers le ciel. Les nuages étaient moins denses mais le peu de clarté que répandait la lune perdue dans les nuées empêchait de voir très loin. L'air était frais et vif, et les cyprès maintenant immobiles. Tout demeurait silencieux. Le monde redevenait serein après la tempête.

– Peux-tu ouvrir la marche? demanda Harcourt à Yolanda. Il nous faut traverser la rivière et continuer droit vers l'ouest.

– Je le peux, dit-elle. Suivez-moi.

15

L'aube pointait quand les voyageurs arrivèrent au pied d'une colline couverte d'une forêt dense jusqu'à mi-pente. Plus haut, le terrain apparaissait dénudé, parsemé d'énormes rochers lisses.

Ils étaient épuisés par leur marche nocturne. Contraints de retraverser la rivière dans la semi-obscurité, ils s'étaient engagés dans la vallée sur un parcours semé d'embûches : fondrières, fossés et marécages. Harcourt luttait contre le sommeil et la fatigue, et mettait péniblement un pied devant l'autre. Parfois, il se trouvait devant l'abbé et le Noueux, parfois il perdait du terrain et peinait pour rattraper ses compagnons. Yolanda, quant à elle, marchait loin devant et ne semblait montrer aucun signe de fatigue.

Ils ne se parlaient que rarement pour économiser le peu de souffle qui leur restait.

Pourtant, ils auraient eu tant de choses à se dire, et tant de questions se bousculaient dans leurs têtes. « Plus tard, nous devrons trouver le temps d'en parler », se jura Harcourt en cherchant à rassembler ses esprits; mais la fatigue obscurcissait ses pensées et empêchait toute idée cohérente de prendre forme.

Lorsqu'ils firent halte sur la pente, le ciel était devenu assez clair pour leur permettre d'apercevoir le sommet; le soleil, cependant, ne se lèverait pas avant longtemps.

– Nous devrions y arriver, dit Harcourt. De là-haut, nous pourrons observer toute la région et voir si nous ne sommes pas suivis.

– Pourquoi s'inquiéter? s'exclama l'abbé. Ceux qui étaient à nos trousses sont tous morts sur l'île.

– Ça, je n'en suis pas convaincu, répliqua le Noueux. Il est fort possible que certains aient réussi à s'échapper.

– Non. Après ce qui s'est passé là-bas, il ne s'en trouvera plus un seul pour se lancer sur nos traces.

– Ceux qui ont trouvé les ogres morts, dit le Noueux, n'ont pu que penser que nous étions leurs meurtriers; je ne peux m'empêcher d'y songer. Ils ont déjà dû jurer notre mort. Nous n'avons pas le choix : suivons le conseil de Charles et grimpons jusqu'au sommet.

– Mais il n'y a plus d'arbres, là-haut, protesta l'abbé. On pourra nous voir de loin.

– Nous nous cacherons derrière ces rochers, dit Harcourt. D'ici, ils ne semblent pas aussi gros que cela, mais je pense qu'ils sont assez volumineux pour nous dissimuler tous.

– Très bien. Je dois dire que tous mes muscles protestent, mais... allons-y.

Ils reprirent leur ascension, mus par la seule volonté, se hissant maladroitement sur les mains et les genoux aussi, parfois. Ainsi que l'avait estimé Harcourt, les rochers étaient assez gros pour leur offrir un abri sûr. Mais la colline, elle aussi, se révéla plus importante qu'elle n'avait paru, vue du bas. Quand ils parvinrent enfin au sommet, ils découvrirent un vaste panorama qui se déployait sous leurs yeux jusqu'à l'horizon. Le soleil allait apparaître, et la journée promettait d'être belle.

L'abbé se laissa tomber à terre, le dos contre un rocher, et tapota le sol en regardant Harcourt.

– Tu ferais aussi bien de t'asseoir là, à mes côtés. Tu n'as pas l'air plus brillant que moi.

– Tu baisses toujours pavillon le premier, répondit Harcourt.

Mais, à dire vrai, il aurait aimé s'installer là auprès de son ami l'abbé, et faire un petit somme. Mais il résista à la tentation de s'assoupir.

– Je n'ai pas aperçu le moindre dragon, déclara le Noueux. Si le Mal était à nos trousses, ils se seraient montrés. Nous aurions pu également rencontrer des harpies.

– Nous ne devons pas être loin de la région où elles se trouvent, s'il faut croire ce que nous a dit le colporteur, fit Yolanda. Il se pourrait bien que nous n'ayons pas affaire aux dragons, cette fois, car ils se fatiguent vite et ne peuvent pas voler loin. Non, les harpies seront notre prochaine épreuve.

– Escaladons la dernière crête, dit le Noueux à Harcourt. Je crois qu'avec un homme de guet, les autres peuvent dormir en paix.

L'abbé avait déjà ouvert son sac et en sortait des

provisions. La bouche pleine, il déclara après un instant :

– Je ne dors jamais l'estomac vide. Du moins quand c'est possible.

– Je vais prendre le premier tour, proposa Yolanda.

– Non, dit Harcourt. C'est moi. Jusqu'à midi.

« Je ne peux courir le risque de laisser Yolanda monter la première garde », se dit-il. Il avait un peu honte de cette pensée car, depuis qu'ils étaient entrés dans le Pays Vide, Yolanda les avait servis loyalement. Mais elle les avait conduits jusqu'aux Anciens sans les avertir de ce à quoi ils devaient s'attendre, puis s'était jointe au Noueux devant l'autel. Depuis des années la jeune fille connaissait le Pays Vide et savait que le colporteur était un sorcier. Non, ce serait folie que de la laisser prendre le premier tour.

– C'est le Noueux qui me relèvera, reprit-il.

– Je t'en suis reconnaissant, fit l'abbé. Mais c'est sûrement mieux ainsi. Tous les démons de l'enfer ne sauraient m'arracher au sommeil avant la fin de l'après-midi, je crois. (Le perroquet croassa et vola un bout de pain à l'abbé.) Cet oiseau devient un vrai parasite. Il m'a adopté et je ne suis pas certain que cela me plaise vraiment. Tout ce qu'il m'apporte, ce sont des puces ou autres vermines... Quelqu'un d'autre voudrait-il le partager avec moi?

– Ça, non, merci, fit le Noueux.

Le perroquet croqua un autre morceau de pain et vociféra :

– Attention aux ogres! Attention aux maudits ogres!

– C'est bien la première fois que je l'entends parler depuis que nous avons quitté le moulin, remarqua Yolanda. Croyez-vous que cela signifie quelque chose?

– Il ne fait que répéter ce que nous savons déjà, dit Harcourt.

– Il radote, grommela le Noueux.

– Pourtant, remarqua l'abbé, on dit que c'est souvent de la bouche de l'idiot...

– Vous êtes complètement fou, fit le Noueux d'un air écœuré. (Et il ajouta à l'adresse d'Harcourt :) Allez, grimpons sur cette crête.

Tous deux s'allongèrent côte à côte sur la roche nue pour observer le paysage.

La rivière coulait vers le nord sur une courte distance avant de s'orienter à l'ouest. Sur les deux rives, d'immenses prairies s'étendaient, parsemées de petits bosquets. Au sud et au sud-ouest, ils découvrirent de petites collines aux formes douces, couvertes de forêts clairsemées. A l'est, se dressaient les collines sombres et les épaisses forêts qu'ils avaient traversées pour atteindre la rivière.

– J'aperçois une petite harde de licornes, droit au nord, annonça le Noueux. Rien d'autre.

– Oui, je les vois, fit Harcourt. Elles m'avaient échappé. Et un peu à l'est, il y a des loups. Mais je ne vois rien d'alarmant. Je vais rester. Pourquoi ne vas-tu pas prendre quelque repos? Je te réveillerai aux alentours de midi.

– Charles, tu dois certainement te poser des questions à propos de cette nuit. Je n'ai pas envie d'en parler avec les autres pour le moment, mais tu as le droit de savoir.

– Non, pas plus moi que l'abbé ou Yolanda, dit Harcourt. Bien sûr, je suis intrigué, mais je n'ai aucun droit. Je suis seulement heureux que tu aies été capable d'agir efficacement. Tu as réussi à repousser ces phénomènes.

– Je crois que tu as non seulement le droit de savoir, insista le Noueux, mais il faut aussi que tu saches. Nous appartenons à la même famille. Ton grand-père et moi sommes amis depuis des années, et je te connais depuis ton enfance.

– Je n'ai pas oublié. Tu me montrais comment les

oiseaux faisaient leur nid. Nous les observions ensemble et tu me disais comment ils s'y prenaient. Et nous nous demandions si un homme construit sa cabane de la même façon... Tu me montrais aussi les tanières des renards, et nous attendions que les renardeaux sortent pour les voir jouer exactement comme des enfants s'amusent quand leur mère ne les surveille pas. Tu m'as appris tous les noms des arbres et des plantes ainsi que leurs vertus et leurs dangers...

– Oui, je me souviens, dit le Noueux d'un air songeur.

– Grand-père et toi avez été mes deux pères.

– Ton grand-père, vois-tu, connaît en partie ce que je vais te dire. Il sait que je ne suis pas un humain, mais il m'a donné son amitié et, je peux le dire, toute l'affection qu'on peut témoigner à un autre homme.

– Je t'ai toujours considéré comme un être humain, protesta Harcourt. Jusqu'à une date récente, je ne me suis jamais posé de questions à ce propos. Le jour où j'ai compris, j'ai éprouvé de la surprise et je me suis senti coupable, aussi. Mais cela n'a vraiment rien changé ni ne changera jamais rien.

– Je me sens très proche des hommes, reprit le Noueux. En fait, je suis sans doute quasi humain, mais différemment. Ma race a précédé la vôtre; de combien de temps, je ne saurais le dire. Nous sommes un peuple dont la durée de vie est bien supérieure à celle des hommes, et je ne peux l'expliquer. Je suis si âgé que j'ai perdu la notion du temps. Pour nous, les années ne sont guère importantes. Car lorsque je te dis que nous vivons plus longtemps que vous, je parle d'un millier d'années, peut-être parfois plus. Et nous avons aussi une autre particularité. Nous sommes matures durant la plus grande partie de notre vie, mais nous ne vieillissons pas. Nous mourons, voilà tout, sans avoir connu le déclin ni la sénilité. Pour moi, c'est un bien. Nous ignorons l'usure du corps, l'affaiblissement de l'esprit. Notre mémoire demeure vive, précise et claire jusqu'à la fin. Mes souvenirs s'étendent si loin que je n'en parle jamais, car cela paraîtrait trop étrange. Et je possède aussi ceux de ma race. La mémoire ancestrale. C'est ainsi que l'abbé l'a appelée, là-bas dans l'île.

– Tu veux dire que tu portes en toi les souvenirs de tes ancêtres, de ton père, de ton grand-père et...

– Cela remonte plus loin encore. Tous ces souvenirs, qui ont été accumulés par des générations, sont peut-être les plus importants, les plus essentiels pour survivre et comprendre.

– Alors, ces paroles que tu as prononcées dans l'île, ces mots qui ont arrêté les Anciens...

– J'ignorais que je les connaissais, acheva le Noueux. Ils se sont manifestés naturellement. La situation les a fait surgir dans ma tête comme d'un puits très profond, pour me permettre de survivre.

– Mais tu n'en comprends pas le sens, n'est-ce pas? Pas plus que moi?

– Si, je saisis leur signification, du moins momentanément. J'ai dû me voir alors sous les traits d'un de mes ancêtres qui a combattu les Anciens en criant ces mots que j'ai répétés.

– Tu étais un homme tout autre, alors?

– Je ne sais pas. Par moments, j'en ai eu l'impression. Il faudra que j'y réfléchisse.

– Yolanda a été la première à parler des Anciens. Elle m'a dit qu'ils étaient déjà là à la naissance du monde.

– Comment pourrait-elle savoir?

– Elle semble connaître bien des choses que l'on ignore en dehors du Pays Vide. Par exemple, elle savait que le colporteur était un sorcier. Elle prétend que la voix que nous avons entendue était la sienne.

– Ainsi, il y avait quelqu'un d'autre, murmura le Noueux. Je pensais bien que l'on m'avait aidé car j'ai deviné une autre force au moment où la mienne diminuait.

– Quelqu'un t'est donc venu en aide. Que ce soit ou non le colporteur.

– Oui, on le dirait bien.

– Yolanda aussi t'a aidé en chantant des incantations.

– Je sais. Je me demande où elle a pu apprendre ces chants que j'ai reconnus à peine tant leur souvenir est perdu dans la brume des âges...

– Il faut la surveiller, dit Harcourt. Elle connaît trop de choses.

– Nous en reparlerons plus tard. Je savais que tu pensais à tout ça.

– Autre chose au sujet des monticules, tu nous as dit...

– Dans les jours les plus lointains, nous les appelions les Enfants du Sol. C'était un nom plutôt agréable pour ces phénomènes qui ne le sont guère. Ils surgissent en effet du sol comme des plantes sauvages, mais sont bien plus que des végétaux. Nous les avons toujours évités. Quand je dis nous, je parle de mes ancêtres d'il y a des milliers d'années. Les Enfants pouvaient se montrer méchants et parfois pis que cela. Ils étaient la première manifestation du Mal sur ce monde, et depuis il y en a eu bien d'autres, comme une longue chaîne des créatures du Mal. Les Anciens sont venus plus tard, mais guère plus. Ce n'étaient pas des enfants de la terre mais du Vide. Ils ont essaimé des éons durant, puis ont disparu. De nos jours, ils se terrent dans leurs cachettes profondes, attendant un jour, que j'espère ne jamais voir, où ils pourront ressurgir pour ravager la surface de la terre et tout ce qu'elle porte. Ce que nous avons affronté sur cette île n'était que le pâle reflet de ce qu'ils ont été, une faible tentative pour nous empêcher d'envahir leur sanctuaire. Mais les Anciens ne furent pas les premiers. Les Enfants du Sol les ont précédés. Ils ont été détruits par la hache et la charrue dans tous les lieux où ils se trouvaient. Quant aux Anciens, j'ignore comment ils ont disparu. Nul ne le sait, peut-être.

– Et maintenant, il reste le Mal, dit Harcourt.

– Des fragments de légende, auxquels on ne peut guère se fier, prétendent qu'au commencement, le Mal n'était pas tel que nous le connaissons à présent. Aux premiers jours de l'homme, les créatures du Mal étaient les compagnons des humains, certes bien étranges, mais qui savaient se montrer charmants et agréables. Avec le temps, le Mal est devenu pour eux un moyen de survie. Ils le tiennent des Anciens qui ont vu en eux une succession à leur héritage de méchanceté. Avant de disparaître, ils leur ont transmis le Mal. Et même alors, ils étaient différents de ce qu'ils sont aujourd'hui. Pris entre les Romains et les barbares, ils se protégeaient en devenant cruels et redoutables. Plus tard, la haine de l'humain a dû naître en eux. Peut-être quand ce saint, qui est censé être enfermé dans ce prisme que nous recherchons, a tenté de les rejeter tous dans les Ténèbres de l'Extérieur. On ne peut trop leur en vouloir d'avoir éprouvé de la haine. Depuis ce jour...

– Mais notre sorcier-colporteur dit que leur haine et leur cruauté paraissent obéir à des cycles...

Le Noueux secoua la tête.

– Il se peut aussi que le sorcier ne sache pas exactement de quoi il parle. Il est possible que les Anciens, puisqu'ils n'ont pas totalement disparu, reviennent par périodes pour les influencer, les exciter à la colère...

– Mais sur l'île, les Anciens ont tué les ogres qui nous suivaient.

– Aveuglément, sans doute. Le Mal est imprévisible. Nous ne pouvons espérer comprendre leur manière de penser.

– Nous avons réveillé les Anciens, dit Harcourt, et si ton hypothèse est bonne, nous allons affronter une période très sanglante.

– Ne t'inquiète pas, nous aurons beaucoup d'autres sujets de crainte.

Et le Noueux s'éloigna, laissant Harcourt seul au sommet de la colline.

Harcourt leva les yeux vers le ciel et ne vit aucune trace de dragons. Loin à l'ouest, une forme scintillante brillait, trop loin pour qu'il pût espérer la reconnaître. Elle paraissait voler. Pourtant, il avait la certitude que ce ne pouvait être un dragon car il n'aurait pas manqué de reconnaître le battement d'ailes heurté du monstre.

Une heure plus tard, un vol de fées passa au bas de la colline, au-dessus des arbres. La lumière scintillait en reflets irisés sur leurs ailes de soie. Elles atteignirent la rivière et se dirigèrent vers l'ouest.

Harcourt ne parvint pas à retrouver la trace des licornes; les loups avaient également disparu.

Quand les fées furent hors de vue, plus rien ne bougea dans le paysage.

« Peut-être, songea-t-il, est-ce inutile de faire constamment le guet. Après tout, il est fort possible que personne ne nous ait suivis. A présent, on a dû retrouver les ogres massacrés dans l'île et penser que notre petite troupe a été massacrée en même temps. Bien sûr, même si on ne retrouve pas nos corps, personne ne songera que nous ayons pu en réchapper. Ceux du Mal ont dû croire que les ogres ont été tués en se battant contre nous. Mais cela paraît improbable, en y repensant : les ogres ont péri de façon si horrible que le Mal saura sans doute immédiatement comment. »

Pour la première fois depuis qu'ils s'étaient aventurés dans le Pays Vide, le Mal avait perdu leur trace. S'ils restaient prudents, ils pourraient pendant un certain temps encore ne pas laisser deviner leur présence.

Jusqu'à présent, ils avaient eu plus de chance que prévu. Sans cette rencontre avec les Anciens dans l'île, ils auraient sans doute été rejoints et tués par les ogres.

Seul un concours de circonstances exceptionnelles leur avait permis de survivre à cette épreuve. Si le Noueux n'avait pas retrouvé aux tréfonds de sa mémoire les mots capables de repousser les Anciens, et si le colporteur n'était pas intervenu, ils auraient connu le même destin que les ogres. Et dans quelle mesure Yolanda n'avait-elle pas lutté avec son chant et ses incantations?

Harcourt fronça les sourcils. Le problème que posait Yolanda le laissait perplexe. Jean, son père adoptif, avait été un loyal serviteur de la maison Harcourt durant toute sa vie, et avant lui sa famille durant une bonne centaine d'années, plusieurs peut-être... Jean s'était porté garant de sa fille adoptive en assurant qu'elle possédait quelque connaissance du Pays Vide. Il avait été sincère et honnête sur ce point, et Harcourt ne pouvait douter de sa parole. Mais dans quelle mesure devait-il faire confiance à sa fille?

Yolanda était en vérité un garçon manqué, à peine une femme. Elle courait constamment devant eux en éclaireur, cherchait les lieux de bivouac et trouvait les pistes à suivre, accomplissant son devoir complètement et fidèlement. Pourtant, c'était sur ses indications qu'ils avaient abouti à la grotte du colporteur, et sans les avertir qu'il était sorcier. Ensuite, sur le chemin de l'île des Anciens, à aucun instant elle ne les avait mis en garde contre les formidables dangers qui allaient se dresser devant eux.

« Il se peut aussi qu'elle n'ait pas su lire l'avenir, qu'elle ait été jouée par quelque tour de nécromancie », se dit Harcourt. Mais l'énigme demeurait, et il ne trouvait pas la moindre trace de réponse.

Le soleil montait dans le ciel sans nuage et ses rayons devenaient de plus en plus brûlants. Une brume se formait au nord et à l'ouest, et des ondes de chaleur frémissaient au-dessus de la terre. Loin vers l'horizon du nord, une forme bougeait, encore indistincte. Harcourt leva la main à son front et crut discerner un ensemble de taches sombres en mouvement, qui laissaient derrière elles un nuage de poussière. « Peut-être une harde de licornes... Cependant, les licornes sont blanches et non sombres », songea-t-il en secouant la tête. Il se frotta les yeux, luttant contre l'assoupissement. Impossible de deviner ce qu'il apercevait. Mais après tout, cela était peut-être sans importance. Ces créatures se trouvaient très loin encore et se dirigeaient apparemment vers le nord-ouest. Quelque part à l'ouest, Harcourt aperçut un nouveau vol de fées dont les ailes diaphanes accrochaient les rayons du soleil.

Il s'étendit sur le dos afin d'apaiser ses muscles douloureux et, inlassablement, leva son regard vers le ciel d'un bleu sombre, si profond, qu'il paraissait infini. « En fait, où donc finit le ciel? Toute chose a une fin, après tout. Et le ciel doit avoir une limite. »

Finalement, il se remit sur le ventre et observa à nouveau le paysage.

Quand le Noueux apparut en haut de la pente, le soleil atteignait le zénith.

– Tu es en avance, remarqua Harcourt. J'aurais pu rester un peu plus longtemps.

– J'ai bien dormi, et je me sens suffisamment reposé. Yolanda a trouvé du bois sec, qui ne fait pas de fumée, et prépare le thé.

– Rien à signaler. Quelques fées sont passées et j'ai aperçu un mouvement au nord, très loin, sans pouvoir distinguer vraiment de quoi il s'agissait.

– Bon, alors je te relève, dit le Noueux. Va donc dormir un brin, et demande à Yolanda de secouer l'abbé avant la fin de l'après-midi pour qu'il soit en mesure de prendre son tour. Il n'a pas cessé de ronfler la bouche ouverte. Un vrai piège à mouches...

Lentement, Harcourt redescendit le flanc de la colline. Il trouva Yolanda accroupie devant un feu environné de cendres blanches. Dès qu'elle l'aperçut, elle lui tendit une tasse de thé.

– Buvez cela. Je vais mettre quelques tranches de viande et de fromage entre deux tranches de pain et les réchauffer. Voilà tout ce que je peux vous offrir.

Harcourt prit la tasse et la remercia. Puis il s'assit près du feu et s'appuya contre une bûche. L'abbé, ainsi que l'avait annoncé le Noueux, était étendu sur le dos et émettait des ronflements sonores. Le perroquet, toujours perché sur son épaule, croassait pour lui-même. Harcourt but son thé à petites gorgées tout en observant Yolanda qui, à l'aide de deux longues fourchettes, réchauffait les tranches de pain, de viande et de fromage au-dessus de la flamme. Bientôt, le pain brunit et le fromage se mit à fondre.

– Ça m'a l'air fameux, dit-il. Je n'avais encore jamais vu une telle préparation...

– Je pense que ça vous plaira, assura Yolanda. En tout cas, le Noueux a trouvé ce mets à son goût. Ça y est... voilà, c'est à point. Attention... C'est chaud.

Harcourt prit le pain avec précaution, mordit dedans. Prenant conscience de sa faim, il dévora le tout rapidement.

Yolanda vint auprès de lui et s'assit, les jambes croisées. Elle avait rejeté son capuchon en arrière et ses cheveux dorés tombaient sur ses épaules. Harcourt admira le bleu tendre de ses yeux; cependant, une expression dure restait inscrite sur son visage. « Avec ses pommettes marquées, et ses lèvres minces comme une entaille, elle n'est pas vraiment belle, songea-t-il. Pourtant, il y a dans ses traits quelque chose d'attirant, de fascinant. Quoi exactement? » Mais, là encore, il n'avait pas de réponse à donner.

Il devina à peine le mouvement de ses lèvres quand elle lui dit :

– Monseigneur, vous ne me faites pas confiance.

– Pourquoi dis-tu cela? sursauta Harcourt, pris au dépourvu.

– Vous ne m'avez pas permis de monter la garde.

– Mais aussi pourquoi ne pas nous avoir prévenus que tu connaissais le colporteur? Tu nous a conduits jusqu'à lui en nous racontant que tu avais trouvé sa grotte par hasard; mais sans nous dire que nous allions avoir affaire à un sorcier.

– Sur le moment, il m'était impossible de vous prévenir. Et je ne suis pas certaine que j'aurais dû le faire de toute manière. C'est un sorcier très mystérieux. Nul ne le connaît et nul n'admet ses talents. Il préfère qu'il en soit ainsi car, durant toutes ces années, il a travaillé dans le secret et réussi à battre en brèche le Mal de bien des façons. Si sa renommée venait à gagner le Pays Vide, il y perdrait beaucoup de son efficacité. Il serait même obligé de fuir. On le poursuivrait et ses pouvoirs ne le sauveraient pas...

– Mais il est intervenu. Dans l'île...

– Bien sûr, sinon nous serions tous morts. Je suis persuadée qu'ayant pris conscience de notre péril, il a préféré courir le risque d'être mis à jour. Pourtant, le danger n'était pas bien grand...

– Tu veux dire qu'il était certain que les ogres allaient être tués?...

– Non, je ne peux l'assurer... Tout ce que je sais, c'est que les Anciens haïssent le Mal plus encore peut-être que les humains. Ils se détestent les uns les autres, mais jamais de la même manière, car le Mal a volé une grande partie de ses connaissances aux Anciens. Cela remonte à cet âge lointain où, les Anciens s'étant affaiblis, le nouveau Mal est arrivé et a tenté de les supplanter. Si le Mal avait eu la témérité de prendre pied sur l'île, les Anciens, même assoupis, presque morts, se seraient dressés quand même pour frapper.

– Je comprends, dit Harcourt. Yolanda, savais-tu

que les ogres étaient à nos trousses? Est-ce pour cette raison que tu nous a entraînés jusqu'à l'île? (Son visage se crispa; elle parut sur le point de parler mais se tut.) Je t'écoute, fit Harcourt.

– Je vous en prie, monseigneur, bredouilla-t-elle. Non, je ne savais pas... Je n'ai même pas imaginé que cela pourrait se passer ainsi.

– Tu as pris le risque?

– J'ai failli nous faire tous tuer. J'avais cru que les ogres ne nous suivraient pas jusque dans l'île. J'aurais pu trouver bien d'autres endroits où passer la nuit en sécurité. Mais je vous ai conduits jusqu'à l'île...

– Tu as agi ainsi en sachant que nous étions suivis par les ogres. Mais comment le savais-tu?

– Le coquillage.

– Voilà pourquoi tu l'écoutais aussi attentivement! Et que te dit-il à présent? Que devons-nous faire?

– Maintenant, je n'entends plus que le bruit de la mer.

– Tu veux dire qu'il ne te parle pas constamment?

– Il se peut qu'il n'ait rien à me dire en ce moment...

Harcourt finit de manger et demeura silencieux, plongé dans de sombres rêveries. Il possédait à présent quelques réponses et pensait volontiers que Yolanda était sincère, encore qu'il y eût quelques différences entre son récit et celui du Noueux qui, par exemple, n'avait pas fait la moindre allusion à un quelconque sentiment de haine des Anciens pour ceux du Mal. Mais Yolanda pouvait très bien avoir raison dans ce cas précis : sa version avait en tout cas le mérite d'expliquer le massacre des ogres. Une dernière question, cependant, restait posée : qui était donc ce garçon manqué assis en face de lui? Harcourt sentait que Yolanda risquait de ne pas lui répondre, car peut-être ne savait-elle pas elle-même qui elle était.

– Je te remercie, dit-il enfin. A présent, je te comprends mieux.

– Vous devriez dormir un peu.

Yolanda se leva d'un seul mouvement souple et retourna s'accroupir auprès du feu.

– Oui, murmura-t-il, je vais me reposer.

La première chose dont Harcourt prit conscience plus tard fut la sensation d'une poigne solide qui le secouait violemment.

– Charles! Il faut te réveiller!

Harcourt se redressa péniblement et se frotta les yeux. Il distingua vaguement la silhouette du Noueux, penché sur lui, Yolanda et l'abbé accroupis près du feu et le perroquet, toujours perché sur l'épaule de son nouveau maître, la tête cachée sous une aile.

– Personne ne monte la garde? demanda Harcourt.

– Je viens juste de redescendre. L'abbé va aller me remplacer. Mais il faut que je te parle.

– Des ennuis?

– Pas pour tout de suite. Mais il se passe quelque chose. Ça bouge. Des bandes d'ogres, des trolls, des gobelins et des gnomes sont en marche. Ils se dirigent tous vers le nord-ouest. Et il y a aussi des harpies et des banshees dans le ciel, des fées et aussi quelques dragons. Le Mal se réveille. Mais personne ne semble vouloir nous attaquer. Ils ne doivent pas savoir où nous sommes.

Yolanda et l'abbé s'approchèrent à cet instant, et Harcourt se leva.

– Ils doivent probablement penser que nous avons trouvé la mort dans l'île, dit l'abbé.

– C'est possible, répondit le Noueux, mais nous ne pouvons pas rester ici néanmoins... Il va nous falloir partir. Si j'en juge par ce que j'ai vu au nord et à l'ouest, ils ne tarderont plus guère. Nous devrions essayer de les distancer, à mon avis.

– Nous partons immédiatement? demanda l'abbé. Quand nous nous serons éloignés de cette colline...

– Non, car nous devrions progresser dans l'obscurité, ce qui serait à notre désavantage, le coupa Yolanda. La plupart des créatures du Mal voient beaucoup mieux que nous dans l'obscurité; et certaines encore mieux la nuit que le jour.

– Ce n'est pas tout, dit le Noueux. Ils sont encore partout mais, au matin, ils pourraient aussi bien avoir disparu. Nous devrions nous diriger droit vers l'ouest et essayer de marcher vite. Ce voyage est beaucoup plus long que prévu.

– Les Romains? hasarda Harcourt. Penses-tu que les Romains...

– Cette pensée m'a traversé l'esprit, dit le Noueux.

– La dernière chose dont nous ayons besoin, c'est bien un conflit ouvert entre le Mal et les Romains. Ce serait l'incendie pour le monde. Cet ogre à qui nous avons parlé...

– Nous ne pouvons nous fier entièrement à ses déclarations, fit remarquer l'abbé. Il nous a assuré que nous pourrions poursuivre notre route en sécurité. Pourtant, les ogres étaient sur nos traces.

– Pourquoi lui en vouloir? intervint le Noueux. Il se pourrait qu'il ait été absolument sincère. Il nous a expliqué, vous vous en souvenez, combien il est difficile de contenir les jeunes têtes brûlées, et que le raid d'il y a sept ans ne se serait jamais produit s'ils étaient parvenus à calmer les esprits...

– J'en conclus seulement que nous ne pouvons nous fier qu'à nous-mêmes et à nul autre. Nous sommes seuls dans ce pays hostile, murmura Harcourt, l'air sombre.

16

Au matin, la petite troupe ne discerna aucun mouvement au nord-ouest. Rien ne bougeait dans le paysage, le ciel restait vide. Le jour commençait à se lever quand ils descendirent le flanc de la colline.

Ils ne s'arrêtèrent pas de toute la journée et, le soir, établirent leur camp dans un creux abrité, non loin d'un torrent dans lequel ils prirent quelques poissons au filet. La nuit se passa sans incident et ils reprirent leur marche bien avant le lever du soleil.

La journée suivante fut agréable. Ils ne rencontrèrent aucune colline. Yolanda, qui marchait toujours en éclaireur, suivait les vallons et, au début de l'après-midi, ils perdirent de vue la colline qui avait été leur poste d'observation. Harcourt estima qu'ils se dirigeaient à peu près vers l'ouest, déviant parfois légèrement vers le nord. « Yolanda doit savoir où elle va », estima-t-il.

Ils marchèrent encore une heure environ, puis Yolanda s'arrêta et attendit que ses trois compagnons la rejoignent. Elle leur désigna ce qui avait sans doute été jadis un panneau indicateur, à demi enfoui dans la végétation, tout près de la piste qu'ils suivaient. La flèche de bois n'était plus maintenue que par un clou rouillé mais indiquait nettement la route qu'ils avaient empruntée. Les lettres, qui y avaient été gravées, étaient à présent difficilement déchiffrables; certaines avaient été effacées par les intempéries et Harcourt ne put en lire que trois avec certitude : PUI.

– PUI, répéta-t-il. Ce n'est pas grand-chose. De toute manière, cela ne fait pas grande différence. L'endroit indiqué par le panneau n'existe probablement plus.

– Le colporteur n'a-t-il pas parlé d'un vieux puits, anciennement lieu de pèlerinage? dit l'abbé.

– Mais oui, fit Yolanda. Ce doit être ça : en se mirant dans son eau, on y lit son avenir.

– Quel boniment! grommela l'abbé. Comment peut-on deviner le futur en regardant au fond d'un puits?

– Mais cela mériterait pourtant d'essayer, suggéra le Noueux. Nul autre plus que nous n'a besoin de connaître ce que réserve l'avenir.

– Moi, je peux te dire ce que tu vas voir, répliqua l'abbé, bougon. Ton propre visage.

– Mais de toute façon, nous sommes dans la bonne direction, fit remarquer Harcourt. Pourquoi ne pas continuer? Si nous rencontrons le puits sur notre route, nous y jetterons un regard. Et si nous ne le voyons pas, nous ne perdrons pas grand-chose.

Après moins d'une lieue, ils tombèrent sur le puits qui se trouvait au centre d'une vaste clairière. La maçonnerie du muret circulaire était encore debout et aucune pierre ne semblait descellée. Mais la bascule menaçait de s'écrouler et la corde, ainsi que le seau, avaient disparu. A côté du puits, se dressait un vieux chêne, où un troll perché sur l'une des plus basses branches se balançait. Il avait l'air minable et dépenaillé avec son manteau de fourrure souillé, couvert de taches de boue et de brindilles, sous lequel il portait un short lacéré. Le troll les regarda avec surprise, montrant des crocs cassés. Une corde nouée autour de son cou était attachée à la branche même sur laquelle il se balançait.

– Mais que vois-je donc là? gronda l'abbé. Un troll sur le point de se pendre.

– Surtout ne l'arrêtons pas. Vas-y, lança le Noueux à l'adresse du troll. Nous ne voulons pas te déranger. Saute.

– S'il a pris la corde du puits, remarqua Harcourt, il ne craint rien. Après tant d'années, elle doit être complètement pourrie et va se casser sous son poids.

Le troll les interpella d'une voix haut perchée.

– Reculez! Ne tentez pas un geste pour me sauver!

– Cela ne nous viendrait pas à l'esprit, dit le Noueux. Nous ne ferons rien pour te sauver la vie, je te le promets. Et, si nécessaire, nous sommes prêts à te tirer par les pieds pour accélérer les choses. Voilà la meilleure offre que je puisse te faire, monsieur le troll.

– Mais c'est un péché! s'exclama l'abbé. Un péché mortel que de prendre la vie d'autrui. Elle appartient à Dieu.

– Dans le cas d'un troll, permettez-moi d'en douter.

– Je n'ai pas le moindre désir de vivre! cria le troll. Il ne me reste plus rien. Mon pont...

– Contrairement à mon ami le Noueux, cria Harcourt, je ne te presserai point de sauter mais, pour l'amour du Christ, décide-toi. Et que l'on en finisse.

Le troll sauta, entraîna la corde derrière lui et s'écroula à plat ventre sur le sol. Une bonne longueur de corde tomba près de lui. Les quatre compagnons se précipitèrent.

– Quel maladroit! s'exclama Harcourt. Il a mal calculé la longueur de la corde.

– C'était une comédie, dit le Noueux. Il n'avait pas la moindre intention de se pendre vraiment.

– Non, je ne crois pas, fit l'abbé en secouant la tête. Il est tout simplement stupide.

Harcourt s'avança, prit la corde à deux mains et tira. Elle céda aussitôt.

– C'est bien ce que je pensais. Il a pris la corde du puits. Elle n'aurait pas résisté. (Il jeta le bout de corde au troll qui se redressait lentement.) Essaie encore, si tu en as envie, mais ça ne sert à rien.

Harcourt tira sur le restant de corde qui tomba de la branche. C'est alors que Yolanda cria :

– Un dragon!

Harcourt se retourna en brandissant son épée et vit

le monstre plonger sur eux à vive allure, inclinant les ailes pour éviter l'arbre sous lequel ils se tenaient, les griffes en avant, pointant sa tête cruelle. Lorsque son aile toucha presque le sol, Harcourt abattit son épée de toutes ses forces, visant la tête. L'acier résonna sur le cuir et il se sentit frappé au flanc, projeté sur le sol; il roula sur lui-même pour échapper aux griffes du monstre.

Puis le dragon disparut et Harcourt se releva d'un bond en voyant l'abbé courir pour s'éloigner de l'arbre.

– Non! cria Harcourt. Ne reste pas à découvert!

En l'entendant, l'abbé se retourna et lui fit des gestes frénétiques de la main. Harcourt le rejoignit en jurant que quelqu'un devait protéger cet idiot.

– Regarde! lança l'abbé en tendant le doigt.

Harcourt regarda dans la direction qu'il lui indiquait et vit le dragon qui, au sol, battait désespérément des ailes pour se redresser.

– Il a heurté l'arbre! cria l'abbé. Nous le tenons!

Harcourt se précipita en avant. Il entrevit le Noueux qui arrivait d'une autre direction, brandissant sa hache de combat. Yolanda avait disparu. Derrière eux, l'abbé suivait en haletant.

Le dragon se redressa et se tourna vers eux. Il ne semblait pas blessé, mais, pour reprendre l'air, il lui fallait courir. Ainsi, ils le tenaient. Harcourt vit alors qu'un bout de corde pendait à son cou.

– Il est à moi! hurla-t-il. A moi seul.

– Par l'enfer, non! clama l'abbé. Il nous appartient à tous deux.

Le dragon recula, son long cou tendu, la tête levée loin au-dessus d'eux. Lentement, son bec s'abaissa. Alors, Harcourt sentit une vibration au-dessus de sa tête et, avec un bruit mat, une flèche se planta dans le cou du dragon.

Le monstre devint alors furieux : il s'ébroua, lança la tête en arrière, puis plongea droit sur Harcourt. Ses griffes mordirent le sol de la clairière et firent jaillir des touffes d'herbe tandis que sa queue barbée fouettait l'air.

Harcourt se jeta sur le côté. Le bec du monstre le manqua d'un cheveu, et il abattit son épée sur le cou. La lame rebondit sur les écailles épaisses de la nuque et Harcourt faillit lâcher la poignée de son arme. Alors, le dragon tourna la tête et frappa. Le bec effleura la jambe d'Harcourt qui fut projeté au sol. Il se redressa aussitôt et entrevit une énorme masse de métal qui s'abattait avec fracas sur la tête du dragon. Le monstre recula et heurta de la tête l'abbé qui, atteint en pleine poitrine, tomba en arrière et lâcha sa massue. Dans l'arbre où il avait cherché refuge, le perroquet lança un croassement aigu.

Harcourt se porta au secours de son ami, levant haut son épée. Il frappa à l'instant précis où la tête du dragon plongeait vers lui et trancha le bec. Puis il se retrouva cul par-dessus tête sur l'abbé, quand une autre flèche vrombit et se planta dans l'un des yeux du dragon. Un fluide gluant jaillit de l'orbite et le Noueux surgit; il sauta à cheval sur le cou du monstre, sa hache lançant des éclairs, tranchant et tailladant. Le dragon se recroquevilla et s'effondra sur le sol.

Harcourt se redressa tant bien que mal, le côté gauche douloureux. La queue du dragon battait toujours furieusement. Le Noueux était coincé sous le cou à demi tranché, et Harcourt se précipita pour le dégager par l'épaule.

– Quelle folie, haleta-t-il.

Le Noueux ne répondit rien; sa hache était dégoulinante de sang.

Quant à l'abbé, il se remettait sur pieds, sa massue en main.

– Nous n'en avons plus besoin, lui dit Harcourt. Je crois qu'il va mourir.

– Je lui ai flanqué un bon coup, s'exclama l'abbé.

Yolanda apparut enfin, tenant son arc, une flèche engagée sur la corde.

Harcourt essuya en silence la lame de son épée, tout en s'avouant qu'elle n'était guère sanglante.

– Monseigneur, vous êtes blessé, lui dit Yolanda.

– Rien qu'une écorchure, c'est tout.

Le dragon bougeait encore et frissonnait, mais ses griffes demeuraient immobiles, ainsi que sa queue; la corde était toujours attachée à son cou.

– Tu vas bien? demanda Harcourt au Noueux.

– J'ai juste perdu le souffle en tombant.

– Pourquoi personne ne demande-t-il des nouvelles de ma santé? vociféra l'abbé.

– D'accord, fit Harcourt, comment te sens-tu?

– Parfaitement bien. Un peu abasourdi, c'est tout. Mais il fallait me poser la question.

– Eh bien, c'est fait.

– Il a fallu que je te le demande.

– Nous avons eu de la chance, intervint Yolanda.

– Non, nos armes se sont révélées efficaces.

– Le Noueux s'est montré valeureux, rectifia Harcourt.

– Chacun a fait de son mieux, dit simplement le Noueux, dans la mesure du possible.

– Et ainsi se termine l'histoire, conclut l'abbé. Il y a des années de cela, deux gamins de douze ans avaient voulu capturer un dragon.

– Crois-tu qu'il s'en soit souvenu après tout ce temps? demanda Harcourt.

– Qui sait?

Le perroquet quitta son refuge et vint se percher sur le dragon. Il se mit à croasser tout en sautillant sur la gigantesque carcasse, battant des ailes.

– On dirait que votre oiseau célèbre la victoire à notre place, l'abbé, remarqua le Noueux.

– Ce n'est pas *mon* oiseau, dit l'abbé d'un ton aigre. Je lui appartiendrais, plutôt. Je suis l'abbé de ce volatile, et également sa monture. Je suis chargé de le nourrir et il souille ma soutane sans vergogne.

– Nous devrions nous remettre en route avant d'attirer l'attention, suggéra Yolanda.

– C'est vrai. Partons, commanda Harcourt.

– Tu boites, dit le Noueux. Supporteras-tu la marche?

– Je n'ai qu'une égratignure. La tête du dragon a dû me frapper, mais je n'en suis pas certain. Tout s'est passé trop vite.

– Et qu'est devenu notre ami le troll? demanda l'abbé.

– Il a disparu, dit Yolanda. Dès que le dragon s'est montré. La dernière fois que je l'ai vu, il courait vers les bois avec sa corde toujours au cou.

– Alors espérons qu'il trouvera un bel arbre bien gros et bien solide et que, cette fois, son bout de corde tiendra bon, ironisa le Noueux.

Yolanda se posta en avant et se dirigea vers l'orée des bois où elle fit une halte.

– Nous avons voyagé constamment vers l'ouest et le Mal le sait. Si ses créatures retrouvent le dragon, ce qui est très probable, elles penseront que nous continuons vers l'ouest et nous chasseront dans cette direction.

– Veux-tu dire que nous devrions modifier notre route? demanda le Noueux.

– Pas tout à fait, ou en tout cas, provisoirement. Pour un temps, je pense que nous devrions marcher vers le nord.

– Mais il y a du danger dans cette direction, remarqua l'abbé. Du haut de la colline, nous avons vu les hordes du Mal qui se dirigeaient toutes vers l'ouest et le nord. Nous serions pris en tenaille.

– Je marcherai en avant et resterai constamment sur mes gardes. Si ceux du Mal se montrent, je les sentirai approcher. Et, je vous le répète, nous ne nous dirigerons vers le nord que durant un jour ou deux, pas plus.

– Avant de partir, nous pourrions encore faire une chose, proposa le Noueux. Nous devrions regarder au fond du puits, et faire un effort pour lire notre avenir, non ?

– Regarde si tu le désires, dit l'abbé. Quant à moi, je m'y refuse. C'est pure stupidité.

– Pendant ce temps, je vais aller reprendre la corde au cou du dragon. Il l'a portée suffisamment longtemps. Après tout, elle est à moi, affirma Harcourt.

Il fit demi-tour, retourna vers le dragon et revit la créature furieuse et sifflante, ô combien plus petite, qu'il avait rêvé de capturer. La corde était effilochée et se serait certainement détachée avant peu. Harcourt la ramassa, la tint un moment dans sa main, puis la laissa retomber. « Après tout, se dit-il, que le dragon la garde. Il la porte depuis si longtemps qu'elle lui appartient, en vérité. » C'était comme un cadeau qu'il avait fait au monstre, dans le passé. Et on ne reprend pas plus un cadeau qu'on ne pille les morts.

Déjà le Noueux revenait du puits.

– Qu'as-tu vu ? demanda Harcourt, plein d'espoir.

– Moi. Je n'ai vu que moi, fit le Noueux en grimaçant.

17

Cette nuit-là, ils dormirent dans les bois et ne firent pas de feu. Ils étanchèrent leur soif en buvant l'eau d'un petit ruisseau dans leurs mains et grignotèrent quelques provisions. Ils avaient fait halte dans un vallon, entre deux hautes collines, cernés par des arbres immenses. Tout au long de la nuit, une chouette ne cessa de ululer.

Harcourt rêva d'Eloise : il se voyait avec elle, au printemps, dans une grande prairie fleurie. Eloise se tenait à cheval, et il la contemplait. D'autres cavaliers autour d'eux s'apprêtaient à partir pour un grand voyage et leurs montures piaffaient d'impatience. « Je ne dois pas les laisser partir, se disait-il, pas avant d'avoir vraiment vu son visage. » Une douce brise soufflait, faisant danser une mèche de cheveux sur le visage d'Eloise. A cause de cette mèche folle, Harcourt ne parvenait pas à distinguer ses traits. Eloise ne parlait ni ne souriait, ne levait pas non plus la main pour écarter cette mèche vagabonde.

– Eloise! criait-il. Eloise!

Mais, à ce moment, les autres cavaliers s'ébranlaient et elle les suivait. Harcourt essayait de chevaucher auprès d'elle, mais le cheval d'Eloise était plus rapide. Et les jambes d'Harcourt ne lui obéissaient plus comme à l'accoutumée. Il avait l'impression de lutter contre un courant violent, de remonter un torrent. Il l'implorait de l'attendre, mais elle s'éloignait de plus en plus vite. Finalement, il s'arrêtait et regardait la troupe de cavaliers disparaître au galop. Harcourt s'efforçait de ne pas perdre de vue Eloise, mais bientôt sa silhouette s'estompa et la prairie fut vide. De retour chez lui, il découvrait que le paysage ne lui était plus familier.

Il y avait un château, mais bien différent de celui où il avait vécu. Il semblait sorti d'un conte, à peine matériel, avec des spires, des tours gracieuses et des tourelles élancées qui semblaient suspendues dans les airs, entre la terre et les cieux. Sur sa gauche, s'étalait un champ de céréales bien mûres. Des paysans entassaient des bottes tandis que d'autres moissonnaient, leurs faucilles scintillant sous le soleil. Au-delà du champ, des gens cueillaient les fruits d'un verger; auges et paniers pleins à ras bord attendaient au pied des arbres. Quelque part dans le lointain, un cri retentissait. En regardant dans cette direction, Harcourt voyait un troupeau de porcs qui rentrait à la porcherie dans un grand concert de vociférations.

Cependant, cet endroit, qui lui avait paru peu familier tout d'abord, éveillait maintenant un souvenir en lui. Il le connaissait, en fait; quelque part dans le passé, il avait déjà vu cet étrange pays dans cette miniature qui figurait sur les pages du livre d'heures, cadeau d'Eloise. Ainsi la peinture avait pris vie. Alors, la joie envahissait son cœur et il courait vers le château, certain qu'Eloise l'y attendait, qu'il allait la retrouver et que, cette fois, il pourrait voir son visage. Mais il ne pouvait ni avancer ni courir : il restait sur place, incapable de faire mouvoir ses jambes en dépit de tous ses efforts. Et le château demeurait toujours à la même distance, entre le ciel et la terre. « Il me faut franchir cette poterne, se disait-il. Chercher Eloise dans les tours et les spires. Peut-être viendra-t-elle à ma rencontre... » Il essayait d'avancer, mais en vain. Pourtant, ses bras battaient en cadence, au rythme de ses jambes, et il haletait.

Alors un cri éclatait derrière lui. Regardant pardessus son épaule, Harcourt voyait la troupe qui avait accompagné Eloise revenir au grand galop, les cavaliers couchés sur leur selle, leurs montures lancées à vive allure. Ils hurlaient à pleine voix, et Eloise chevauchait en tête, les cheveux dans le vent, stimulant son cheval et criant avec les autres.

La troupe fonçait droit sur lui et les cavaliers allaient le renverser. La gorge nouée par la peur, Harcourt faisait un nouvel effort surhumain pour s'arracher à cette force obscure qui le clouait sur place. Enfin, il prenait la fuite, détalant comme un lapin, éperdu, dans le tonnerre des sabots qui se rapprochaient. Son souffle se bloquait dans sa poitrine, une main immense se refermait sur lui et serrait.

Il trébuchait et tombait, lorsqu'il s'éveilla, haletant.

La chouette ulula dans le bois comme pour se

moquer de lui, et le perroquet ricana. Au-dessus de lui, les arbres se balançaient au vent de la nuit et, entre leurs feuillages noirs, il entrevit les étoiles dans le ciel.

Harcourt se redressa sur un coude. Non loin de lui, il aperçut une masse plus sombre que les bois. « C'est probablement le Noueux qui dort, songea-t-il. Ce ne peut être l'abbé car les appels du perroquet viennent de la direction opposée. »

Il rejeta la couverture et se redressa. Il entendit alors un bruit de pas et porta la main à la poignée de son épée.

– Que se passe-t-il, Charles? demanda la voix de l'abbé.

– Rien. Je faisais un rêve.

– Un mauvais rêve?

– Plutôt agité. Je rêvais d'Eloise.

L'abbé se rapprocha.

– Charles, il ne faut pas trop espérer. Ce que ton oncle t'a dit...

– Je sais que ce n'est qu'une histoire. Je la connais depuis toujours. Dans un pays comme celui-ci, il y en a tant. Mais elle me donne des raisons d'espérer.

– Il faut te préparer à une cruelle déception.

– Je le sais, Guy. Mais je m'y attache. Et pourtant...

– Et pourtant? Que veux-tu dire?

– Dans mon rêve, Eloise tentait de me renverser, de me piétiner. Non seulement elle, mais tous les cavaliers qui l'accompagnaient et chargeaient droit sur moi. Et je courais, fuyais devant eux.

– Charles, Eloise pèse trop lourd sur ta conscience. Tu y penses trop souvent. Tu te sens coupable sans raison. Tu as toujours essayé de retrouver son souvenir, comme si cela pouvait te guérir. Comme si tu pouvais ainsi entretenir cet espoir...

– Tu te rappelles toutes ces voix qui murmuraient dans le fen; elles parlaient d'Eloise.

– Je les ai entendues. Mais elles ne parlaient pas d'Eloise.

– Pas à toi, bien sûr.

– A toi non plus. C'était un tour de ton imagination, de la culpabilité que tu entretiens. Charles, combien de temps encore vas-tu continuer à te torturer ainsi?

– Je ne ressens pas cela comme une torture.

– Non. C'est en fait un culte voué à une femme qui a déserté ta mémoire. Tu as vécu une existence de moine, alors que tu ne méritais aucun châtiment. Abandonne ce fardeau...

– Guy, tu es un homme dur, tu...

– Je dois parfois l'être, reconnut l'abbé.

– Mais nous trompons-nous, Guy? Nos émotions ont-elles donc triomphé durant ce voyage? Moi, à propos d'Eloise, et toi à propos de ce saint prisonnier?

– Peut-être. Cela se pourrait bien mais n'enlève rien à notre mission. Nous avons encore de bonnes raisons d'être ici.

– T'es-tu jamais interrogé quant au résultat? Peux-tu prévoir la fin de ce voyage?

– Absolument pas. Tout ce que je possède, c'est ma foi en Dieu. Ne nous posons pas de questions quant à notre présence en ces lieux. Nous sommes dans l'obscurité, entourés par le Mal qui assombrit nos pensées. Au cœur de la nuit, chacun doit prendre conseil de lui-même. Toutes nos pensées se sont obscurcies et nos espérances aussi...

– Tu as sans doute raison, dit Harcourt. Pourquoi ne me laisses-tu pas faire le guet, à présent? Je n'ai plus envie de dormir. J'ai trop peur que ce rêve ne revienne.

– Je ne dis pas non, accepta l'abbé. Je suis mort de fatigue. En fait, mon propre poids m'est une charge.

– Crooaa, fit le perroquet.

– Tout est tranquille, à part cette chouette qui ne

veut pas se taire. Au nord, il y a aussi des loups. Je n'ai pas cessé de les entendre. On dirait qu'ils se rassemblent. Mais ils sont encore trop loin pour que nous ayons quelque chose à craindre.

– Alors, glisse-toi sous ta couverture. Tu peux aussi prendre la mienne.

Longtemps après que l'abbé se fut enroulé dans les couvertures, Harcourt resta immobile, prêtant l'oreille aux appels de la chouette. De temps à autre, il entendait aussi les cris des loups. « A cette époque de l'année, songea-t-il, c'est bien étrange. Les loups ne se font que rarement entendre au printemps et en été. Il doit se passer quelque chose d'exceptionnel. »

Sa vision s'était accoutumée aux ténèbres et il discernait à présent les formes de ses compagnons. L'abbé s'était mis à ronfler. Le perroquet, quant à lui, grommelait. La chouette venait de se taire et une pâle clarté commençait à filtrer entre les branches. Harcourt se mit à marcher de long en large, aussi silencieusement que possible, pour ne pas se laisser gagner par le froid.

Quand il fit suffisamment clair, il réveilla ses compagnons.

– Mais il fait encore nuit, protesta l'abbé. Ce n'est pas encore le matin.

– Il fait assez clair pour nous remettre en marche. Nous allons partir sans manger et ne nous arrêterons que dans une heure ou deux. Quand le soleil sera levé, nous ferons halte pour nous restaurer, et peut-être même essayer d'allumer un feu.

Harcourt se tourna vers Yolanda qui approuva de la tête.

– Oui, je crois que nous pourrons faire un peu de cuisine. Cela ne nous retardera pas trop et nous avons besoin de nourriture chaude, comme la bouillie d'avoine.

– Et du bacon? risqua l'abbé.

– Certes, oui, fit-elle avec un sourire.

– Là, ça me va, approuva-t-il avec un sourire. Manger froid, voyez-vous, cela pèse lourd dans l'estomac.

18

Tout le jour et le lendemain matin, les voyageurs progressèrent rapidement sur un terrain aisé. Ils traversaient une région de prairies, bordées de rares bocages, et rencontrèrent plusieurs domaines abandonnés dont les bâtiments tombaient en ruine, leurs champs envahis par les herbes folles. Autrefois, cette région avait été couverte de vergers. Tous quatre scrutaient constamment le ciel : en terrain découvert, ne faisaient-ils pas une bonne cible pour les dragons et autres créatures volantes? Mais ils n'aperçurent même pas la moindre fée.

Vers la fin de l'après-midi, un marcassin surgit d'un fourré juste devant eux et le Noueux l'abattit. Plus tard, ils allumèrent un grand feu et rôtirent leur prise avant d'éteindre le foyer sur les conseils de Yolanda.

– La moindre bouffée de fumée pourrait attirer le Mal, dit-elle. C'est un risque qu'il vaut mieux ne pas courir, quitte à grelotter de froid cette nuit.

– Et que t'a dit le coquillage? demanda Harcourt à sa voisine.

Il songea aussitôt que c'était là une question stupide. Le coquillage ne pouvait rien leur apprendre. Pourtant, Yolanda y croyait et semblait le prendre très au sérieux. Ne leur avait-elle pas dit que le coquillage l'avait avertie de la présence des ogres sur leurs traces?

– Non, il ne m'a rien révélé, répondit-elle. Cela doit signifier que le colporteur n'a rien à nous apprendre non plus.

– Ou bien qu'il ne sait rien, fit remarquer Harcourt.

– Peut-être, quoiqu'il ignore peu de chose. C'est un très bon sorcier, très efficace.

– Et il travaille dans notre intérêt? En es-tu certaine?

Elle hésita avant de répondre.

– Autant que possible. Je le connais depuis longtemps et je lui fais confiance.

– Et tout ce que te dit le coquillage vient du colporteur?

– Monseigneur, fit-elle avec un regard de défi, de cela non plus je ne puis être assurée. C'est le colporteur qui me l'a offert, mais j'ignore s'il porte en lui la sagesse et le savoir de son maître, ou bien de quelqu'un d'autre de plus puissant.

Harcourt abandonna le sujet. « Si je pousse plus loin la discussion, se dit-il, nous plongerons dans des profondeurs métaphysiques d'où je risque de ne plus sortir et je n'ai pas envie de me noyer dans des histoires de sorcellerie.

– Eh bien, fit-il d'un air penaud, continue d'écouter...

Cette nuit-là, peu avant l'aube, ils furent réveillés par une averse de printemps. Ils sortirent de leurs couvertures trempées dans un piteux état. Mais le soleil se leva bientôt, clair et chaud. Quelques rares nuages blancs flottaient dans le ciel bleu pâle et leurs vêtements séchèrent très vite, contrairement aux couvertures.

– Il va falloir nous arrêter pour les étendre avant que le soleil ne se couche, conseilla Yolanda.

A plusieurs reprises, ils aperçurent des loups, et plus tard dans la journée, des rapaces passèrent dans le ciel. Dans l'après-midi, Yolanda revint vers ses compagnons en courant.

– Nous devons approcher du nid des harpies dont a

parlé le colporteur, je sens dans l'air comme quelque chose de mauvais et de pestilentiel.

– Et où seraient-elles donc? demanda l'abbé.

– Un peu au nord, dans cette direction.

– Il doit s'agir d'autre chose, dit le Noueux. Nous avons vu trop de loups. Déjà, nous les avons entendus cette nuit. Et puis, il y a ces charognards.

Harcourt le regarda.

– Veux-tu dire que...

– Cela se pourrait. Du haut de la colline, nous avions aperçu ce grand rassemblement du Mal qui se dirigeait vers le nord et l'ouest.

– Il faut aller voir, proposa Harcourt.

– Mais avec prudence, ajouta le Noueux. Avec une infinie prudence...

Ils progressèrent alors dans la direction indiquée par Yolanda, sans jamais se montrer à découvert. Ils n'avaient guère parcouru de chemin quand une odeur de chair en décomposition parvint à leurs narines. La puanteur se fit rapidement de plus en plus forte, insoutenable. Ils gravirent alors une colline un peu plus importante que les autres, sur les mains et les genoux. L'air était de plus en plus irrespirable au fur et à mesure qu'ils montaient. Une fois au sommet, ils en découvrirent alors la source.

Devant eux s'étendait une vallée et, entre cette vallée et la colline, des formes immobiles, des corps recroquevillés gisaient dans la mort. Des charognards et d'autres oiseaux s'activaient, ainsi que des loups qui grognaient en se disputant les restes. Dans les buissons, ils découvrirent des lambeaux de tissu. Certains cadavres portaient encore des vêtements lacérés, flottant au vent. Un cheval gisait sur le dos, les quatre pattes en l'air. Certains corps étaient méconnaissables, d'autres semblaient ceux d'hommes et d'enfants. Mais ils reconnurent aussi des créatures du Mal.

La plupart étaient dispersés au flanc de la colline mais certains, çà et là, formaient des tas affreux. Le soleil brillait sur les boucliers et les épées. Un renard s'enfuit, pourchassé par les loups. Un peu partout, des os dénudés, rongés, jonchaient le sol.

– Je vois un homme avec les loups, déclara l'abbé, d'une voix étranglée. Il se repaît de charogne.

– Ce n'est pas un humain, fit le Noueux, mais plutôt une goule, à mon avis.

– Je ne le vois pas, dit Harcourt.

– Regardez là-bas, indiqua Yolanda en lui prenant le bras.

Il lui fallut quelque temps pour distinguer la créature qu'elle lui désignait, penchée sur un cadavre dont elle arrachait la chair avec les mains et les dents.

– On ne dirait pas un homme.

A ce même instant, l'être leva la tête dans leur direction sans paraître les voir. Son visage était quasi humain. Ses cheveux pendaient en mèches grasses sur son visage et son cou. Entre ses lèvres molles, ses dents brillaient, aiguës. Même dans la lumière du jour, ses yeux luisaient d'un éclat meurtrier, et des taches sombres et gluantes parsemaient son visage.

Harcourt eut un spasme et ferma les yeux dans la puanteur atroce. Il agrippa le sol et ses doigts arrachèrent l'herbe à pleines poignées. Il voulait effacer de sa mémoire la vision de cette face à demi humaine.

Quelques jours auparavant, il avait parlé à ce centurion au casque orné de plumes. « Nous partons pour la gloire, lui avait dit le soldat. Nous pourrons être tués. » Harcourt chercha encore quelque trace d'un casque emplumé mais ne vit rien.

« Decimus. Mais le centurion avait un nom bien plus long, un de ces noms romains dont ils sont si fiers. Decimus Apollon... Non, ce n'était pas ça. Decimus Apollinarius Valenturian. Oui, voilà son nom. » Harcourt se souvint de l'avoir invité à prendre un verre au château à son retour.

Mais maintenant, le centurion n'y retournerait certainement pas et jamais ils ne boiraient ce verre ensemble. « Qui peut dire si je reviendrai moi-même, se dit-il. Mais il ne faut pas penser ainsi. Voilà comment on se fait tuer. Il ne faut pas douter, jamais. »

– Maintenant, l'huile est sur le feu, chuchota-t-il à l'adresse du Noueux.

– Désormais, le Pays Vide est interdit aux humains.

– On dirait que bien peu de Romains en ont réchappé, remarqua Harcourt.

– Aucun, peut-être. Le Mal était en force et ses créatures ont dû accourir de toutes les directions.

– Et où sont-ils à présent?

– Comment savoir? Ils célèbrent sans doute leur victoire quelque part.

– Je ne peux supporter cette puanteur qui me ramène sept ans en arrière. Il faut que je parte.

– Oui, allons-y. Mais sans nous montrer. Baisse-toi.

– La bataille est finie. Seuls restent les morts et les charognards.

– Mais il faut pourtant parler à voix basse. On ne sait jamais, Charles.

Harcourt redescendit la pente, à demi courbé, suivi par le Noueux.

« Jusque-là, songea-t-il, nous nous en sommes bien tirés. Mais la malchance est revenue. Quand le Mal aura fini de célébrer sa victoire, ses créatures se répandront de nouveau sur la contrée, pleines de haine pour tous les humains. Et de nouvelles attaques auront lieu sur la frontière. Le Pays Vide deviendra absolument hostile à la présence de tout être humain. Le peu de tolérance qui subsistait jusqu'alors est oublié. Le règne de l'assassinat va débuter.

Pourquoi les Romains sont-ils venus semer le trouble? se demanda-t-il encore. Decimus assurait qu'il s'agissait d'une simple reconnaissance. Mais la légion est restée trop longtemps. Au lieu de pénétrer rapidement dans le Pays Vide et de se replier ainsi que Decimus l'avait prévu, elle a dû affronter des embuscades et des escarmouches. »

En atteignant le bas de la colline, les quatre compagnons se réfugièrent sous un bouquet d'arbres où ils demeurèrent longtemps immobiles, trop bouleversés par ce qu'ils venaient de voir pour échanger la moindre parole.

Finalement, l'abbé s'adressa au Noueux :

– Que faire maintenant? Rebroussons-nous chemin? Personnellement, je suis d'accord pour continuer, mais nous devrions prévenir les gens de la frontière.

Le Noueux secoua la tête.

– L'abbé, je ne peux vous le dire. Tout dépend de ce que le Mal prépare. Je doute d'ailleurs que quiconque puisse être de bon conseil en cette occurrence. Qui peut connaître par avance les plans du Mal?

– Yolanda peut-être, suggéra Harcourt. Elle connaît cette région mieux que nous.

Tous les regards se tournèrent vers la jeune fille qui eut un signe de dénégation.

– Cette expédition n'est pas la mienne. Je suis seulement là pour vous assister dans la mesure de mes moyens.

– Mais tu dois bien avoir une opinion, insista l'abbé. Tu peux parler librement. Nous sommes tous unis, toi et nous.

– Nous nous trouvons à mi-chemin du but ou peut-être un peu plus loin. Le Mal est toujours redoutable, encore plus en ce moment à cause de cette bataille. Cette aventure est dangereuse.

– Notre premier devoir est de trouver cette cathédrale, intervint le Noueux, et de parler avec ce prêtre que l'oncle de Charles a rencontré. Mais nous ignorons où elle se trouve exactement. Il se peut que nous tournions longtemps en rond avant de la découvrir. Voilà bien le danger.

– Ecoutez, souffla Yolanda. J'entends quelque chose.

Ils se turent et prêtèrent l'oreille. Pendant un instant, ils ne perçurent que le silence, puis une plainte s'éleva.

– C'est là-bas, dit l'abbé. Quelqu'un agonise. Peut-être un survivant. (Il s'avança rapidement et s'arrêta devant un buisson.) Il est là, lança-t-il.

Harcourt se précipita à ses côtés, et le tira par l'épaule.

– Prudence, l'avertit le Noueux. Ne t'avance pas avant d'être certain...

Harcourt se pencha. Des yeux brillants le fixèrent sous des sourcils broussailleux et des cheveux noirs, drus et bouclés. Le nez était busqué et, entre les lèvres, des crocs apparaissaient. Le visage, bien que non humain, était dur et mince.

– Une harpie, s'exclama Harcourt en reculant d'un pas. J'en suis certain.

– Elle semble blessée en tout cas, renchérit l'abbé. Elle a reçu une flèche et doit beaucoup souffrir.

– Alors laissons-la, dit le Noueux. Qu'elle crève.

L'abbé s'accroupit et regarda dans le buisson.

– Noueux, commença-t-il sur un ton de reproche, ce n'est pas digne d'un chrétien. Nous venons au secours de nos plus mortels ennemis quand ils en ont besoin.

– Alors secourez-la donc pour qu'elle nous tue ensuite. Pour l'amour de Dieu, écartez-vous!

L'abbé ne fit pas un geste pour lui obéir. Harcourt avança d'un pas et essaya de le faire reculer. Mais, au même instant, la harpie jaillit du buisson et se précipita sur l'abbé. Elle l'agrippa, jetant ses griffes en avant, les crocs dénudés, cherchant sa gorge. Harcourt tira son épée du fourreau mais Yolanda le devança. Elle se jeta sur la harpie et frappa plusieurs fois de son poignard. Le sang jaillit à gros bouillons et la harpie s'abattit, inerte, sur l'abbé. Yolanda s'agenouilla et continua de frapper.

Doucement, Harcourt la releva. L'abbé se rassit, la soutane souillée de sang.

– Mes jambes. Ça brûle. Elle m'a griffé et mordu l'épaule.

– On va jeter un coup d'œil, dit le Noueux en s'approchant.

– Elle a bien failli m'égorger.

– Oui, je sais, fit Harcourt. Mais voyons où tu as été touché...

Il entreprit de délacer la soutane de l'abbé.

– J'ai un onguent, proposa le Noueux. Nous allons en passer sur les blessures. Ce sera douloureux, mais les harpies se nourrissent de charogne et la plaie pourrait bien s'infecter.

L'instant d'après, il revenait avec un flacon pris dans son sac.

– A présent, cessez de glapir, lança-t-il à l'abbé d'un ton rude. Vous ne faites vraiment rien pour nous faciliter la tâche.

Une fois la soutane retirée, ils virent que les jambes de l'abbé avaient été lacérées par les griffes de la harpie. Sur les épaules, là où elle avait planté ses crocs, le sang coulait.

– Tiens-le bien, dit le Noueux à Harcourt. Cet onguent brûle en fait comme les feux de l'enfer, et il faut en passer sur toutes les blessures.

L'abbé se mit à hurler et à se débattre; Yolanda dut alors aider Harcourt à le maintenir.

Finalement, l'abbé se redressa en grimaçant.

– Vous auriez pu faire preuve d'un peu plus de douceur, reprocha-t-il en se tournant vers le Noueux. Quant à toi, tu as fait preuve de plus d'énergie qu'il n'en fallait, à mon avis.

– C'était nécessaire pour agir vite. Et l'onguent doit être passé en frictionnant énergiquement.

Harcourt remit sa soutane à l'abbé qui protesta :

– Ça, je peux le faire tout seul!

– Quel épouvantable patient, s'exclama le Noueux d'un air écœuré. Il n'a pas la moindre gratitude.

Yolanda essuya son couteau dans l'herbe, puis sur sa robe tachée à présent de boue et de graisse. Elle donna un dernier coup de pied à la harpie qui roula sur le dos, une flèche plantée dans le côté.

– Tout cela n'aurait pas été nécessaire si nous l'avions laissée tranquille, remarqua le Noueux. Elle serait morte de toute manière. (Il se tourna vers l'abbé.) On ne joue pas avec un serpent blessé, je vous avais averti. Mais avec votre satané sens de l'éthique chrétienne...

– Depuis notre départ, tu n'as pas cessé de me lancer des remarques à propos du christianisme, dit l'abbé. Mais mon éthique chrétienne vaut bien la tienne.

– Moi, je n'en ai aucune, répliqua le Noueux. Je suis un infidèle absolu de toutes les théologies. Je ne crois en rien; mais on dirait que votre point de vue a changé, l'abbé. Le premier jour de notre aventure, vous vous en êtes pris à ce monticule avec votre massue sans même savoir si vous aviez devant vous un ennemi. Et voilà que vous vous portez au secours d'un de nos pires ennemis, sachant parfaitement que...

– Tais-toi! lança Harcourt. Pourquoi provoquer ainsi l'abbé sans raison? J'ignore si ça te fait plaisir mais, pour l'amour de Dieu, cesse immédiatement ce petit jeu.

– Le plus drôle, dit l'abbé, c'est qu'il ne le croit pas. Il prétend ne pas avoir d'éthique, mais il en possède une, même si elle paraît plutôt bizarre. Il se vante d'être un infidèle, mais c'est faux, et qui plus est...

– Taisez-vous tous les deux, s'écria Harcourt.

– Eh bien, fit Yolanda, à présent que nous sommes tous redevenus frères, que faisons-nous?

– Nous continuons, dit le Noueux. Cette région est dangereuse. Dès que la nouvelle de cette bataille se répandra, ils viendront de toutes parts. Des pillards, d'abord, certainement.

– Nous fuyons constamment depuis que nous avons franchi cette rivière. Soit nous sommes traqués, soit nous avons peur, voilà tout.

– De toute façon, reprit Harcourt, le Noueux a raison. Il va falloir marcher encore plus vite. Qu'en penses-tu, Guy? T'en sens-tu capable?

– Je peux y arriver, affirma l'abbé en se redressant. Le pire, c'était cet onguent. Ça me brûle encore comme la griffe du diable.

– Vos plaies sont profondes, reconnut Yolanda. Vos muscles vont se roidir. Il vaudrait mieux marcher aussi loin que possible.

– Mais dans quelle direction?

– Vers l'ouest, toujours vers l'ouest, répondit Harcourt en espérant ne pas se tromper.

19

Bien avant le coucher du soleil, une pluie persistante se mit à tomber. Ils cherchèrent en vain un abri pour la nuit mais ne rencontrèrent aucune ruine, aucune grotte, aucune grange abandonnée, pas même un bosquet où trouver refuge contre l'averse.

Après quelques heures, l'abbé montra des signes de défaillance. Parfois, ses jambes se dérobaient sous lui, ou bien il marmonnait pour lui-même, comme en plein délire. Harcourt et le Noueux l'aidaient de leur mieux tandis que Yolanda allait devant, comme à son habitude.

– Il va bien falloir nous arrêter pour lui, dit le Noueux. Il a de la fièvre. Je ne me trompais pas : les crocs et les griffes de cette maudite harpie étaient empoisonnés.

« Et on ne peut même pas faire sécher les couvertures », se dit Harcourt. Elles étaient encore plus humides à présent, et ils n'avaient rien pour couvrir l'abbé. Bien sûr, ils auraient pu allumer un feu, mais cela n'aurait pas suffi : l'abbé, dans un état alarmant, avait besoin de soins d'urgence.

« En fait tout va mal depuis le départ. Moi-même et l'abbé nous sommes lancés à la poursuite de chimères. Les deux autres ne sont là que pour nous aider. Les parents de Yolanda vivent sur notre fief des Harcourt depuis des temps immémoriaux et le Noueux voue à grand-père une affection plus grande encore que celle d'un frère. Guy recherche ce cristal où l'âme d'un saint serait prisonnière, mais sans la moindre preuve de son existence. Quant à moi, Charles Harcourt, je poursuis le souvenir d'une femme qui, très probablement, est morte depuis sept ans et dont j'ai oublié le visage. (Au début de cette journée, Harcourt s'était promis de ne plus douter, mais il ne pouvait s'en empêcher.) C'est à cause de cette pluie qui ne cesse pas, du froid, de la nuit qui vient. » Il avait beau lutter pour penser logiquement, cela n'arrêtait pas la pluie, ne repoussait pas le froid ni l'obscurité.

« Je ne peux pas décider. Ai-je raison ou tort? Est-ce que nous nous trompons tous? Aurions-nous dû tous rester chez nous? Aurions-nous dû vraiment nous lancer à corps perdu dans cette aventure? »

L'abbé trébucha et tomba. Harcourt essaya de le retenir, mais en vain. Le Noueux s'effondra à genoux sans lâcher le bras de l'abbé, mais il fut déséquilibré par son poids. Le visage dans la boue, l'abbé maugréa vaguement. Le perroquet s'envola de son épaule avec un croassement de détresse.

– Il faut faire quelque chose pour lui, trouver un abri, dit le Noueux. Si nous restons sous cette pluie, il mourra.

La pluie les fouettait de côté, comme un torrent d'argent qui se déversait du ciel.

Ils surprirent une forme blanche et Yolanda apparut, totalement trempée, sa robe collant à son corps; ainsi, elle semblait encore plus mince.

– J'ai trouvé un abri, annonça-t-elle. Une cabane dans les bois. Il y a de la lumière et de la fumée sortant de la cheminée.

– Qui peut bien habiter ici? demanda le Noueux.

– Peu importe, intervint Harcourt. Nous pourrons y passer la nuit. Prends-le par les jambes.

L'abbé était un fardeau pesant. Par instants, ils perdaient prise. Mais, trébuchant et ahanant, ils parvinrent à le porter en s'arrêtant de temps à autre pour prendre un peu de repos.

Finalement, ils distinguèrent la lumière qui filtrait à travers les arbres et atteignirent la porte de la cabane. Là, ils posèrent l'abbé et attendirent pendant que Yolanda cognait à l'huis. La cabane, pour autant qu'ils pouvaient en juger, était une construction plutôt misérable, faite de troncs et de branches brisées. Elle ne possédait qu'une seule fenêtre.

Les vitres, si jamais il y en avait eu, avaient été remplacées par des pièces de cuir. De la cheminée d'argile, un filet de fumée s'élevait dans l'air.

Yolanda frappait toujours à la porte mais personne ne répondait. Enfin, le battant s'entrouvrit et un visage se montra.

– Qui est là? demanda une voix vacillante et rauque. Qui frappe à ma porte?

– Des voyageurs qui ont besoin de s'abriter. Nous avons avec nous un homme malade.

La porte s'ouvrit un peu plus, une vieille femme aux cheveux blanc neigeux, aux traits ridés, apparemment édentée, vêtue de haillons, apparut.

– Mais c'est une jeune fille, dit-elle. Une jeune fille qui frappe à ma porte? Qui sont les autres qui t'accompagnent?

– Trois hommes. L'un d'entre eux est malade.

– Entre donc, mon enfant. Et que tes compagnons te

suivent. La vieille Nan ne saurait refuser de partager sa masure avec ceux qui souffrent. Asseyez-vous près du feu. Je vais trouver de quoi vous nourrir, encore que je ne puisse promettre que ce soit bien fameux.

Harcourt et le Noueux soulevèrent l'abbé pour franchir le seuil. La vieille Nan referma la porte derrière eux. L'intérieur était exigu mais plus grand cependant qu'ils ne l'avaient supposé du dehors. Un grand feu crépitait dans l'âtre auprès duquel on avait entassé du bois sec. Le sol était en terre battue et les murs comportaient de larges crevasses par où s'engouffrait le vent. Mais la chaleur du feu repoussait son souffle glacé. Une paillasse et une chaise unique encadraient le foyer. Dans un coin, une grande table basse était couverte de chopes et de bols, de cuillers et de rouleaux de parchemin entassés contre la paroi.

La vieille femme se précipita vers Harcourt et le Noueux pour leur désigner la paillasse.

– Mettez-le là, et ôtez-lui ses vêtements. Je vais aller chercher des peaux de mouton. Nous le roulerons dedans. Pauvre homme, que lui est-il donc arrivé?

– Ma bonne dame, dit le Noueux, sachez qu'il a été griffé et mordu par une harpie!

– Oh, ces affreuses choses! s'exclama la vieille Nan. Elles sont pires que toutes les autres, puent comme l'enfer et il arrive qu'on meurt rien qu'à les toucher!

Harcourt et le Noueux posèrent l'abbé sur la paillasse et la vieille Nan, découvrant la soutane, s'écria tout à coup :

– Mais c'est un homme d'Eglise! Un tel endroit n'est pas digne de lui!

Elle se signa rapidement.

– Il est ici pour une sainte mission, expliqua Harcourt. Il administre une abbaye, de l'autre côté du fleuve, au sud.

– Un abbé! glapit-elle. Un abbé dans ma demeure!

– Vous parliez de peaux de mouton, lui rappela Harcourt.
– Oui, c'est vrai. Je vais les chercher.
Le Noueux entreprit de dévêtir l'abbé. Bientôt, la vieille Nan revint avec les peaux de mouton, dont elle se servit pour le frictionner, le sécher et le couvrir.
– Soit il dort, soit il a perdu la tête, dit le Noueux à Harcourt. En tout cas, il n'arrête pas de marmonner.
Le perroquet s'était installé sur le dossier de la chaise, près du foyer. La vieille Nan, penchée sur une marmite, le chassa d'un revers de main.
– D'où vient cet oiseau? demanda-t-elle. Il n'était pas là auparavant.
– Il est venu avec nous, dit Harcourt. C'est l'oiseau de l'abbé.
– En ce cas, ça va. Mais qu'est-ce qu'un abbé peut bien faire d'un oiseau aussi bizarre?
– Je ne crois pas qu'il ait vraiment souhaité l'adopter, dit Yolanda. C'est l'oiseau qui a jeté son dévolu sur lui.
– Quelle nuit, grommela la vieille Nan en remuant ce qui cuisait dans la marmite. Je recueille tous les égarés, on dirait. (Elle se redressa et se tourna vers une forme recroquevillée dans l'ombre.) Et toi, sors de là!
Ils se retournèrent tous. Lentement, la forme bougea et se redressa, comme à regret. Ses crocs cassés brillèrent dans la lueur des flammes; une corde pendait à son cou et sa toison poisseuse avait piètre allure.
– Mais c'est notre troll, s'exclama Harcourt, stupéfait. Celui qui voulait se pendre.
– C'est un pauvre être éperdu, dit la vieille Nan. Rejeté par les siens, sans aucun ami. Et c'est ici qu'il a échoué. J'ai essayé de retirer cette corde, mais il paraît y tenir comme un insigne de sa honte.
Sur sa paillasse, l'abbé fit entendre un long marmonnement, auquel répondit le perroquet, caché quelque

part dans l'ombre de la cheminée. La vieille femme prit un bol et une cuiller sur la table, puis plongea une louche dans la marmite.

– Donnez ça à votre ami, dit-elle au Noueux. Ça lui réchauffera les entrailles et il souffrira moins.

– Il a de la fièvre, à cause de ses blessures. Je lui ai administré un onguent, mais sans grand résultat.

– C'est de l'intérieur qu'il faut lutter contre le poison, non de l'extérieur. Allez, prenez vos bols et mangez un peu de ragoût. Et toi aussi, ajouta-t-elle en tendant un doigt vers le troll. Tu en as autant besoin que les autres. Pendant ce temps, je vais préparer une potion qui aidera votre abbé à combattre le poison. (Elle désigna Harcourt.) Toi, prends ce tabouret là-bas, grimpe dessus et passe-moi ce qui est accroché aux poutres.

Levant la tête, Harcourt découvrit des bottes de racines, d'herbes et de plantes diverses.

– Je les mets là pour qu'elles échappent aux souris. (Harcourt décrochait les bottes qu'elle lui désignait au fur et à mesure.) Là, dit-elle enfin, je crois que ça ira. Je vais chanter un peu en préparant la potion, mais n'y prenez pas garde. Ne pensez pas que la vieille femme que je suis perde la tête. Cela fait partie du remède et je dois obéir à la recette. Ces chants ont peut-être quelque importance dans la guérison, après tout. Qui sait?

Elle se mit alors au travail. Agenouillée près de l'âtre, elle découpa, hacha et broya les divers ingrédients qu'Harcourt avait décrochés des poutres. Puis elle les mélangea vigoureusement dans une jarre où elle jetait par instants diverses poudres et liquides, sans cesser de chantonner et de murmurer des mélopées. Tout en mangeant, les voyageurs la regardaient, fascinés. Le ragoût, insipide, calma rapidement leur faim. A chaque cuiller qu'il avalait, cependant, Harcourt ne pouvait s'empêcher de s'interroger à propos des rats ou des crapauds qui devaient être à la base de la recette.

La vieille Nan eut bientôt fini de préparer sa concoction et s'adressa à Harcourt :

– Tu vas soutenir ton ami pendant que je lui fais avaler ce liquide.

L'abbé semblait revenir quelque peu à lui. Il marmonnait toujours et, lorsque Harcourt se pencha sur lui, il lui prit la main et la serra fiévreusement. Il n'opposa qu'une faible résistance à la vieille Nan et absorba plusieurs cuillers du mélange, encore que la plus grande partie ruisselât sur sa barbe.

– Ça suffira comme ça, dit enfin la vieille femme. Il en a absorbé un peu. Nous essaierons de nouveau dans un moment. Il se sentira mieux demain matin.

En compagnie d'Harcourt, elle retourna auprès de la cheminée. Le Noueux avait alimenté le feu, et les flammes montaient haut dans l'âtre. Yolanda essayait sans succès de nouer conversation avec le troll qui, assis contre le manteau de la cheminée, jouait rêveusement avec sa corde.

– Il m'a un peu raconté son histoire, qui est bien triste, dit la vieille Nan. Vous savez que les trolls ne peuvent vivre que sous les ponts, ce qui me semble ridicule. Mais en effet, c'est là qu'on les rencontre surtout. Ce pauvre être n'avait qu'un misérable petit pont, mal construit. En vérité, ce n'était au début qu'une passerelle de rondins, au-dessus d'un ravin, où coulait un filet d'eau qui se tarissait l'été, pendant la sécheresse. Ce pont n'avait rien à voir avec ces grands ouvrages de pierre qui enjambent les rivières et les torrents qui coulent tout au long de l'année, comprenez-vous... Et notre troll en était tout triste. Il se sentait inférieur, et les autres trolls se montraient condescendants à son égard. Du moins se l'imaginait-il, mais c'est possible. Pourtant, il faisait tout pour garder son pont en bon état. Il avait même entamé quelques travaux d'amélioration. Il espérait ainsi, voyez-vous, pouvoir se montrer fier de sa demeure. Mais, à dire vrai, c'était là une entreprise impossible. Et de plus, je le soupçonne de n'être guère doué pour la construction. En vérité, il n'est pas particulièrement brillant. Les trolls ne le sont guère en général mais celui-là semble encore au-dessous de la moyenne. Donc, en dépit de toutes ses tentatives, le pont n'a cessé de se détériorer. Chaque année, il s'affaissait un peu plus à cause des rondins minés par l'érosion. Même le plus solide des bois de chêne cède avec le temps et finit par pourrir.

« Il y a quelque temps de cela, de fortes pluies se sont abattues. La rivière a débordé, et le pont de notre ami a été emporté par le flot. Ainsi, il s'est retrouvé sans abri, sans maison. Un humain aurait su comment réagir dans sa situation. Il aurait abattu quelques arbres – à condition de posséder une hache – et se serait lancé dans la construction d'un pont de chêne capable de défier les siècles. Mais un tel acte n'est pas dans la tradition des trolls qui ne savent pas bâtir. Pour eux, ce serait – comment dire? – immoral. Un troll doit obligatoirement élire domicile sous un pont construit par d'autres.

« Notre ami s'est donc retrouvé sans abri, tout nu dans ce vaste monde. Et que pouvait-il faire, à part demander la charité aux siens? Dans sa faiblesse, voilà très exactement ce qu'il a fait. Il est allé de pont en pont, des ponts bien plus importants que le sien, et il a demandé à leurs résidents : « Je vous en prie, prenez-moi avec vous. Partagez votre pont avec moi. Même pour un ou deux jours. Laissez-moi une chance de décider de ce que je dois faire. Un répit, voilà tout ce que je vous demande. Un peu de temps pour faire mes plans, panser mes plaies et calmer mon esprit. » Mais ils ont ri et l'ont chassé sans pitié, comme un étranger.

« Voilà pourquoi vous l'avez rencontré près du puits avec cette corde au cou. Et il a sauté, ce pauvre idiot, avec sa corde trop longue. Oui... (la Vieille Nan hésita), je vois qui vous êtes à présent. J'ai entendu des rumeurs. J'ignorais votre identité quand vous avez frappé à ma porte, mais maintenant je sais. Tout est clair : c'est vous qui avez terrassé ce dragon qui portait une corde autour du cou.

– Je ne l'avais pas remarqué, dit le Noueux. Charles, as-tu vu si ce dragon avait une corde autour du cou, toi?

– Oui, peut-être, en réfléchissant bien...

– Certains me traitent de sorcière, reprit la vieille Nan, mais c'est faux. Je n'ai aucune connaissance du surnaturel, et ne m'y intéresse guère. Je connais un peu l'art de la médecine, les propriétés des racines, des écorces, des fruits et des plantes. Mais j'ignore tout de la magie qui n'entre pas dans ma médecine, bien que je fredonne ces chants anciens tout en étant persuadée qu'ils ne jouent aucun rôle dans la guérison. Ils ne sont faits que pour impressionner les ignorants. (Au-dehors, il faisait maintenant nuit noire et le vent s'était levé. A chaque bourrasque, un souffle froid filtrait des crevasses. Les arbres de la forêt gémissaient et craquaient et, parfois, ils pouvaient entendre au loin l'appel des loups.) Il y a quelques jours, une bataille a eu lieu, à une ou deux lieues d'ici, reprit la vieille Nan. Le Mal a anéanti une légion romaine. Comment quatre voyageurs tels que vous peuvent-ils encore avoir l'audace de rôder dans ce pays? Cela me paraît le comble de la témérité.

– Ce n'est pas plus téméraire que de vivre ici, fit remarquer Harcourt.

– Oh, je suis relativement en sécurité. Je ne fais aucun mal, et tout le monde me connaît. Et puis, ma médecine leur est quelquefois utile. Si je n'étais pas là, qui pourrait bien les soigner? Car ainsi que vous le savez, le Mal n'a pas de médecins. Ici, on ne connaît guère que la magie pour venir en aide aux malades et aux blessés. Et la magie, quand on s'en sert sans connaissances approfondies, est sans réelle valeur.

Alors ils viennent me voir – oh, pas trop souvent – et je les recouds, je panse leurs plaies, ressoude leurs membres ou bien je les purge. Mais ne vous méprenez pas : je ne suis pas leur alliée. Ils ne m'aiment pas et n'ont guère de respect pour moi, mais certains ont besoin de mes services, parfois. Alors, ils me laissent en vie. Après la bataille dont je vous ai parlé, mes patients ont été plus nombreux. Il y avait parmi eux une fée à l'aile déchirée. J'ai réussi à la recoudre; elle a même pu voler ensuite, pas très bien, je l'avoue. J'ai vu aussi un ogre, une énorme brute affreuse, à la queue tranchée. Il me l'avait apportée dans l'espoir que je pourrais la lui remettre en place et j'ai eu bien du mal à lui expliquer que c'était impossible. Alors, il est reparti en grognant, persuadé que je lui mentais. Il croyait que je pouvais me servir de la magie pour qu'il retrouve sa queue. Il m'a même menacée mais je ne me suis pas laissé impressionner. Je ne lui ai pas menti. Il se peut qu'il y ait une grande part de vérité dans la magie et celui qui parviendrait à la comprendre pourrait développer des méthodes sûres. Mais peu nombreux sont ceux qui se sont penchés sur ces mystères et personne n'a jamais vraiment essayé de les expliquer logiquement. Même pour les magiciens, ces pratiques ne sont qu'un salmigondis de simagrées. Bien sûr, cela marche quelquefois mais uniquement parce que certaines personnes, à coups d'erreur, d'essais, et à travers les âges, sont parvenues à élaborer des méthodes efficaces, transmises de génération en génération. Mais nul ne sait comment expliquer leur effet. Si nous devons les développer vraiment et les exploiter pleinement, il faut en comprendre le fonctionnement. J'ai quelque espoir de saisir le sens de tout cela un jour. J'ai travaillé durant des années et si je demeure ici, c'est que personne ne vient m'y déranger. Si je travaillais dans le monde des humains et que l'on découvre la nature de mes travaux – ce qui ne manquerait pas d'arriver, du reste – j'aurais très vite une foule de gens à ma porte, pour demander mon aide ou proposer de m'assister, pour donner des conseils, lancer des idées. Cela ne me faciliterait pas le travail, et j'ai besoin de tout mon temps pour trouver ne serait-ce que l'indice d'une piste. Vous voyez ces rouleaux, sur la table...

– Oui, dit le Noueux, je me demandais de quoi il s'agissait.

– C'est une collection de traités que j'ai rassemblée depuis des années. La plupart n'ont aucune valeur, mais certains sont le fruit du travail d'hommes et de femmes éclairés qui, tout au long des siècles, ont étudié la magie. J'ai l'espoir d'y trouver cet indice qui me permettra de comprendre vraiment la magie, de découvrir quels en sont les principes de base, afin de l'utiliser efficacement.

– Et où en êtes-vous? demanda Harcourt. Je veux dire : avez-vous progressé?

– Un peu. Je commence à entrevoir quelques parcelles de raison. Je ne me fais pas d'illusions : je n'atteindrai pas mon but dans le temps de mon existence, mais je léguerai quelque chose.

Le Noueux se leva. Le troll était toujours accroupi près du foyer.

– Regardez ce pauvre benêt, reprit la vieille Nan. Même quand je raconte sa vie, il ne dit rien. Je n'ai jamais vu un tel nigaud.

Quelque part dans l'ombre, le perroquet se mit à crier :

– Nigaud! Pauvrrre nigaud!

Personne ne lui prêta attention, pas même le troll qui jouait toujours avec sa corde. Le Noueux s'approcha de la table, prit une poignée de parchemins et les déroula avec soin avant de se pencher pour les examiner à la lueur du feu. Il leva des yeux étonnés.

– Je n'ai jamais lu de pareils écrits, mais je connais leurs auteurs. Ils comptent parmi les plus grands esprits du passé. Comment avez-vous obtenu cela?

– Grâce à des années de travail. En échangeant des lettres avec de nombreux amis. Une fois que j'ai eu rassemblé tout ce dont j'avais besoin, je suis venue ici. Parce que je pouvais mieux travailler en recluse, dans ce pays étranger.

« J'ai passé des années devant cette table, à lire et à relire ces manuscrits, à m'en imprégner et à les méditer. Je vais souvent dans les bois pour mieux réfléchir, pour essayer de coordonner ces pensées diverses, de soupeser leurs spéculations en essayant de ne pas succomber à la superstition et de garder l'esprit net. Ceux du Mal me surveillent sans cesse, j'en suis persuadée. Quand ils me suivent dans les bois, ils m'entendent marmonner seule et doivent penser que j'ai perdu l'esprit. Voilà peut-être ce qui m'a protégé de leur colère car, dans leur esprit obscur, il doit y avoir quelque chose de sacré dans la folie.

« Mais je suis trop bavarde; je vis trop seule, aussi. Parlez-moi donc un peu de vous. Quand votre compagnon sera rétabli, continuerez-vous votre voyage?

– Nous sommes à la recherche d'une ancienne cathédrale qui se trouve quelque part dans l'ouest, mais nous ignorons à quelle distance et où exactement. Et nous ne savons pas son nom, expliqua Harcourt.

– Nous accomplissons un pieux pèlerinage, s'empressa d'ajouter le Noueux.

– Mais c'est peut-être bien l'endroit où je me procure mes plantes médicinales! s'exclama la vieille Nan.

– Connaîtriez-vous la cathédrale? s'exclama Yolanda.

– Oui, je le pense. En tout cas, c'est la seule dont j'ai connaissance, l'unique bâtiment assez important et majestueux pour mériter ce nom. Mais j'ignorais que c'était une cathédrale, voyez-vous. Tout ce que je sais, c'est qu'il s'agissait d'un lieu de culte chrétien depuis longtemps abandonné. Il y a des croix, des tombes, un vieux cimetière...

– Vous y allez souvent? demanda le Noueux. Vous connaissez bien le chemin?

– Non. Je m'y rends seulement quand mes réserves s'épuisent, ou à certains moments de la saison pour des plantes spéciales. La récolte est particulièrement bonne dans le cimetière et le jardin – du moins, je crois que ce devait être un vrai potager autrefois, mais il est maintenant envahi par les buissons et les ronces. J'y trouve encore certaines herbes.

Elle se leva et prit la jarre qui contenait la mixture qu'elle avait préparée.

– Il est temps de lui en administrer une nouvelle dose, dit-elle en montrant l'abbé.

Le Noueux la suivit et souleva l'abbé pendant qu'elle lui glissait une cuillerée de potion entre les lèvres.

– Il me paraît moins brûlant, dit le Noueux. Et la sueur perle maintenant sur son front.

Nan posa la main sur les joues de l'abbé, puis sur son front.

– Vous avez raison. La fièvre est tombée.

Elle souleva les peaux de mouton et examina les plaies.

– On dirait bien que ses blessures sont moins enflammées et commencent même à cicatriser. Elles sont très saines. Votre onguent doit être très efficace.

– Il a une longue histoire, dit le Noueux. Je le tiens de mon peuple et son origine se perd dans le temps.

– Ma potion lui a fait du bien, mais je crois que l'onguent surtout l'a guéri. Ne serait-il pas un peu magique?

– Non, absolument pas, madame. C'est un mélange de nombreux ingrédients, dont certains sont très rares, qui a été préparé avec une attention méticuleuse. Voilà tout.

– Il dort, maintenant. C'est très bien. Il va reprendre des forces et le médicament pourra faire tout son effet.

Demain matin, ce sera un homme nouveau, même si ses blessures continuent de le faire souffrir.

– Il se remet très rapidement, dit Harcourt. Plus vite que je ne l'avais espéré, en tout cas.

– Notre abbé a une constitution de cheval.

– Nous ne voudrions pas vous déranger et nuire en aucune façon à votre sécurité, reprit Harcourt en s'adressant à la vieille Nan. Pensez-vous que nous pourrons reprendre la route dans les heures qui viennent? Aux premières lueurs du jour, peut-être?... Le Noueux et moi pourrons soutenir l'abbé si besoin est.

– Il est inutile que vous partiez.

– Mais si le Mal venait à apprendre que vous nous avez donné asile...

– J'avais pensé vous accompagner. A cette époque de l'année, je peux trouver de nombreuses herbes dans les jardins de la cathédrale...

– Voulez-vous dire que vous nous montreriez le chemin?

– De toute manière, vous pourriez le trouver seuls. Il n'est pas difficile à suivre. Mais je vais venir avec vous.

– Si l'abbé est suffisamment rétabli, intervint Yolanda, je crois que le mieux serait de partir aussitôt que possible. J'ai fait sécher les couvertures et serai plus rassurée quand nous aurons atteint la cathédrale.

– Moi aussi, ajouta le Noueux.

– La tempête s'est apaisée, les nuages se dispersent et la lune s'est levée : nous aurons beau temps demain.

– Mais tout dépend de la santé de notre abbé, dit le Noueux.

Le troll s'était blotti dans un coin de la cheminée et comptait sur ses doigts en murmurant pour lui-même.

Levant soudain la tête, il jeta un bref regard à

Harcourt, puis se replongea dans son compte mystérieux.

Lentement, le regard d'Harcourt fit le tour de la pièce envahie d'ombres. L'abbé dormait dans son coin d'un sommeil apparemment tranquille, le souffle calme et régulier.

– Dieu merci, murmura Harcourt.

Il avait craint pour la vie de son ami avant qu'ils n'atteignent la cabane, sans doute parce qu'il ignorait tout des pouvoirs de la médecine. Mais si Yolanda n'avait pas trouvé ce refuge et si Nan n'avait pas eu cette science des herbes, la situation eût été bien plus grave.

– Lors de vos visites à la cathédrale, avez-vous jamais rencontré un prêtre?

– J'ai rencontré une fois un homme très bon, très doux. Il était si petit, si vieux et si faible qu'un souffle de vent aurait pu le renverser.

– Lui avez-vous parlé? Vous a-t-il dit ce qu'il faisait là?

– Une fois seulement. Nous avons échangé quelques mots dans le jardin pendant que je cueillais des herbes. Il m'a dit que le jardin avait dû être magnifique jadis et que c'était bien dommage que nul ne fût là pour s'en occuper. Et puis il a disparu en courant. (Elle hésita avant d'ajouter :) Mais je n'ai pas la moindre idée de ce qu'il faisait là. Il n'exerçait sûrement aucune fonction officielle pour l'Eglise. Cette cathédrale – comme vous l'appelez – est abandonnée depuis des années. Mais la présence de cet individu n'avait rien d'extraordinaire. Dans tout le Pays Vide on rencontre des hommes de religion, des missionnaires persuadés que leur seule présence est la preuve que l'Eglise n'a pas totalement abandonné cette région. Certains pensent même qu'ils peuvent convertir les créatures du Mal, ce qui est stupide et vain, car elles n'ont pas d'âme.

– Oui, je sais, dit Harcourt, se souvenant du vieil homme et de son moulin.

Il sentit brusquement qu'on l'agrippait par la manche et il se tourna vers le troll.

– Je vous en prie, monsieur, fit-il d'un ton pleurnichard, connaîtriez-vous un pont...

– Arrière! Retire tes sales mains!

Le troll retourna se blottir dans son coin.

– Que s'est-il passé? s'inquiéta Yolanda.

– C'est ce satané troll. Il voulait savoir si je connaissais un pont...

– Pauvre être, s'apitoya Nan. C'est qu'il en a tellement besoin.

20

Les compagnons, au nombre de six maintenant, ne partirent pas au matin, ainsi qu'ils l'avaient projeté, mais restèrent pour la journée afin de donner toutes les chances de se remettre à l'abbé qui se leva dans la soirée et fit hommage au gibier que le Noueux avait abattu le matin. Nan parut se régaler autant que lui.

– J'ai rarement de la viande sur ma table, expliqua-t-elle. Je suis incapable de chasser et ceux du Mal qui viennent me voir pour se faire soigner ne m'apportent jamais de présents. Ils considèrent le recours à mes services comme un droit. Ils sont même parfois à peine courtois et oublient souvent de remercier.

– Voilà tout ce que l'on peut attendre de créatures dépourvues d'âme, madame, commenta l'abbé. Leur sensibilité n'est en rien comparable à la nôtre. Ils ignorent tout des choses délicates et sont pires que des animaux. Même un chien, un cheval ou un chat peut éprouver de l'affection pour les humains et leur montrer quelque gratitude pour la nourriture qu'on leur dispense.

– Quelquefois, ils m'apportent cependant des parchemins, qu'ils trouvent dans les ruines des anciennes demeures humaines. Ils doivent penser que mon art de la médecine et ma connaissance de la magie vient de mes lectures, et qu'ils se rendent service à eux-mêmes en m'apportant des livres, bien souvent de piètre valeur. On trouve surtout des ballades et d'anciens récits de chevalerie, choses qui ne me sont guère utiles.

Ils s'endormirent tôt afin de se lever de bonne heure. L'abbé, même s'il se plaignait de démangeaisons, semblait tout à fait remis et impatient de reprendre la marche.

– Cette cathédrale, est-elle loin? demanda-t-il à Nan. Charles me dit que vous avez rencontré ce prêtre qui vit là-bas.

– Deux jours de marche, tout au plus. Oui, j'ai parlé à cet homme, mais une fois seulement, et très brièvement. Pourquoi me posez-vous cette question?

– Nous espérons qu'il possède certains renseignements fort utiles pour nous.

– Je ne vous ai pas interrogés sur les raisons de votre dangereux pèlerinage, et je ne le ferai pas. Mais ce doit être très important pour vous, je le devine.

– C'est en effet vital pour nous tous et pour l'Eglise aussi, répondit l'abbé avec solennité.

Ils se mirent en route au matin, accompagnés de la vieille Nan et du troll qui ne cessait de gémir et de se lamenter.

La journée s'annonçait belle et claire, et les bois s'étaient parés du vert tendre du printemps et d'un rutilant tapis de fleurs sauvages. Aucun sentier n'apparaissait, mais Nan avançait avec assurance et les autres suivaient sans poser de questions.

Aucun signe du Mal ne se manifestait.

« Est-il possible, songea Harcourt, que nous ayons enfin réussi à lui échapper? » Il avait quelque difficulté à le croire et épiait sans cesse les ombres sans rien surprendre de suspect.

L'abbé avançait d'un bon pas. Le Noueux et Harcourt, cependant, ne le quittaient pas des yeux et proposaient des haltes fréquentes pour lui permettre de reprendre haleine. Finalement, il protesta d'un ton maussade :

– Je sais. Vous essayez de me ménager, mais c'est inutile.

Harcourt le soupçonna d'apprécier, au contraire, ces petits moments de repos. Ils s'arrêtèrent pour passer la nuit dans un bocage, près d'une source, au pied d'une colline. Nan et le Noueux avaient décidé de préparer le repas. Harcourt escalada la colline et observa un moment la région, le dos appuyé contre un vieux chêne.

Il entendit brusquement un bruissement de feuilles, et Yolanda surgit derrière lui, puis vint s'asseoir à son côté.

– Monseigneur, vous m'avez semblé très inquiet durant toute cette journée. Y a-t-il quelque chose que je puisse faire pour vous?

– Non, je ne suis pas vraiment inquiet, répondit-il en secouant la tête. Mais tout s'est trop bien passé aujourd'hui et je ne me sens pas tranquille.

– C'est notre chance qui vous inquiète?

– Nous n'avons pas cessé de fuir depuis notre entrée dans ce pays. Nous sommes allés d'un danger à un autre, toujours avec le sentiment d'être poursuivis. Aujourd'hui, ç'a été une simple promenade.

– Vous vous tourmentez trop. Votre inquiétude est profondément ancrée en vous et vous refusez de partager vos soucis. Pourquoi ne m'en confiez-vous pas quelques-uns?

– Un seul et tu cesses de me persécuter? proposa-t-il en riant. (Elle acquiesça.) Bien, alors un seul tracas, pas plus. (Il pensa alors à ce qui l'avait toujours troublé, à cette chose qu'il avait refoulée dans son subconscient et que jamais il n'avait laissé surgir.) Tu te souviens de cette nuit que nous avons passée dans le fen, au milieu des rochers? Le Noueux et moi, nous les avons escaladés pour voir ce qu'il y avait de l'autre côté.

– Oui, je m'en souviens très bien. C'était une folie. Ces rochers n'étaient pas stables et vous risquiez votre vie.

– Quand nous sommes redescendus, le Noueux t'a dit ce que nous avions trouvé : le squelette d'un ogre enchaîné sur une croix de cèdre. Toi et l'abbé, vous nous avez écoutés, mais sans paraître vraiment intéressés, comme si cela n'avait rien d'extraordinaire.

– Non, en effet : ce n'était pas vraiment important.

– Mais tu ne comprends pas : cet ogre était mort sur une croix.

– Je me souviens de votre regard, étrange, pendant que le Noueux racontait votre découverte.

– Je me trompe peut-être.

– Non, c'est peut-être moi qui ne saisis pas. Qu'est-ce qui vous inquiète? Vous n'avez certainement pas de sympathie pour cet ogre. Ni pour aucune des créatures du Mal. Mon père m'a dit de quelle façon vous les aviez combattues sur les murs du château, en hurlant.

– Non, ce n'est pas l'ogre qui me trouble, quoique sa mort ait été horrible. Il a dû périr de soif, desséché commc une feuille tombée d'un arbre.

– Alors, si ce n'est pas l'ogre, qu'est-ce donc qui vous alarme ainsi?

– La croix! cria-t-il.

– La croix?

– Notre Sauveur est mort sur la croix.

– Et alors? Bien d'autres sont morts depuis de cette manière.

– La croix est sanctifiée. Nous prions devant elle. Nous la portons au cou au bout d'une chaîne. Elle figure sur nos rosaires. C'est un instrument de mort sacré. Il est déjà grave que d'autres soient morts sur la croix depuis. Mais un ogre! Une créature du Mal périssant ainsi!

Elle le prit par les épaules et le serra contre elle.

– Et vous avez souffert tout cela en silence? Sans rien dire à quiconque?

– A qui aurais-je pu en parler?

– Mais à moi! Ne venez-vous pas de le faire?

– Oui, c'est vrai. Je viens de t'en parler.

– Je suis navrée, monseigneur, reprit-elle en le relâchant. Je voulais seulement vous apporter un peu de réconfort.

Il prit son visage entre ses mains et l'embrassa.

– Tu m'as réconforté, et j'en avais grand besoin. Peut-être suis-je stupide de me laisser troubler par...

– Non, vous ne l'êtes pas. Vous avez de la tendresse en vous et l'on doit vous aimer pour cela.

– Tu es la seule à qui j'aurais pu avouer cela.

Dans le même instant, il se demanda pourquoi il disait cela. Car ce n'était pas l'exacte vérité. Il aurait pu parler de même à l'abbé à qui il ne cachait rien. Pourtant, il ne lui avait pas soufflé mot de la croix et de l'ogre.

– Je dois encore vous dire que Nan me surveille, et de très près, avoua Yolanda. Et elle a essayé de me poser des questions. Discrètement, sans en avoir l'air.

– Et tu ne lui as rien dit.

– Pas un mot. Mais vous non plus ne m'avez rien révélé. Pourtant, d'après les paroles que vous avez échangées, tous les trois, d'après vos remarques, j'ai compris.

– Je ne voulais nullement te le cacher, dit précipitamment Harcourt. Je pensais que...

– Tout va bien.

– Mais tu penses que Nan voulait savoir quel était notre but? Qu'elle a essayé de te faire parler?

– Je le crois. Et, de plus, elle n'est pas vraiment ce qu'elle prétend.

– Que veux-tu dire?

– Elle est vêtue de haillons, va nu-pieds. Ses cheveux sont emmêlés, jamais peignés. Elle veut passer à nos yeux pour une vieille femme. Mais on voit bien ce qu'elle est vraiment.

– C'est-à-dire? fit Harcourt, amusé.

– Elle a été une dame de qualité et en garde des traces qu'elle ne peut vraiment cacher. Sa façon de parler quand elle n'y prend pas vraiment garde, certains petits gestes, certaines manières. Elle porte à un doigt une pierre qu'elle prétend n'être qu'un bout de verre sans valeur, mais je sais reconnaître un rubis. Et celui-ci est de la plus belle eau.

– Comment peux-tu le savoir?

– N'importe qui saurait le reconnaître. N'importe quelle femme, du moins. Les hommes ne font guère attention aux bijoux.

– J'y jetterai un coup d'œil. Tu as bien fait de m'en parler; maintenant, allons souper.

L'abbé se restaurait déjà quand ils arrivèrent.

– J'avais trop faim pour vous attendre, s'excusa-t-il. Asseyez-vous. Notre amie Nan a un réel talent de cuisinière. Confectionner ce plat délicieux en mélangeant du fromage râpé, des bouts de bacon et de la verdure ramassée dans les bois...

Sur ce, il engouffra une nouvelle bouchée.

– Ce vieux bouc est redevenu pareil à lui-même, fit le Noueux.

– Si ce n'est qu'il continue de souffrir abominablement de démangeaisons à cause de ce maudit onguent, grommela l'abbé.

– Demain, nous arriverons à la cathédrale, dit Nan, et vous devrez vous passer de mes services de cuisinière car je serai bien trop occupée à ma cueillette.

Le lendemain, à la fin de l'après-midi, du haut d'une colline, ils aperçurent la cathédrale.

– Enfin, dit l'abbé, la voici, celle pour laquelle nous avons traversé cette terre impie.

La bâtisse se dressait au fond d'une petite vallée

dans laquelle serpentait un torrent aux eaux limpides, bordé de grands arbres.

– Nous allons établir notre camp ici cette nuit, décida Harcourt, et nous ne descendrons que demain matin. Je n'ai pas l'intention d'y arriver dans l'obscurité.

21

La cathédrale, structure la plus impressionnante qu'Harcourt ait jamais rencontrée, était un formidable entassement de maçonnerie, dominé par des tours immenses aussi solides que leurs pierres énormes. Des toits nombreux, qui s'inclinaient dans toutes les directions, renforçaient encore l'image de ce puzzle architectural. Dans le soleil levant, les fenêtres brillaient de reflets rouges, bleus ou verts. Il émanait de toute la construction une impression de splendeur passée, et Harcourt se demanda combien d'esprits, de bras et de mains avaient participé à sa construction.

La bâtisse était entourée d'un mur de pierre bas qui, comparativement, semblait plutôt grossier.

Il était effondré par endroits, et des arbres fruitiers avaient poussé dans les ruines. Certains étaient en fleurs.

L'un derrière l'autre, les voyageurs longèrent le côté sud, en se dirigeant vers l'ouest. A l'endroit où le mur s'orientait vers le nord, ils découvrirent une brèche qui leur permit de pénétrer dans l'enceinte. Ils continuèrent vers l'ouest et rencontrèrent un large escalier de pierre qui accédait au portail. L'un des lourds vantaux de chêne était tombé au sol, et l'autre béait, à demi ouvert. Des gargouilles ricanantes ou grimaçantes contemplaient les voyageurs.

En les découvrant, Harcourt éprouva un sentiment

étrange : certaines de ces statues semblaient plus douces, moins menaçantes que les autres. Il les examina plus attentivement et se sentit un peu moins sûr.

– Yolanda, demanda-t-il, certaines de ces gargouilles ne te semblent-elles pas bizarres? Elles ne sont pas toutes identiques.

– Pourquoi se ressembleraient-elles? Le sculpteur fait appel à son imagination et donne à chacune une expression différente.

– Ce n'est pas ce que je veux dire. Je ne parle pas de leur expression mais de la matière dont elles sont faites. On dirait bien que la pierre n'est pas toujours la même.

– C'est fort possible, mais pourtant... Attendez, je crois comprendre.

– Quelques-unes me rappellent celle que tu m'as montrée dans ton atelier.

Yolanda retint son souffle.

– Vous pourriez bien avoir raison. On dirait que certaines ont été sculptées dans le bois, en vérité.

– Mais cela n'a pas de sens. Pourquoi certaines seraient-elles en pierre et les autres en bois?

– Je l'ignore. Comme vous le dites, cela n'a pas de sens. Peut-être certains originaux ont-ils été brisés. On les aura remplacés par du bois en attendant de les resculpter dans la pierre...

– Et ceci provisoirement?

– Oui, peut-être... mais cela n'a toujours pas de sens.

– Assez parlé de ces gargouilles! lança l'abbé. Nous ne sommes pas là pour nous extasier sur les charmes de la cathédrale. Il nous faut trouver notre prêtre.

– Ce ne sera sans doute pas facile, dit Nan. Il ne se montre guère et doit craindre les étrangers. Je l'ai toujours vu courir.

– Bizarre, fit le Noueux, car il doit se sentir bien seul ici. On serait enclin à penser qu'il attend au contraire des visiteurs...

– C'est un personnage bien étrange, dit Nan. En vérité, j'ai toujours eu l'impression qu'il fuyait.

– Et il vivrait ici depuis des années?

– Je pense qu'il s'est installé dans la cathédrale il y a fort longtemps.

– Alors le Mal doit avoir eu vent de son existence. Avez-vous eu l'impression qu'il cherchait à se cacher du Mal? Peut-être a-t-il peur de tout le monde.

– Le Mal reste à l'écart d'un tel endroit. Il y flotte une odeur de sainteté redoutable!

– Ça n'a pas suffi à repousser ses créatures quand elles ont donné l'assaut à notre abbaye, dit l'abbé. Elles ont tué ceux qu'elles ont rencontrés et pillé tout sur leur passage.

– Peut-être, suggéra fielleusement le Noueux, l'odeur de sainteté de votre abbaye était-elle trop délayée dans le parfum du vin et des femmes?

– Ce n'est pas le moment de nous quereller à propos des degrés de la sainteté, dit Harcourt.

– Notez que je ne réponds pas, répliqua l'abbé avec une dignité glacée.

Sur ce, il franchit le seuil. Après une seconde d'hésitation, les autres lui emboîtèrent le pas pour s'arrêter plus loin. L'abbé, lui aussi, s'était figé sur place. Devant eux, la nef était plongée dans une pénombre épaisse. Des rais de lumière colorée filtraient des vitraux, rehaussant l'impression irréelle qui émanait de ces lieux. Il leur sembla entendre un battement sourd, profond. Harcourt retenait sa respiration, essayant de deviner l'origine de ce son. « On dirait le souffle de quelque animal monstrueux », songea-t-il. L'abbé s'avança de quelques pas, faisant naître des échos de toutes parts.

La nef était flanquée de piliers énormes entre lesquels apparaissaient les formes blanches des tombes; certaines étaient de simple pierre nue, et d'autres décorées de figures diverses. Auprès de l'une d'elles, un ange se tenait agenouillé, plus blanc encore que la pierre tombale. A droite et à gauche, des arches s'ouvraient vers deux chapelles.

Son regard s'accoutumant peu à peu à l'obscurité, Harcourt distingua un peu mieux l'intérieur. Mais il ne découvrit rien d'autre que le chœur et, tout au fond, l'autel. Il lui sembla pourtant que l'espace se prolongeait plus loin, bien au-delà de l'autel. « Si le prêtre cherche à nous échapper, se dit-il, il trouvera mille cachettes où se réfugier. » Sur les murs, les grandes peintures avaient perdu leurs couleurs.

L'odeur de sainteté, avait dit la vieille Nan. Mais le parfum de l'encens s'était depuis longtemps évanoui de ces lieux. Il ne percevait que le vide d'une demeure abandonnée depuis des siècles.

L'abbé avança de nouveau et les autres le suivirent, éveillant autant d'écho qu'une armée.

Ils pénétrèrent partout, fouillant consciencieusement dans les chapelles, les cryptes, le cloître, le chapitre, la cuisine, le réfectoire et la bibliothèque où étaient entassés des centaines de rouleaux de parchemin. La poussière recouvrait tout et ils soulevaient des nuages à chaque pas, éternuant bruyamment en un tonnerre d'échos. Ils avaient renoncé à appeler le prêtre, dont ils ignoraient d'ailleurs le nom, de crainte de déchaîner un fracas qui les empêcherait d'entendre une éventuelle réponse.

Partout des tombes, en tous sens, dans les recoins les plus inattendus; ils en découvrirent une dont la pierre tombale avait été fracassée. Les ossements de son occupant reposaient encore dans le cercueil ouvert. Près d'une autre, un ange avait été décapité.

En dehors des rouleaux de parchemin, ils ne découvrirent rien qui présentât la moindre valeur. L'autel avait été mis à sac et il ne restait rien des aubes ou des ciboires.

– Tout a été nettoyé, dit le Noueux.

– Peut-être pas, rectifia l'abbé. Il se peut aussi que les bons pères aient voulu sauver tout cela du Mal.

Ce fut presque au terme de leurs recherches, alors qu'ils allaient quitter la cathédrale, qu'ils trouvèrent celui qu'ils cherchaient, dans une minuscule chapelle, tout au bout de la travée est. Ou, du moins, ce qu'il en restait.

Son squelette démembré gisait sur le sol; des lambeaux de tissu noir, probablement de sa soutane, étaient éparpillés et quelques fragments de chair adhéraient encore aux os. Le Noueux prit le crâne et le montra à ses compagnons. La mâchoire inférieure était encore en place et quatre dents manquaient.

– C'est bien notre prêtre, dit-il.

– Oui, mon oncle a parlé de ces dents manquantes, acquiesça Harcourt. Le prêtre avait du mal à se faire comprendre.

– Des goules, dit le Noueux.

– Ou des harpies, ajouta Harcourt.

– Je croyais que le Mal évitait de tels lieux, remarqua l'abbé en se tournant vers Nan.

– Avec les goules, on ne peut jamais savoir. Ce qui est valable pour tous ceux du Mal ne l'est pas forcément pour elles qui ne pensent qu'à se gaver de chair.

Dans un coin de la chapelle, une litière de couvertures et de peaux de mouton avait été disposée ainsi qu'une poêle à frire et un chaudron, près d'un foyer rudimentaire. Le mur était noirci par la fumée.

– Oui, il vivait ici, dit l'abbé. C'est dans ce lieu qu'il méditait.

– Et c'est ici qu'il est mort, ajouta le Noueux. Ils ont dû le surprendre dans son sommeil. Et cela doit remonter à quelques jours.

– Nous nous trouvons dans une impasse, dit Harcourt. Car personne ne peut plus nous dire comment parvenir à la villa.

– Continuons vers l'ouest et cherchons, proposa le Noueux. Voilà tout ce qui nous reste à faire.

– Je suis certaine que nous pouvons encore la trouver, dit Yolanda.

– Alors il faut dresser des plans, décida Harcourt. Nous ne pouvons pas partir dans toutes les directions.

Ils prirent une des couvertures du lit pour y rassembler les os et les emporter jusqu'au jardin. Là, ils creusèrent une tombe et l'abbé récita les prières rituelles.

– Je ne connaissais pas son nom. Je ne peux que lui dire « cher frère disparu », mais cela ne me semble guère suffisant.

– C'est bien ainsi, railla le Noueux. Vous y avez mis du cœur, de l'élégance, et votre chagrin était touchant.

– Tu te moques à nouveau, grinça l'abbé en le foudroyant du regard.

– Mon très cher abbé, vous savez que je n'oserais jamais!

Harcourt, dans l'espoir de couper court à l'algarade, se dirigea rapidement vers le devant de la cathédrale, accompagné de Yolanda.

– Ces gargouilles sculptées dans le bois, je n'arrive pas à les effacer de mon esprit. Elles ressemblent vraiment à celle de ton atelier. Est-ce que je peux te dire ce que je pense?

– Bien sûr, monseigneur, mais vous pourriez bien faire erreur.

– Tu es déjà venue ici.

– Non pas. Jamais je n'ai poussé aussi loin. Et jamais je ne suis restée assez longtemps pour sculpter des gargouilles, si c'est à cela que vous pensez.

– En effet. Mais il faut que tu me comprennes. La ressemblance entre la gargouille de ton atelier et celles qui...

– Je serais incapable d'exécuter un tel travail, l'interrompit Yolanda. Il y a une touche de génie dans ces gargouilles, si bien faites qu'au premier regard, on les croit de pierre. Seul un œil averti peut voir la différence. Un jour, peut-être, serai-je capable d'arriver à ce résultat, mais pas à présent. Et même si je le pouvais, je ne dispose pas des outils nécessaires. Les seuls que je possède sont ceux que Jean a forgés pour moi.

– En vérité, ce n'était qu'un compliment.

– Je vous en remercie, monseigneur.

Ils s'arrêtèrent devant la porte ouest et attendirent les autres.

L'abbé s'assit lourdement sur la première marche, prit sa tête entre ses mains et grommela :

– Que faisons-nous à présent?

– Continuons vers l'ouest, répondit le Noueux. Nous chercherons jusqu'à ce que nous ayons trouvé.

– Mais nous allons à l'aveuglette. Nous ignorons tout de l'endroit où se trouve cette villa et nous pourrions fort bien la longer sans la voir. Elle pourrait se dissimuler derrière une colline, dans une vallée. Nous sommes comme des enfants perdus dans les grands bois.

– Mais que cherchez-vous exactement? hasarda Nan.

– Une villa, dit Harcourt. Une ancienne villa romaine. Certains la qualifient de palais, mais nous pensons qu'il s'agit plus probablement d'une villa.

– Pour ça, je ne saurais vous aider. Je ne connais pas d'endroit pareil.

– Nous allons nous remettre en route, et vous, vous allez rentrer chez vous.

– J'ai encore quelques herbes et racines à ramasser; quand j'aurai fini, je retournerai à ma cabane. Mais je dois avouer que j'ai fortement envie de continuer avec vous. Je ne sais quel genre de pèlerinage vous accomplissez, mais il y a si longtemps que je ne me suis trouvée en compagnie de mes semblables et de compagnons aussi agréables. (Elle jeta un regard à Yolanda.) Cette jeune fille me rappelle mon adolescence. Je crois que je lui ressemblais beaucoup quand j'avais son âge.

– Cela me touche, murmura Yolanda.

– Une pensée me poursuit, intervint l'abbé. Pourquoi avoir tué ce bon père? Il était ici depuis des années et le Mal ne s'en était jamais pris à lui. Serait-il possible qu'on ait appris qu'il avait parlé à l'oncle Raoul?

– C'est tout à fait envisageable, approuva le Noueux.

– Les goules n'ont besoin d'aucune raison particulière quand elles sont affamées, remarqua Nan. Je les connais très bien, ces horreurs.

Harcourt s'éloigna, traversant l'esplanade de pierre. Il s'arrêta sur le seuil du portail et contempla le paysage sauvage. « Bientôt, songea-t-il, nous nous enfoncerons de nouveau dans les bois pour continuer cette quête vers l'ouest. Mais cette fois, ainsi que l'a fait remarquer l'abbé, nous avancerons à l'aveuglette, avec une faible chance de rencontrer en chemin des humains susceptibles de nous fournir quelque indication sur la villa. Jusqu'à présent, nous n'avons croisé que trois hommes : le colporteur-sorcier, le vieil homme au perroquet, et Nan. Non, se dit-il, cette entreprise semble impossible. Pourtant, nous avons bien atteint la cathédrale. Difficile de se résoudre à rebrousser chemin. »

Quelqu'un le tirait par la manche. Il se retourna et vit le troll.

– Monsieur, vous êtes fâché contre moi.

– Je n'aime pas les trolls, si c'est là ce que tu veux dire, et toi encore moins. Non seulement vous êtes tous méchants, mais également stupides.

– Je ne suis pas mauvais, mais le plus humble de mon espèce. Mes pareils m'ont mis au ban, rejeté quand j'ai imploré leur aide. Et, auparavant, ils me méprisaient parce que mon pont était petit et misérable.

– Et maintenant tu n'as plus de pont à toi. Et je n'en ai aucun à te proposer. Mais, attends... Peut-être en connais-je un.

– Vous voulez dire que vous pourriez...

– Comprends-moi bien, dit Harcourt. Si je t'indique ce pont, cesseras-tu de m'importuner? (Le troll hocha la tête d'un air penaud.) J'en connais un, construit au-dessus d'un grand fleuve, entre le Pays Vide et mon fief, par des ingénieurs romains, il y a longtemps. Il se peut que des trolls vivent sur la berge nord, quoique je n'en aie jamais entendu parler, mais il n'y en a pas au sud, du côté de mon fief. Bien sûr, tu ne vivrais plus dans le Pays Vide mais dans une région étrangère, et peut-être parfois hostile.

– Ce n'est pas l'hostilité que je redoute, si elle n'est pas trop forte, dit le troll d'une voix tremblante. Mes propres congénères me haïssent. Mais ce pont dont vous parlez doit être très grand.

– En effet, et il traverse un très grand torrent.

– Je n'y aurai aucun confort et ne m'y sentirai pas chez moi, reprit le troll en secouant la tête. Ce serait trop grand. J'ai vécu toute ma vie sous un pont minuscule et...

– Eh bien, va au diable. C'est à prendre ou à laisser. N'en parlons plus.

– Mais, monsieur, j'ai tellement besoin d'un pont, même tout petit, où je serais chez moi. Dans ce pays, tous les ponts sont occupés par mes pareils. Ils ne me donneront pas asile; pourtant, je suis un troll si petit et qui demande si peu que...

– D'accord, le coupa Harcourt. Il me faut vraiment faire quelque chose pour ne plus t'avoir sur le dos, ne plus t'entendre, ne plus te voir! Soit! Reste avec nous mais ne te fourre plus dans mes jambes. Et ne viens plus gémir...

– Oui, monsieur, promit le troll. Je me tairai.

– Si tu repars avec nous, je te construirai quelque

part un pont misérable, lamentable, mais qui te conviendra parfaitement.

– Mon seigneur, se plaignit le troll, que puis-je...

– Ne te montre plus. Et ne m'adresse plus la parole!

– Merci, merci, oh, merci!

Et le troll disparut à toute allure.

De nouveau, le regard d'Harcourt se porta sur la campagne. « Maudit troll, songea-t-il. Toujours à se plaindre, à chercher son stupide pont. J'aurais dû le cogner sans lui laisser dire un mot. Pourquoi cette promesse? Pour l'amour de Dieu! Construire un pont pour lui! (Quelque chose bougea entre les arbres et Harcourt se figea sur place, tous les muscles tendus.) Ce ne sont peut-être que des oiseaux. Tu es trop nerveux. Depuis des jours, le Mal rôde alentour et tu crois le voir partout. (Il attendit et rien ne se passa.) Encore un tour de mon imagination. Tout est calme sous le soleil de l'après-midi. »

Harcourt fit demi-tour et rejoignit ses compagnons. Ils ne devaient plus s'attarder mais repartir au plus tôt. Ce n'était pas le moment de rester assis à rêvasser.

Il atteignait le bas des marches quand l'abbé se redressa d'un bond, la massue à la main.

– Le Mal! cria-t-il.

Harcourt se retourna et tira son épée du fourreau. Ogres, goules, trolls, banshees et gobelins surgissaient par le portail. Une flèche vrombit au-dessus de sa tête et un ogre s'effondra, les mains nouées sur la gorge. Les autres le piétinèrent et se ruèrent en avant, toutes griffes dehors, les crocs à nu. Ils avançaient sans crier; on n'entendait que le frottement de leurs pattes sur les dalles. Mais ce silence était plus terrifiant encore que des grondements de rage.

Harcourt fit un bond en avant. Sur sa gauche, l'abbé levait sa massue, l'air menaçant, comme si rien ne pouvait l'arrêter; le Noueux les précéda, sa hache tournoyant sous le soleil.

Sur la droite, un troll tomba, transpercé d'une flèche en pleine poitrine. Harcourt ne se retourna pas. Il savait que Yolanda était restée sur les marches et qu'elle décochait méthodiquement ses flèches, sans se hâter, visant pour faire mouche à chaque tir.

« Oui, j'avais bien aperçu quelque chose entre les arbres, se dit-il. Une forme qui guettait. Je n'ai pas été joué par mon imagination. J'aurais dû attendre encore, mieux regarder... »

Harcourt abattit de toutes ses forces son épée sur l'ogre qui le chargeait et lui fendit le crâne en deux dans un jaillissement de cervelle et de sang. Un troll bavant se rua sur lui. Avant qu'il ait pu lever son épée, un coup de massue réduisait la créature baveuse en bouillie. L'abbé avançait en tournant sur lui-même et son arme semblait faucher à chaque fois une des créatures. « Mais ils sont trop nombreux, se dit Harcourt. Quel que soit le nombre que nous réussirons à tuer, nous finirons par être submergés. »

Une harpie tomba sur lui, ses ailes à demi déployées, et le renversa. Mais, au même instant, une flèche transperça la gorge du monstre de part en part. Harcourt se retourna et vit le visage affreux d'un ogre, dont la tête éclata dans la seconde sous la massue de l'abbé.

Harcourt se battait dans une brume rouge de fureur et de désespoir. Sur sa droite, le Noueux se démenait; la lame frénétique de sa hache sanglante semblait par instants hacher la muraille de chair.

Tout à coup, Harcourt découvrit devant le Noueux un autre homme, armé d'une épée bien matérielle et redoutable. « C'est impossible! se dit-il. Je suis le seul à posséder une lame. » Pourtant, il lui semblait bien voir un homme, ou plutôt il sentait sa présence à ses côtés. Mais le combat l'empêchait de s'assurer de sa tangibilité et de lui crier sa reconnaissance.

La pointe de son épée s'enfonça dans une autre gorge de troll ou d'ogre, il n'aurait su le dire. Ils se ressemblaient tous; l'ennemi, le Mal, n'avait plus de visage. Il n'était plus qu'une seule et même force qu'il fallait tailler, trancher, réduire en charpie. Harcourt entrevoyait seulement ces formes monstrueuses, crocs et griffes, serres et toisons gluantes. Il perdait le sens du temps; plus de passé ni de futur, rien que le présent atroce et tumultueux. Il trébucha sur les corps entassés, tomba et lutta pour ne pas s'enfoncer dans la couche de chair. « Incroyable! Il y a encore tant d'ennemis autour de nous! » C'était comme si le Mal déversait sans cesse sur eux de nouveaux suppôts pour remplacer ceux qu'ils tuaient.

Sans cesse, les flèches de Yolanda venaient se planter en sifflant dans les corps monstrueux. Harcourt savait qu'elle n'avait pas quitté les marches de la cathédrale et qu'elle bandait régulièrement son arc, hors d'atteinte des trolls et des harpies, des ogres et des banshees. Ceux qui tentaient de l'approcher restaient cloués sur place.

L'abbé se tenait toujours sur la gauche d'Harcourt, et le Noueux sur sa droite, du moins l'espérait-il. Ses compagnons pouvaient très bien être terrassés sans qu'il en fût conscient. Mais sur sa droite, il le sentait, la nouvelle épée continuait de frapper.

Et puis, tout à coup, une chose vivante et mouvante s'avança à travers le Mal en frappant de tous côtés. Et les monstres reculaient, vacillaient sous la pression de cette force qui allait grossissant. Après un temps, profitant d'un répit, Harcourt aperçut enfin ce qui bougeait ainsi : des gargouilles, qui marchaient sur leurs jambes pareilles à des moignons, qui levaient leurs poings comme autant de bâtons et de fléaux. Les crânes éclataient, les jambes et les bras des créatures du Mal se brisaient sous la grêle de coups tandis que progressaient les petites statues. Lentement, les monstres reculaient, se heurtant à ceux qui se pressaient derrière eux.

« Des gargouilles! D'où viennent-elles et pourquoi

se portent-elles ainsi au secours des humains aux prises avec le Mal? Sont-elles descendues de la cathédrale? » se demanda Harcourt. Il jeta un coup d'œil par-dessus son épaule et il lui sembla que les statuettes, au-dessus des portes, étaient effectivement moins nombreuses : certains emplacements étaient vides. Il vit aussi Yolanda et Nan, devant les portes, l'arc à la main. « Mais où diable Nan s'est-elle procuré un arc et des flèches? se demanda-t-il. Elle qui prétendait ne jamais chasser. Et la voilà aux côtés de Yolanda... »

Harcourt se lança de nouveau dans le combat. Mais les monstres étaient en fuite, hors de sa portée, maintenant. Ils couraient en direction du portail, poursuivis par les gargouilles, inexorables, qui continuaient de frapper en silence.

Harcourt se rendit compte avec stupeur qu'elles étaient toutes de bois.

Tournant la tête, il entrevit l'étranger, venu à leur secours avec son épée, et le reconnut brusquement.

– Decimus! cria-t-il.

Le Romain leva son arme en guise de salut.

– Salut, Harcourt! Nous faisons une excellente paire, ne croyez-vous pas?

Decimus portait une armure légère et son unique plume rouge, cassée, pendait encore sur le cimier de son casque.

Il éclata de rire devant le regard ahuri d'Harcourt.

– Vous voudrez bien excuser cette tenue lamentable. Je n'ai plus rien du fringant officier que vous avez rencontré près du fleuve, n'est-ce pas?

– Je vous croyais mort. Nous sommes tombés sur le champ de bataille, mais sans trop en approcher. Pourtant, j'avais bien reconnu vos plumes écarlates.

– Ne vous avais-je pas déclaré que notre mort à tous serait le prix de la gloire?

– Oui, je m'en souviens.

– Et tel a été notre tribut, à l'exception de ma vie. Je suis persuadé d'être l'unique survivant.

Le Noueux les rejoignit en boitant, le flanc gauche luisant de sang.

– C'est un des ogres, dit-il en surprenant le regard d'Harcourt. Quelques écorchures, c'est tout. Je l'ai laissé s'approcher un peu trop près.

– Mais tu boites!

– Un coup à la jambe, je ne sais plus. Peut-être une des gargouilles. Mais d'où sont-elles venues, à propos? Et quel est ce nouvel allié?

– Un des Romains que tu as rencontré au château naguère...

– Ah, Decimus, n'est-ce pas? Mais je ne me souviens pas de tout votre...

– Decimus Apollinarius Valenturian, dit le Romain en s'inclinant. A votre service, monsieur.

L'abbé revint en courant du portail.

– Tous enfuis, annonça-t-il. Les gargouilles continuent de les poursuivre dans les bois. On dirait bien qu'il s'agit de celles qui étaient au-dessus des portes.

– Oui, ce sont bien les mêmes, approuva Harcourt.

– Dieu a parfois une façon bien particulière de protéger Ses brebis. (Il se tourna vers Decimus :) Vous êtes le Romain, n'est-ce pas? Je vous ai entrevu pendant la mêlée mais je n'ai guère eu le temps de vous souhaiter la bienvenue dans nos rangs.

– Nous étions tous très occupés, dit Decimus.

Yolanda s'approcha, suivie de Nan.

– Le Mal est-il vraiment parti? demanda-t-elle.

– Oui, demoiselle, confirma joyeusement l'abbé. Et c'est dû, pour une bonne part, à votre talent d'archer, et également à celui de Nan, à ce que je puis voir...

– C'est votre arc, dit la vieille Nan. Quand vous vous êtes assis sur les marches, vous avez laissé glisser votre carquois. Je ne tire pas bien. Mais j'ai essayé de ne pas gaspiller mes flèches. Yolanda a fait plus de ravages que moi.

Des dizaines de monstres, en effet, gisaient transpercés.

– Il faut récupérer nos flèches, s'écria soudain Yolanda. Au cas où ils reviendraient.

– Sûrement pas de sitôt, s'exclama l'abbé. Plus tard, peut-être, ils se regrouperont et essaieront de nouveau. Néanmoins, tu as raison : je vais aller reprendre les flèches et si l'un d'entre eux donne encore le moindre signe de vie, je lui accorderai l'extrême-onction.

– Voilà bien l'abbé le plus féroce que j'aie jamais connu, dit le Noueux.

– De tout temps, il y a eu des guerriers parmi les gens d'Eglise, rétorqua l'abbé. Mais je ne me soupçonnais pas ces penchants...

– Vous avez ça dans le sang, affirma Decimus. Jamais je n'ai vu manier ainsi la massue.

– Vous êtes blessé, dit Nan au Noueux. Et couvert de sang.

– Rien que quelques égratignures.

– Alors, mettons donc un peu d'onguent sur ces égratignures, proposa l'abbé. C'est avec joie que je te maintiendrai pendant que Charles, ici présent, te frictionnera.

– Ne perdons pas notre temps ici, intervint Harcourt. Avant peu, le Mal repartira à l'assaut. Nous avons laissé nos sacs dans la cathédrale. Allons les prendre et remettons-nous en route.

– Et nous voilà encore en fuite, fit l'abbé d'un air chagrin. Nous n'avons pas cessé de courir depuis notre entrée dans ce pays maudit.

– Parfois, courir est le comble de la bravoure, ajouta Decimus.

Une gargouille franchit le portail, suivie bientôt d'une autre.

– Je les ai vues descendre du fronton, expliqua Yolanda. Sur le moment, je n'en ai pas cru mes yeux.

Sans proférer un son, la gargouille traversa l'esplanade et grimpa les marches, puis escalada la façade, bientôt suivie d'une autre.

– Je descends récupérer ces flèches, déclara l'abbé.

– Je vais vous aider, proposa Yolanda.

Harcourt s'avança vers le Romain et lui serra la main.

– Merci, Decimus, dit-il.

– C'est avec plaisir, répondit le centurion, que j'ai combattu aux côtés d'hommes aussi braves. Verriez-vous quelque inconvénient à ce que je vous accompagne?

– Nous avons besoin d'autres bras. Et le vôtre est vaillant.

– Je suis heureux de me joindre à vous. Désormais, je n'aurai plus d'autre mission que la vôtre.

Une nouvelle gargouille franchit le portail, s'avança jusqu'au bas de l'escalier et s'arrêta.

Nan avait obligé le Noueux à s'asseoir sur une marche et se servait de son châle pour éponger le sang qui lui couvrait le flanc. Le Noueux affichait une expression douloureuse.

– Pas besoin de me cajoler, bougonna-t-il. J'ai été plus gravement blessé bien des fois et j'ai toujours survécu.

– Taisez-vous, fit-elle d'un ton sévère. Il me faut examiner ces plaies. Ensuite, jc préparerai de la potion, puis nous appliquerons un peu d'onguent. Vous dites qu'il ne s'agit que d'égratignures, mais je dois m'en assurer.

– Et vous? Qu'allez-vous faire? Rester ici à ramasser vos herbes et vos racines?

– Impossible. Les monstres m'ont vue sur les marches, l'arc à la main.

– Mais vous ne pouvez pas retourner dans votre cabane, ils vous y trouveront.

– Je le sais. Non, je n'ai plus qu'à vous suivre. Mais je ne retarderai pas votre marche, soyez-en certain.

– Je suis persuadé que vous irez au même train que

l'abbé. Il ne cesse de haleter, de gémir et d'implorer que l'on fasse halte.

– L'abbé est un saint homme et un guerrier hors pair.

– Eh oui, c'est son portrait tout craché, admit le Noueux.

D'autres gargouilles revenaient des bois et plusieurs escaladèrent la façade pour retrouver leurs places respectives dans les niches. Trois d'entre elles prirent place à côté de celle qui attendait, immobile, au pied de l'escalier.

L'abbé et Yolanda revinrent avec leur récolte de flèches; Harcourt et Decimus s'approchèrent.

– Comment va-t-il? demanda Harcourt à Nan en désignant le Noueux.

– Ce ne sont que des égratignures, comme il le dit. Le sang ne coule presque plus. Nous le soignerons ce soir, quand nous nous arrêterons.

– Nan vient avec nous, expliqua le Noueux.

– Je l'espérais bien, dit Harcourt en hochant la tête.

Il leva la tête et regarda autour de lui. A part les cadavres des créatures du Mal, rien n'avait changé. La campagne était toujours assoupie sous le soleil encore haut à l'horizon. « En partant maintenant, nous pourrons couvrir quelques lieues avant la nuit », se dit-il. Montrant les trois gargouilles plantées au bas des marches, il demanda :

– Que font-elles là?

– Je l'ignore, répondit Nan. Je me demande ce qu'elles peuvent bien attendre.

– Viens, allons chercher nos sacs, dit Harcourt à l'abbé. Nous allons reprendre la route.

– Je me demande où est passé notre troll, remarqua Yolanda. Personne ne l'a vu?

– Il se sera probablement enfui au premier danger, dit le Noueux. Personnellement, je ne peux l'en blâmer.

Une quatrième gargouille franchit le portail, traversa l'esplanade, et vint s'aligner auprès des trois autres.

Harcourt et l'abbé redescendirent les marches, portant les sacs.

– Laissez-moi vous aider, proposa Decimus au Noueux. Vos épaules doivent être encore douloureuses.

Le Noueux hésita un instant avant d'accepter.

– D'accord. Demain, je me débrouillerai seul.

Les voyageurs se dirigèrent vers le portail et les quatre gargouilles leur emboîtèrent le pas.

22

Le perroquet, qui avait disparu depuis leur arrivée à la cathédrale, était revenu se poser sur l'épaule de son maître avec force croassements. D'un air sévère, l'abbé le sermonna et entreprit de le chapitrer sur les vertus du silence, mais l'animal ne lui accorda pas la moindre attention.

Les quatre gargouilles montaient la garde aux quatre coins de la troupe, un peu en avant et en arrière.

– Notre effectif a plus que doublé depuis le début de cette campagne, dit le Noueux à Harcourt. Nous avons six recrues, sans compter le perroquet. Nan, le Romain, et les quatre gargouilles.

– Un manquant, corrigea Harcourt. Le troll... L'as-tu aperçu?

– Non. Mais il ne compte pas vraiment car il nous suit, voilà tout.

– Cette situation ne me plaît guère, dit Harcourt. Les gargouilles ont dispersé les hordes du Mal mais nous marchons en terrain découvert, sans plus de cathédrale derrière nous. Dans un jour ou deux, si ce n'est plus tôt, ils attaqueront de nouveau.

– Nous leur avons donné une bonne leçon, dit le Noueux. Ils doivent panser leurs plaies.

– Ça ne leur prendra pas longtemps.

– Je crains que tu n'aies raison. Nous devons nous tenir sur nos gardes. Inutile de courir : s'ils reviennent, il faudra bien les affronter.

– J'aimerais que Yolanda reste avec nous, dit Harcourt. Mais non, il faut toujours qu'elle aille en avant. Seule, elle est trop exposée.

– Je ne pense pas qu'elle s'éloigne beaucoup. Je l'ai aperçue deux ou trois fois, un peu sur notre droite.

– Comment vont tes égratignures?

– Elles me cuisent un peu. Et j'ai tout le côté raide. Quand nous ferons halte, tu me mettras un peu d'onguent.

– Pourquoi pas maintenant? Ça ne prendrait que quelques instants.

– Nous n'avons pas de temps à perdre.

– D'accord, attendons ce soir. L'abbé a promis de te maintenir durant l'opération.

– Ce sera inutile, crois-moi, fit le Noueux avec un grognement.

La forêt se faisait moins dense. Ils traversaient fréquemment des clairières et les arbres étaient maintenant plus petits et plus espacés. « Tant mieux, se dit Harcourt. Ainsi, nous risquons moins d'être surpris par un retour offensif du Mal. »

Le Noueux se porta en avant, un peu sur la droite, et Harcourt ralentit le pas jusqu'à ce que le Romain l'ait rejoint.

Pendant un temps, ils cheminèrent ensemble et en silence, puis Decimus dit :

– Je ne trouve pas les mots pour vous dire à quel point je suis heureux de vous avoir trouvés. J'errais depuis plusieurs jours sans savoir où je me trouvais, m'attendant à tout moment à une attaque de ces horreurs. Je n'ai pas fait beaucoup de chemin : je m'arrêtais fréquemment pour essayer de me repérer et observer les environs avant de me remettre en marche.

– Sachez que je suis tout aussi heureux de vous compter parmi nous, dit Harcourt. Nous sommes en si petit nombre.

– J'ai été surpris de vous rencontrer ici. Pourquoi ne m'avez-vous pas dit, lors de notre entrevue au château, que vous aviez l'intention de pénétrer dans le Pays Vide? Je vous aurais invité à vous joindre à nous. Mais, en vérité, il vaut mieux que vous ne l'ayez pas fait...

– Vos troupes étaient trop nombreuses et, en restant trop longtemps dans la région, vous avez rameuté toutes les forces du Mal qui vous ont encerclés. Voilà pourquoi nous avons pu avancer aussi loin, je pense.

– Je me suis querellé avec le tribun. Je lui ai dit que nous ferions mieux de rebrousser chemin. Nous avons rejoint l'ancienne voie deux jours avant l'embuscade. Si nous avions fait demi-tour, alors nous aurions regagné le fleuve en peu de temps, à marches forcées.

– Il a refusé?

– Il recherchait la gloire. Il lui fallait une grande victoire. Il l'a eue, sa bataille.

– Et vous?

– J'ai joué au couard, dit Decimus. Et je suis encore en vie. Tous les braves sont morts, y compris le tribun, je l'espère.

– Vous êtes-vous enfui?

– Non, pas exactement. Au début de l'assaut, j'ai été atteint à la tête. Peut-être par un coup malheureux d'un de mes hommes. Sans doute non intentionnel, car je n'étais pas un mauvais officier, du moins je le crois. En tout cas, je suis tombé en perdant connaissance. Quand je suis revenu à moi, je me trouvais dans un enchevêtrement de corps. Un horrible troll était couché sur moi, bien mort. En m'extrayant de cette pile atroce, j'ai vu que la bataille était finie ou presque. Nos derniers légionnaires résistaient en petits groupes aux forces du Mal. Ceux qui cherchaient à fuir étaient très vite rattrapés et massacrés. Ceux du Mal achevaient les blessés qui tentaient de ramper.

– Alors vous êtes resté parmi les morts?

– La tradition romaine aurait exigé que je me relève et reparte au combat en entraînant mes hommes si valeureux. Mais je me suis dit : « Decimus, Dieu te donne une chance inespérée de t'en tirer indemne, rien qu'avec un coup sur la tête, et tu ne dois pas te montrer ingrat. » Alors je suis resté immobile, j'ai fait le mort. Tout près de moi, un légionnaire, qui n'était pas tout à fait mort, agonisait et je suppose que j'aurais dû lui venir en aide, ou du moins lui faire savoir que j'étais là, qu'il n'allait pas mourir seul. Mais, en toute conscience, hormis cet acte de compassion un peu insensé, je n'aurais pas pu grand-chose pour lui. Si j'avais essayé de bouger, on m'aurait vu et c'eût été ma fin. Finalement, l'homme est mort, mais longtemps après, et c'était déchirant à entendre. La nuit est venue et, avec elle, le silence. La bataille était vraiment finie. J'ai rampé hors du tas de cadavres, et me voici. Alors, dites-moi, suis-je un lâche pour vous?

– Je ne saurais juger aucun homme. Vous encore moins que nul autre. Dans de telles circonstances, j'aurais probablement fait de même. Je n'en suis pas certain, mais oui, j'aurais probablement agi de la même façon.

– Votre compréhension me réconforte, à défaut de votre admiration.

– Il n'est pas question d'admiration. Je vous ai déjà dit que je me réjouissais de vous compter parmi nous. Sans vous, le Mal nous aurait sûrement submergés avant que les gargouilles ne se jettent dans la mêlée.

– Que savez-vous de ces gargouilles, Harcourt?

– Rien. Je suis aussi perplexe que vous. Je sais seulement que celles qui sont venues à notre aide sont faites de bois et non de pierre. Apparemment, elles ont été sculptées en remplacement de certaines autres tombées et dont nous avons trouvé les débris sur les dalles. Mais qui a pu les sculpter et pourquoi sont-elles venues se joindre à nous? Je n'en ai pas la moindre idée.

– Il y a de la magie dans tout cela.

– Je le pense. Mais je préfère ne pas m'interroger à ce propos.

– En tout cas, cette magie nous a été bénéfique.

– En effet, acquiesça négligemment Harcourt.

– Je pose trop de questions, c'est mon défaut. Mais je me demande pourquoi vous êtes ici.

– Nous accomplissons une mission.

– Et vous ne désirez pas en parler?

– Exactement; mais, comme vous avez pu le voir, elle n'est pas sans péril.

– Je ne recule pas devant le danger, sauf circonstances exceptionnelles. Et parfois je fais preuve de bon sens. C'est le pis que l'on puisse dire de moi.

Dès la chute du jour, les voyageurs s'arrêtèrent pour la nuit, au bout d'une petite vallée, non loin d'un minuscule ruisseau. Ils se trouvaient en terrain découvert; seuls quelques rares bouquets d'arbres les dissimulaient.

Ils allumèrent un feu et firent frire du bacon et des galettes de froment. Harcourt enduisit d'onguent les plaies du Noueux sans requérir l'aide de l'abbé qui se contenta d'observer la scène, le perroquet perché sur son épaule.

Un peu plus tard, Yolanda et Nan, assises près du feu, les appelèrent pour dîner.

– Cet endroit est agréable, dit Decimus. Nous ne sommes pas cernés par les arbres. Je dois dire que c'est un réconfort que d'avoir quatre gargouilles qui montent la garde.

– Peut-être ne serons-nous pas obligés de les relever cette nuit, risqua l'abbé. Après tout, elles...

– Nous prendrons nos tours de garde, le coupa Harcourt. J'assurerai le premier et Guy me relèvera avec...

– Je dois aussi monter la garde, reprit Decimus. Le Noueux devrait prendre une bonne nuit de sommeil pour se remettre.

– Vous avez porté mon sac durant toute la journée, protesta le Noueux. Je n'ai pas besoin de tant d'égards.

– Tu devrais pourtant les accepter, dit Harcourt. Une bonne nuit de sommeil ne te fera pas de mal. (Il ajouta à l'adresse de Decimus :) Mais si vous n'y voyez pas d'inconvénient, pouvez-vous prendre le premier tour? Je prendrai le dernier et l'abbé le second.

– Cela ne fait aucune différence pour moi, acquiesça le centurion.

– Notre règle est de ne pas prolonger notre tour pour offrir un petit supplément de sommeil à celui qui nous relève. Nous ne jouons pas aux héros.

– Je m'y conformerai, dit Decimus, avec peut-être un peu trop de dignité dans la voix.

La lune était basse sur l'horizon d'orient quand l'abbé secoua Harcourt.

– Tout paraît calme. Je n'ai rien entendu. Les gargouilles montent toujours la garde, exactement au même endroit. Elles ne font pas un geste, ne disent pas un mot. J'ai essayé de leur parler mais sans succès. Je jurerais qu'elles ne m'ont même pas entendu. Elles ne m'ont même pas regardé.

– Leur attitude n'a pas changé depuis qu'elles ont quitté leurs niches dans la cathédrale. Elles se comportent comme si nous n'existions pas, et ignorent notre présence. Pourtant, elles nous ont prêté main-forte et, ensuite, nous ont accompagnés. Peut-être sont-elles incapables de parler.

– Pourquoi toutes ces manigances à propos des

tours de garde? demanda l'abbé en baissant la voix. N'as-tu pas toute confiance en notre ami le légionnaire?

– Je suis resté éveillé et je l'ai surveillé jusqu'à ce que tu le relèves.

– Alors tu ne lui fais pas confiance.

– Ecoute, Guy, je ne le connais pas.

– Pourtant, il s'est battu vaillamment avec nous.

– Je sais. Mais pour faire entièrement confiance à un homme, il faut le connaître. Notre vie est entre ses mains pendant qu'il monte la garde. En dépit de ce qu'il paraît, lui confierais-tu ton existence?

– Non, je n'en suis pas certain, dit-il après réflexion. (Puis il ajouta :) Quelquefois, Charles, je m'inquiète à ton propos. Tu te montres bien dur, et souvent sombre.

Harcourt ne répondit pas et l'abbé gagna sa couverture, le perroquet marmonnant sur son épaule.

La lune répandait une clarté scintillante, dessinant les quatre silhouettes des gargouilles immobiles à leur poste. Ainsi que l'avait dit l'abbé, elles semblaient sourdes et inertes, plantées comme des poteaux, leur ombre nettement dessinée sur le sol. A quelque distance sur la droite, se profilait un bocage, masse noire sous la lune. Sans faire un geste, Harcourt l'observa intensément. Pas la moindre brise n'agitait les arbres absolument immobiles. Rien, en vérité, ne bougeait dans la nuit calme et silencieuse.

Harcourt fit lentement le tour du feu et s'accroupit. « Quelque part pourtant, se dit-il, le Mal guette. Les créatures qui nous ont attaqués à la cathédrale et peut-être d'autres encore. » La nouvelle avait dû se répandre, comme lorsque tous les clans s'étaient unis pour s'abattre sur les Romains. La cohorte avait été massacrée et, désormais, ils restaient la cible privilégiée du Mal. Quatre hommes, deux femmes, quatre gargouilles et un perroquet. Une bien petite troupe face à une attaque généralisée. La veille, l'arrivée des gargouilles avait été un facteur de surprise qui avait forcé la décision. Mais ici, avec encore des centaines de lieues à couvrir, peut-être, ils demeuraient vulnérables. L'ennemi pouvait frapper de tous côtés, peut-être cette nuit-même ou bien demain. De toute façon, le Mal surgirait quelque part sur leur route, et ils devraient résister.

Ils pouvaient toujours espérer que la valeur de leurs bras aurait raison du Mal, qu'ils allaient en réchapper, qu'une nouvelle circonstance allait survenir qui leur permettrait de continuer leur route et d'atteindre leur but... « Mais cela n'est qu'un songe creux », se dit Harcourt.

Il s'efforça de repousser cette pensée désespérante mais il ne parvenait à s'appuyer sur aucun raisonnement réaliste. « Nous sommes déjà tous morts, se dit-il. Des hommes et des femmes morts qui fuient en vain. Bientôt, le Mal nous aura encerclés. »

Leur petite troupe avait-elle donc une telle importance? Il secoua la tête. Elle semblait petite et faible, certes, comparée à une légion romaine, mais elle était surtout une insulte jetée à la face du Mal qui ne pouvait tolérer que son domaine soit troublé. Il devait les balayer, les supprimer.

Un bruissement le fit tressaillir. Il se retourna et vit approcher Yolanda. Elle s'accroupit à côté de lui.

Il tendit le bras, la prit par les épaules et l'attira contre lui.

– Je suis heureux que ce soit toi, dit-il.

Elle murmura, avec un rire léger.

– Qui vouliez-vous donc que ce soit? Qui peut s'approcher aussi silencieusement de vous pour la seconde fois?

Il se rappela la première fois, quand il avait pris son visage entre ses mains et l'avait embrassée. A présent, à ce souvenir, il se sentait coupable. Qui était-il donc pour l'embrasser? Avait-il oublié Eloise?

– Vous pensez que ce n'était pas bien de m'embrasser, la première fois?

– Comment le sais-tu?

– Parce que vous avez l'air gêné. Vous pensez à Eloise en cet instant même.

– Eloise! souffla-t-il.

– Vous croyez que c'est un secret, que vous gardez cette culpabilité, ce chagrin pour vous seul? Ce calvaire que vous vous êtes forgé! Mais tous ceux de votre fief sont au courant. Et même au-delà. Votre souffrance pour cette femme morte depuis sept années! (Bouleversé, il lutta contre la colère.) Mais cela vous déchire, ajouta-t-elle. Tous vos amis s'en rendent compte.

– Yolanda!

– Oui, je sais bien que ça ne me regarde nullement.

– Yolanda, que sais-tu de notre mission?

– Seulement ce que j'ai entendu à travers des bribes de conversation. Vous ne m'en avez jamais parlé, monseigneur. Mais je sais cependant que vous recherchez le prisme de Lasandra dans lequel se trouve l'âme d'un saint homme...

– Nous ne recherchons pas uniquement le prisme, ni seulement l'âme du saint.

– Mais quoi d'autre en ce cas?

– Eloise. Il y a une chance pour que je retrouve également Eloise.

– Est-ce possible? fit-elle en écarquillant les yeux. J'en serais si heureuse pour vous.

– Il existe une chance, Yolanda, une chance très mince. Ce prêtre dont nous avons trouvé le squelette dans la cathédrale aurait déclaré à mon oncle qu'il avait entendu prononcer le nom d'Eloise.

– Cela semble incroyable, mais j'espère...

– Oui, c'est incroyable. Et j'en souffre. Je me dis parfois que je ne suis qu'un fou d'espérer ainsi. Mais je m'accroche à l'idée que certains miracles peuvent se produire.

– Il faut vivre avec cette idée, dit Yolanda d'un ton neutre. Ne vous laissez pas trop aller à l'espoir. Car la déception...

– J'y suis préparé. J'essaie de m'endurcir contre elle.

Yolanda s'éloigna de lui.

– Je n'étais pas venue pour parler de cela, reprit-elle. Il y a autre chose. (Elle hésita et il attendit patiemment.) J'ai écouté le coquillage.

– Avait-il quelque chose à te dire?

– Oui, il m'a révélé l'existence d'un refuge où nous serions en sûreté. Il faudrait nous mettre en marche dès à présent. Les forces du Mal se regroupent.

Quelque peu amusé, Harcourt demanda :

– Le coquillage t'a-t-il exactement indiqué cet endroit?

– Au nord-ouest, dans une petite vallée.

– Et il nous faut partir immédiatement?

– C'est ce que le coquillage m'a conseillé.

Harcourt bondit sur ses pieds et tendit la main pour aider Yolanda à se relever.

– Alors, nous allons nous mettre en marche.

Au bas de la pente, une silhouette surgit brusquement du bouquet d'arbres qu'Harcourt avait si longtemps observé. Elle jaillit à toute allure et se mit à courir coudes au corps. Harcourt porta la main à son épée mais ne la tira pas du fourreau : deux des gargouilles s'étaient instantanément ruées à la suite de l'ombre. « Elles n'ont guère de chance de l'intercepter », songea Harcourt. Il s'avança et brandit sa lame.

– Non, dit Yolanda en lui prenant le bras. Ne voyez-vous donc pas que c'est notre petit troll?

A peine avait-elle dit ces mots qu'Harcourt prit conscience que c'était effectivement le troll qui courait, là-bas.

– Je croyais que nous en étions débarrassés, grommela-t-il. (Puis il se tourna vers les gargouilles et lança :) Non, non! Revenez! Il est avec nous!

Les gargouilles s'arrêtèrent et se retournèrent pour regagner leurs postes.

– Maintenant, au moins, remarqua Yolanda, nous savons qu'elles nous entendent, même si elles ne parlent pas.

Le troll remontait vers eux en haletant, la corde toujours autour du cou.

– Je me suis dépêché!

– J'aurais préféré ne plus te revoir, dit Harcourt. Nous n'avons nul besoin de toi. Puisque tu es revenu, reste avec nous. Mais ne nous gêne pas, veux-tu?

– Mais je dois rester un des vôtres. Vous m'avez promis de construire un pont pour moi.

Yolanda tourna vers Harcourt un regard surpris.

– Vous lui avez promis cela?

– J'en ai peur, dit Harcourt d'un air gêné avant de s'éclipser.

23

La petite troupe n'avait guère couvert plus d'une ou deux lieues lorsque le Mal frappa. Ils escaladaient une colline et le soleil se levait sur leurs pas quand les créatures surgirent au faîte de la colline.

Le Noueux fut le premier à apercevoir les bêtes de proie qui bondissaient et sautaient dans leur direction. Il poussa un cri d'avertissement. Levant la tête, Harcourt découvrit les ogres qui fonçaient sur les voyageurs en petits groupes dispersés, cette fois, et non en horde compacte, comme à la cathédrale. L'abbé se tenait sur sa gauche, un peu en retrait. Le Noueux et Decimus, presque côte à côte, étaient à sa droite, un peu en avant. Yolanda et Nan surveillaient, à l'arrière-garde. Quant au troll, il dévalait la pente à vive allure et le perroquet volait en cercles au-dessus de l'abbé en piaulant désespérément. Les gargouilles, quant à elles, étaient loin en avant, en haut de la colline.

L'épée à la main, Harcourt attendit les trois premiers ogres, essayant de se camper solidement sur le terrain incliné. « Le combat sera inégal, se dit-il. Nous ne pouvons espérer nous défendre longtemps à mi-pente. » C'était bien leur chance que de s'être laissé surprendre en terrain découvert!

Le premier ogre était presque sur lui quand il lança son épée et lui trancha le cou, juste au-dessus de l'épaule. Derrière lui, il entendit le cri de joie féroce de l'abbé mais ne se retourna pas.

Perdant son sang par jets épais, la tête presque coupée, l'ogre entra en collision avec Harcourt qui essaya de l'éviter. Mais une pierre roula sous son pied, il glissa et tomba. Du coin de l'œil, il entrevit une des gargouilles qui s'en prenait à deux autres monstres, ses bras s'abattant comme des bâtons de pierre dans un bruit affreux de craquements d'os.

Harcourt faillit lâcher son épée. Il se retrouva à quatre pattes, jurant, à bout de souffle, courbant les épaules de crainte d'un nouvel assaut. Mais rien ne vint.

Il se releva et vit les créatures du Mal dévaler la pente. « Pauvres idiots, songea-t-il. Ils pensaient nous balayer en une seule attaque, mais ont échoué. Ils ne nous ont pas fait grand-mal et les voilà tous en bas de la colline. A présent, ils sont à notre merci, ces salopards! (Il rengaina son épée et prit son arc.) L'arme des lâches, songea-t-il encore, mais elle convient parfaitement en la circonstance. » Ce serait pure folie que de charger vers le bas de la colline, l'épée à la main. Mais à cette distance, par contre, il pouvait abattre les monstres comme des lapins.

Un premier troll roula sur la pente, une flèche en pleine poitrine. Un second essayait d'escalader la pente sur les mains et les genoux. Harcourt visa longuement et la deuxième flèche s'enfonça entre ses omoplates, l'empennage vibrant. A sa suite, un ogre tomba à genoux et bascula en arrière, le sang s'écoulant à gros bouillons de sa gorge transpercée.

L'une des gargouilles dévala la pente et vint se planter à côté d'Harcourt. Une autre venait de prendre position derrière Yolanda. « Elles nous protègent au cas où le Mal se rapprocherait un peu trop », songea Harcourt. Elles semblaient en tout cas satisfaites de voir tomber les assaillants. Les plus petits, lutins et gobelins, se dispersaient vers le bas de la colline. Apparemment, ils n'avaient pas le cœur à ce genre de bataille. Mais les plus gros – trolls, ogres et harpies – repartaient à l'attaque. L'une des harpies s'envola, ses ailes battant furieusement l'air.

Harcourt jeta un bref regard sur sa gauche. Le Noueux était prêt, son arc tendu, une flèche engagée sur la corde; Decimus levait son épée.

La harpie tourbillonna au-dessus d'eux, bascula en repliant ses ailes et tomba au sol en rebondissant.

Deux ogres subirent le même sort, ainsi qu'un troll. Les rangs du Mal vacillèrent. Une nouvelle volée de flèches transperça d'autres corps. Enfin la ligne des attaquants se désagrégea et les créatures battirent en retraite.

Harcourt se détendit, souffla, et remit l'arc dans son carquois. Les hordes du Mal se trouvaient à présent hors de portée.

– Nous avons réussi une fois encore, déclara Decimus en s'approchant.

Harcourt eut un haussement d'épaules.

– Ils n'étaient pas nombreux. Des jeunes qui voulaient se faire un nom.

– Ils s'y sont mal pris, approuva Decimus. Quelle

pitoyable stratégie... Ils se sont rués droit sur nous sans pouvoir interrompre leur charge. Ils ont dévalé toute la colline avant d'y avoir même songé.

– La prochaine fois, ils sauront et s'y prendront autrement.

– Il n'y aura peut-être pas de prochaine fois.

– Si, je crois. Ils sont encore très nombreux et ont bel et bien l'intention de nous tuer tous.

– Yolanda connaît un refuge.

– Mais ne comptons pas fermement dessus. Il se pourrait qu'elle se trompe ou que son information soit fausse. Et cet abri restera peut-être introuvable, qui sait?

Deux des gargouilles, descendues au bas de la colline, récupéraient les flèches sur les cadavres. L'abbé et le Noueux rejoignirent Harcourt et Decimus, tandis que Yolanda et Nan grimpaient vers le haut de la colline.

– Tout le monde est indemne? demanda Harcourt.

Decimus n'avait qu'une balafre sur une épaule, là où un troll l'avait atteint d'un coup de griffes. Nan avait un bleu sur le bras gauche : elle avait reçu une pierre. Mais aucune blessure grave n'était à déplorer.

– Laissez-moi voir ça, dit Harcourt en s'approchant de la vieille Nan.

– Ce n'est rien, monseigneur.

Il lui prit le bras et, abaissant le regard sur sa main, il vit alors une pierre rouge qui scintillait sur une bague. Yolanda avait parlé d'un rubis. « Oui, ce ne peut être un simple bout de verre, se dit-il. Cette pierre semble habitée par un feu ardent. »

– Très bien, dit-il enfin. Alors, allons-y.

Ils se remirent en marche, Nan derrière Harcourt.

– Que pensez-vous de nos amies les gargouilles? lui demanda-t-elle.

– Rien de spécial. Mais je suis heureux de les compter parmi nous. Je n'ai pas eu vraiment le temps de réfléchir à leur sujet.

– Ce sont des alliées précieuses.

– Certes. Elles nous ont sauvés à la cathédrale.

– Il y a de la magie là-dessous. Celui qui les a sculptées, quel qu'il soit, s'est servi de la magie...

– Vous avez peut-être votre idée là-dessus, hasarda Harcourt.

– Non, absolument pas. Pendant quelque temps, j'ai pensé que...

Elle se tut brusquement.

– Vous avez pensé?... insista Harcourt.

– Qu'importe : les vieux espoirs sont morts, fit-elle en secouant la tête. Et cela vaut sans doute mieux ainsi.

Il pressa le pas pour se porter à la hauteur de Yolanda.

– Que t'a dit le coquillage? demanda-t-il.

– Il reste silencieux depuis quelque temps. La dernière fois qu'il m'a parlé, avant que nous atteignions la colline, j'ai appris que le refuge se trouve droit sur notre route.

– Loin?

– Il ne l'a pas précisé.

– J'espère qu'il est tout proche maintenant. A moins que je ne me trompe, le Mal doit nous cerner à présent. La prochaine fois, il attaquera en force.

Une gargouille descendait la pente en courant. Elle prit le bras d'Harcourt et lui montra le bas de la colline. Harcourt se retourna et vit un premier rang énorme de créatures du Mal qui commençaient l'escalade de la pente. A cette distance, il ne distinguait qu'un amas de corps noirs qui progressaient lentement mais avec une détermination mortelle.

– Ils sont encore en contrebas, souffla Yolanda.

– Oui, mais cette fois, quelques flèches ne suffiront

pas à les arrêter. Nous ne réussirons au mieux qu'à les retarder.

– Cette stupide charge de tout à l'heure ne visait qu'à nous immobiliser, à nous clouer sur place en attendant l'arrivée du gros des forces, rétorqua Decimus.

– C'était probablement leur intention, approuva Harcourt en hochant la tête. D'autres peut-être progressent à contre-courant, pour nous prendre en tenaille.

– De toute façon, dit l'abbé, nous établirons notre point de résistance au sommet. Dans une telle situation, il est vain de courir. Nous pourrions être séparés et ils nous abattraient l'un après l'autre.

– C'est vrai, renchérit Decimus. Il faut aller jusqu'au sommet et choisir notre endroit.

Ils n'étaient plus très loin du but.

« L'abbé a raison, songea Harcourt. C'est la seule tactique à adopter. Mais elle pourrait aussi bien décider de notre fin. Notre petite troupe ne résistera pas longtemps aux hordes qui montent à l'assaut. » Ils se trouvaient à découvert, comme il l'avait redouté, et le Mal n'hésiterait pas à les attaquer sur plusieurs points. Aucun moyen de fuir : leur seule issue était de faire payer un lourd tribut au Mal.

Harcourt entendit alors un appel, leva les yeux vers le haut de la colline et aperçut un petit homme, avec un sac sur le dos, le visage bien rasé, la peau basanée. D'une main, il tenait un bâton de pèlerin qu'il agitait dans leur direction. Son pantalon était en lambeaux et tout un côté de sa veste de mouton déchiré.

– Le colporteur! souffla l'abbé, à côté d'Harcourt. Pour l'amour du Christ, le colporteur!

– Grimpez! hurla le colporteur. Il y va de vos vies! Grimpez! Vite!

– Colporteur! lança Yolanda. Que faites-vous là?

– Mon enfant, je suis venu vous sauver, pour que vous ne payiez pas le prix de votre stupidité.

Ils couraient vers le sommet tandis que le colporteur ne cessait d'agiter son bâton.

En atteignant enfin la crête, Harcourt découvrit une vallée profonde emplie de brume. Derrière lui, pantelant, l'abbé déclara :

– Un autre de ces maudits fens! Je jure que je ne risque pas d'aller y barboter une nouvelle fois...

– Je vous assure que ce n'est pas un fen, dit le colporteur. Descendez droit devant vous et entrez dans la brume. Vous y serez en sûreté, croyez-moi. Mais dépêchez-vous!

Harcourt s'arrêta brusquement, sur le point de protester. Ici, sur cette crête dénudée, ils avaient au moins une chance de faire payer cher leurs vies. Mais s'ils étaient surpris en descendant la colline ou dans le fond brumeux de cette vallée cachée...

– Courez, idiot! cria le colporteur. Vous n'avez donc pas entendu ce que j'ai dit à l'abbé?

– Non, je ne courrai pas, dit Harcourt. Je vais rester là et me battre.

– Seul? demanda le colporteur.

Et Harcourt put voir, alors, que tous ses compagnons dévalaient déjà la colline.

– Oui, s'il le faut.

– Vous n'avez pas foi en moi.

– Pas la moindre. Je ne crois qu'en Dieu tout-puissant et en mon bras droit.

Ecumant de rage, le colporteur hurla :

– Imbécile! Vous ne comprenez donc pas? C'est là qu'est le refuge, dans la brume. Le Mal ne peut y pénétrer. Vous y serez en sûreté.

Harcourt porta son regard vers le bas de la pente. Les rangs du Mal se rapprochaient. Déjà à mi-pente, ils progressaient de plus en plus vite. Harcourt percevait un sourd grondement féroce qui lui glaça le sang.

L'abbé, le Noueux et les autres avaient presque atteint la lisière de la brume.

– Je file sans plus perdre de temps, dit le colporteur. Je prie pour que vous me suiviez. Quelle absurdité de demeurer ici, sans personne à vos côtés.

Harcourt haussa les épaules.

– Je suppose que vous avez raison. (Il eut un sourire menaçant.) Mais si cette vallée n'est pas un refuge...

– Je vous l'ai déjà assuré.

– Cela vaudrait mieux pour vous.

Le colporteur, le premier, s'engagea sur la pente, et Harcourt lui emboîta le pas.

En pénétrant dans le premier voile de brume, il s'arrêta et se retourna.

Les hordes du Mal dévalaient à présent la colline à toute allure, dans un concert de glapissements et de cris aigus. Il vit des centaines de bouches bavantes, de crocs scintillants.

Puis les monstres s'arrêtèrent net en atteignant la première écharpe diaphane de brume, si brusquement que certains trébuchèrent et que les suivants tombèrent sur eux avec des hurlements de fureur. Ils se mirent à danser sur place, levant leurs poings griffus, clamant leur frustration à pleine gorge.

Harcourt, en les observant, ne put réprimer un frisson intérieur. Il avait eu l'audace de penser qu'il pourrait tenir tête quelque temps à cette monstrueuse armée, à cette horde d'épouvante. Mais il devait bien s'avouer qu'en quelques instants il aurait été réduit en pièces, déchiré, broyé.

La brume les arrêtait, tel un mur. Mais Harcourt avait compris que la brume par elle-même ne signifiait rien : elle n'était que la manifestation matérielle d'un enchantement. « Comment et pourquoi, se demanda-t-il, un enchantement aussi puissant a-t-il été invoqué en ce lieu, perdu au cœur du Pays Vide? »

Les créatures du Mal se retiraient à présent, remontant la pente de la colline d'un pas traînant, épuisées. La férocité et la colère les avaient abandonnées.

Harcourt regarda vers le fond de la vallée profonde et étroite, encombrée de blocs de rochers tombés des hauteurs, envahie d'arbres anciens à l'aspect chenu. La brume y flottait comme une épaisse couverture.

L'abbé venait à sa rencontre, grommelant et soufflant; il se planta devant Harcourt et l'apostropha :

– Maudit idiot! Tu étais prêt à les affronter seul, n'est-ce pas? Tu n'as donc pas cru le colporteur?

– Non. Et quelle raison aurais-je de me fier à lui? Avec ses histoires de coquillage parlant, de puits qui révèle l'avenir et ses conseils creux sur les dragons...

– C'est pourtant le coquillage qui nous a indiqué cette vallée.

– Oui, mais Yolanda elle-même n'était pas certaine de son existence.

– Croooaa! fit le perroquet.

– Allez, viens mon ami, insista l'abbé. Oublie le Mal pour un moment. Dans l'immédiat, il est inutile de l'affronter. Et rends grâce à Dieu d'être encore en vie.

– Je lui rends grâce, murmura Harcourt.

– Alors, descends avec moi rejoindre les autres.

Ils suivirent un sentier sinueux entre les rochers et les grands arbres pour atteindre enfin un espace ouvert où se trouvaient le Noueux, Yolanda, la vieille Nan et Decimus.

Yolanda courut vers Harcourt.

– Vous êtes sain et sauf. J'avais si peur. Je me suis retournée et je vous ai vu, là-haut, au sommet de la colline. J'ai eu l'impression que vous vous querelliez avec le colporteur. Mais pour quelle raison?

– Non, ils ne se querellaient pas, dit l'abbé. Harcourt était resté pour assurer la protection de nos arrières.

– C’est faux, coupa Harcourt d’un ton tranchant. Je ne crois pas un mot de ce qu’a dit le sorcier.

– Tu ne crois que ce que tu vois. Charles, tu es vraiment plein de contradictions; à la fois romantique et cynique.

– Monsieur l’abbé, reprit Yolanda, le moment est peut-être mal choisi pour philosopher. Nous sommes sauvés; voilà tout ce qui importe pour l’heure.

Elle prit Harcourt par le bras et l’entraîna vers les autres.

– Ce que je désire savoir, c’est ce que nous allons faire à présent. Sommes-nous obligés de demeurer ici?

– Nous pourrions discuter de cela plus tard.

– Avez-vous jamais entendu parler d’un tel endroit? demanda Decimus.

– Je n’y crois pas encore, dit Harcourt. A tout moment, l’enchantement peut cesser; alors le Mal s’abattra sur nous.

– Aucune crainte à avoir, affirma le colporteur. Cet endroit existe depuis des siècles. J’y ai trouvé refuge moi-même à une époque où le Mal s’était mis en campagne.

– Mais qu’est-ce donc exactement? Comment cela peut-il exister ici, au milieu de ce néant?

– C’est ici qu’a été enterré ce saint inconnu de la légende, celui dont l’âme est enfermée dans un prisme. Car, même dépourvu d’âme, il lui fallait bien un lieu de repos pour son corps. Mais vous êtes au fait de cette légende, n’est-ce pas? demanda le colporteur.

– Alors, vous devez savoir où se trouve le prisme? lança l’abbé.

Le colporteur le regarda avec quelque surprise.

– Non, ça, je ne l’ai jamais su.

– Guy, dit Harcourt, le moment est bien mal choisi pour parler de cela.

24

La nuit était venue, le repas du soir était prêt et les compagnons venaient de se rassembler autour d'un grand feu. Les quatre gargouilles montaient la garde entre les blocs de rocher.

Harcourt, assis entre ses compagnons, essayait de réfléchir et de s'abstraire de leur bavardage. Au début de la journée, ils avaient exploré la vallée enchantée. D'abord étroite, elle s'élargissait ensuite pour aboutir au confluent du torrent et d'une rivière. Au pied des collines s'alignaient des rochers usés par les âges. Les arbres étaient anciens, parfois si denses qu'ils s'étouffaient les uns les autres. Sous leurs feuillages, la végétation restait rare mais, par endroits, le sol était recouvert de plantes aux fleurs multicolores.

Au-dessus de la vallée, la brume planait, omniprésente, occultant la vue des collines proches. Le soleil n'était qu'un disque flou, plus clair. Tout était silencieux, les sons étouffés, et les voyageurs foulaient un épais tapis de feuilles pourries.

A certains endroits, le Noueux et Harcourt avaient escaladé la pente jusqu'à percer la nappe de brume afin d'observer les environs, en quête d'un éventuel signe de la présence du Mal, mais sans en surprendre le moindre.

– Pourtant, ils sont là, affirmait le Noueux. Ils ne nous ont pas abandonnés. Ils nous attendent.

– Ils ne sont pas près de nous oublier et savent très bien que nous sommes coincés ici.

– Nous pourrions aussi bien patienter. Ils finiront bien par se lasser un jour.

– Nous serons alors à court de vivres. Nos réserves s'épuisent, et nous avons de nouvelles bouches à nourrir.

– Mais il y a des poissons dans le torrent, et sans

doute aussi du gibier, dans cette vallée. J'ai aperçu quelques lapins. Ce serait bien pure malchance si nous ne rencontrions pas un chevreuil quelque part.

Harcourt secoua la tête.

– Il faudra tenter une percée un de ces jours.

– Nous devrions y réfléchir : nous trouverons un moyen tous ensemble.

– Je ne suis pas certain de comprendre exactement ce qui se passe, dit Harcourt. Le colporteur nous laisse entendre que cet endroit est enchanté parce que le saint qui a tenté de chasser le Mal y serait enterré. Trouves-tu cette explication sensée? Comment le simple fait qu'il soit inhumé ici aurait pu créer cet enchantement?

– Je ne connais guère ces phénomènes, répondit le Noueux après réflexion, mais il me semble effectivement improbable que cela ait pu susciter un enchantement aussi important.

– En ce cas, il doit avoir été produit par plusieurs sorciers doués de grands pouvoirs afin de protéger l'enveloppe mortelle de ce saint.

– De nombreux magiciens doivent habiter ce pays, approuva le Noueux. Plusieurs d'entre eux ont très bien pu s'unir pour rendre hommage à plus grand qu'eux.

– Veux-tu dire que le saint était un mage?

– Non, pas du tout. Mais, parfois, j'avoue que la différence me semble mince entre un saint homme et un magicien.

– Yolanda m'a appris une chose étrange. Selon elle, le colporteur entretiendrait sa réputation de sorcier pauvre afin de ne pas attirer l'attention sur lui; il serait en vérité doué de bien des pouvoirs.

– Pour ma part, je le trouve plutôt minable.

– Mais cela pourrait faire partie de son déguisement.

– Peut-être, peut-être... Mais je ne me fierais guère à cette idée.

Assis près du feu, Harcourt se souvenait de leur promenade dans la vallée. Tout, en ce lieu, semblait irréel; comme si la vallée n'existait pas vraiment. Et au large, le Mal attendait et guettait. Pourtant, à la clarté des flammes, tout semblait à moitié réel. Les rochers prenaient des formes sombres et précises et les silhouettes des gargouilles se détachaient nettement sur le fond de la brume.

– Il me semble, commença Decimus, que deux problèmes se posent à nous. Ou plutôt, peut-être, un problème et une question. Le problème est : comment allons-nous sortir d'ici? Et la question : pourquoi sommes-nous ici et où voulons-nous aller?

– Il serait bon de parler, Charles, intervint l'abbé. Yolanda a très certainement compris, mais Nan pas plus que Decimus...

– Oui, d'accord. Pourquoi ne commences-tu pas?

« Désormais, décida-t-il, je n'ai plus aucune raison de taire le secret. Yolanda l'a percé à jour, sans doute depuis le départ. A présent que nous sommes encerclés par les créatures du Mal, Decimus, Nan et aussi bien le colporteur doivent connaître le but de l'expédition. »

L'abbé s'installa plus confortablement avant de prendre la parole.

– C'est une longue histoire, et je vais commencer par le début afin que vous la compreniez bien...

« C'est tout à fait de Guy de commencer ainsi par le début sans rien omettre, songea Harcourt. (Lui-même ne s'y serait pas vraiment pris ainsi.) Mais l'abbé a sans doute raison. »

Les autres écoutèrent en silence, sans interrompre ni poser aucune question. Le récit de l'abbé fut long, car il ne laissait aucun détail de côté.

– Et voilà, acheva-t-il. Je crois ne rien vous avoir caché.

Il y eut un silence prolongé, puis Decimus prit la parole :

– Je crois comprendre que vous ne savez pas exactement où se trouve la villa. Car c'est bien là que vous espérez trouver le prisme et Eloise également.

– Nous savons seulement qu'elle doit se trouver à l'ouest, pas très loin d'ici probablement.

– Toute la question est là, intervint Harcourt. Nous n'en sommes certainement pas loin mais nous ignorons son emplacement exact. (Il se tourna vers le colporteur :) Et vous? En avez-vous entendu parler? Quand nous nous sommes rencontrés dans votre grotte, vous ne nous avez guère appris que nous ne sachions déjà.

– Je ne puis vous être d'aucun secours sur ce point. Mais d'autres le peuvent probablement...

– D'autres? Voulez-vous parler de Nan?

La vieille Nan se dressa d'un bond.

– Je ne sais rien. J'ai entendu parler du prisme mais ce que l'abbé vient de nous dire est entièrement nouveau pour moi. Je n'ai pas la moindre idée...

– Dame Margaret, dit le colporteur d'une voix infiniment douce, pourquoi ne cessez-vous pas votre comédie? J'ai compris il y a quelques heures qui vous étiez vraiment. Nous nous sommes rencontrés, autrefois. Vous en souvenez-vous?

– Oui. C'était lors d'une fête...

– Et nous avons parlé magie. Déjà, vous cherchiez à y découvrir quelque logique.

– C'est vrai. Et vous ne m'avez guère aidée. Je me souviens que vous avez même ri de moi.

– Mais par la suite, certains bruits me sont revenus à propos d'une sorcière folle qui vivait dans la forêt et guérissait ceux du Mal. A aucun moment je n'ai songé que ce pouvait être vous. Certainement pas la belle et splendide jeune femme que j'avais rencontrée brièvement tant d'années auparavant. Parfois, j'ai été sur le point d'aller rendre visite à cette magicienne, pensant que nous aurions bien des choses à nous dire, mais chaque fois les circonstances m'en ont empêché.

– Tout cela est vrai, mais j'ai changé, n'est-ce pas? Je ne suis plus aussi belle, quant à être jeune... Même un sorcier aussi doué que vous ne pourrait faire le rapprochement.

– J'ai vu votre anneau. Ce rubis plein de feu n'est pas un joyau que l'on peut aisément oublier; vous le portiez lors de notre première rencontre. Alors, quand je l'ai revu, j'ai cherché d'autres détails, d'autres preuves de votre noblesse. Votre port de tête, par exemple, lorsque personne ne vous regarde. Et votre façon de parler...

– Inutile de continuer, sorcier. Je ne conteste rien. Mais quel intérêt avez-vous à me démasquer? Je ne vois pas quel avantage vous pouvez en tirer. Cela ne me blesse en rien, quoique je ne puisse vous prêter aucune raison de le vouloir. Selon mes vœux, j'aurais pu rester une vieille sorcière folle...

Harcourt s'adressa au colporteur d'un ton glacé.

– Il suffit. Je ne comprends pas effectivement les raisons qui ont pu vous animer. Nan semblait heureuse ainsi et...

Le colporteur leva la main et l'interrompit en s'adressant à Nan.

– Quand nous nous sommes vus, vous aviez une fille. Une charmante petite créature...

– Elle doit être morte à présent. Elle est partie avec un troubadour qui avait en tête de chanter certains chants magiques, susceptibles de charmer le Mal.

– L'avez-vous recherchée?

– Oui. J'ai interrogé bien des gens, et aussi ceux du Mal qui m'ont ri au nez. Elle était partie pour le Pays Vide avec son troubadour. J'en suis certaine.

– Et elle s'y trouve encore, avec son troubadour, qui sait charmer le Mal, affirma le colporteur. Ils reposent ici avec notre saint mystique et tant d'anciens sorciers dont les pouvoirs étaient plus étendus que ceux d'aujourd'hui. Pour eux, je ne pourrais même pas brûler une chandelle, car ils ne meurent pas vraiment; ils continuent de vivre, franchissent la barrière qui sépare la mort de la vie et se manifestent à nos sens. (Il s'interrompit un instant, puis leva les mains et des étincelles coururent sur ses doigts.) Eux détiennent la clé.

Alors la réponse jaillit dans l'air, au-dessus du feu, dans une musique aux notes suraiguës. Elle lança des éclairs qui couchèrent les voyageurs au sol et fit gronder un roulement de tonnerre.

25

Le feu s'était éteint et un bruit de sanglots montait dans la nuit. Le tonnerre s'était tu et les éclairs avaient disparu. Dans la nuit, Harcourt discernait la forme des arbres sur le ciel étoilé. Mais ces arbres, il le comprit instinctivement, étaient différents de ceux qu'il avait vus jusqu'alors dans la vallée enchantée. Etendu sur le dos, Harcourt se redressa lentement, sur les coudes.

Les pleurs persistaient dans l'obscurité, et il rampa dans leur direction. « C'est une femme qui sanglote. Yolanda? songea-t-il. Qu'a-t-il pu lui arriver? » Mais, presque aussitôt, il sut que ce n'était pas Yolanda mais plutôt Nan. A tâtons, il tendit les bras et saisit la tête de la vieille femme qu'il serra contre lui pour la bercer comme un bébé.

– Chtt, fit-il. Chtt... Tout va bien.

Il entendait d'autres voix à présent et, parmi elles, celle du colporteur, plus nette et sonore.

– Taisez-vous tous. Ne parlez pas. Restez immobiles.

Harcourt sentit soudain des mains sur lui. L'abbé chuchota d'une voix rauque à son oreille :

– Charles, c'est toi?

– Oui.

– Où sommes-nous, Charles?

– Dieu seul le sait.

L'enchantement les avait emmenés loin de la vallée. Harcourt était bien certain qu'ils se trouvaient maintenant en un lieu différent : le silence n'y avait plus la même intensité. Mais où se trouvaient-ils donc? A dix ou cent lieues, plus peut-être, de leur but? Avaient-ils échappé au Mal?

– Marjorie, gémissait doucement Nan. Marjorie, Marjorie...

Elle répétait ce nom inlassablement, sans la moindre intonation.

Une forme blanche se dessina dans les ténèbres.

– Laissez-moi faire. Elle pleure sa fille, souffla Yolanda qui se pencha et prit Nan entre ses bras. Allons, allons... Ça va aller...

Harcourt s'accoutumait peu à peu à l'obscurité. Il discernait à présent les silhouettes de ses compagnons.

– Crooaac, fit le perroquet, presque dans le creux de son oreille.

– Qu'on étrangle ce maudit volatile, s'écria le colporteur. Serrez-lui le cou pour qu'il se taise!

– Ma foi, répliqua l'abbé, je préférerais vous étrangler, vous! Dans quel guêpier nous avez-vous jetés?

Levant les yeux, Harcourt ne put reconnaître que les formes noires des arbres et, plus près de lui, la silhouette voûtée d'une gargouille.

« Ainsi, songea-t-il, elles sont restées avec nous. Et elles continuent sans doute de monter la garde. » Mais qu'était donc devenu le troll? La dernière fois qu'Harcourt l'avait aperçu, il dévalait la pente de la colline, fuyant le combat, poussé sans doute par de bonnes raisons. Il voyageait en compagnie d'humains, et sa vie n'aurait pas pesé lourd devant les cohortes du Mal. De plus, il n'ignorait pas qu'il ne pouvait pénétrer dans le refuge de la vallée; l'enchantement le lui interdisait. Mais le Mal connaissait-il ce refuge? Oui, très certainement. En ce cas, pourquoi n'avait-il pas tenté de s'interposer entre les humains et la vallée? En fait, la horde qui les avait attaqués sur la colline avait sans doute pour mission de leur couper le chemin de la vallée. Mais sans aboutir. En y réfléchissant, Harcourt crut comprendre ce qui s'était passé. Désobéissant aux ordres reçus, la horde avait immédiatement fondu sur eux au lieu d'attendre et de leur barrer la route. Assoiffées de gloire, les créatures, recrutées sans doute parmi les éléments les plus jeunes, avaient voulu briller au combat. Mais leur tactique, si tactique il y avait eu, avait échoué. Harcourt eut un sourire amer. En fait, tout s'était passé comme si les humains avaient préparé eux-mêmes ce plan.

– Approchez-vous, chuchota le colporteur. Aussi près que possible. Il faut que je vous parle.

Nan avait cessé de pleurer; Yolanda était toujours assise auprès d'elle. L'abbé, qui s'était éloigné d'Harcourt, posa la main sur le bras de Yolanda.

– Venez, toutes les deux. On dirait que le colporteur brûle de nous apprendre quelque chose.

– Ecoutez-moi bien et ne m'interrompez pas, dit le colporteur.

A la droite d'Harcourt, le Noueux fit entendre un grognement.

– Le Mal est toujours là. Très près de nous, sans doute. Nous sommes dans les environs de cette villa que vous recherchiez, bien que je ne puisse vous dire où exactement.

– Le Mal garde la villa, dit l'abbé. Nous le savons. Il doit être en force. Attendons-nous à des embuscades et à des pièges.

– Ce qui ne nous oblige pourtant pas à rester terrés ici, intervint le Noueux. Je propose que nous bougions sans attendre que le Mal vienne nous trancher la gorge au matin.

– Comment être certains que nous nous trouvons près de cette villa? demanda Decimus.

– Ceux de la vallée savaient où nous désirions nous rendre. On ne peut rien leur cacher. Avant d'agir, ils ont lu dans nos âmes.

– Mais pourquoi voudraient-ils...

– Vous cherchez le prisme, n'est-ce pas? Dans ce lieu sacré, repose celui qui souhaite que vous le trouviez, et d'autres aussi qui le veulent tout autant. Vous êtes les premiers à entreprendre cette quête tant attendue depuis des siècles, si l'on excepte celle de l'oncle d'Harcourt. Pourquoi ne vous aideraient-ils pas par tous les moyens dont ils disposent?

– Certes, admit l'abbé, cela me paraît juste.

« Le colporteur évoque le saint, songea Harcourt, mais ce qu'il avance est faux, car on a arraché l'âme du saint; il ne reste que son enveloppe. Il fait peut-être aussi allusion aux sorciers enterrés ici. Mais quel intérêt a-t-il lui-même dans la quête du prisme? A moins que ces sorciers n'aient joint leurs efforts à celui du saint pour essayer de bannir le Mal de ce monde... S'il n'avait jamais existé de saint, toute cette histoire d'âme emprisonnée dans un prisme ne serait qu'une légende imaginée par quelque conteur. En ce cas, notre aventure serait pure folie.

Harcourt s'accroupit, remerciant l'obscurité de dissimuler son expression angoissée au regard de ses compagnons. Il aurait pu questionner le colporteur mais se l'interdisait, ne tenant pas à révéler une fois encore son manque de foi. « Et puis, dut-il s'avouer, je ne tiens pas vraiment à entendre sa réponse. »

Ce fut l'abbé qui posa la question.

– Cela me semble plausible, à l'exception d'un petit détail. Etant donné que notre saint n'a plus d'âme, puisque celle-ci lui a été dérobée...

– D'autres parlent et agissent pour lui, répondit aussitôt le colporteur.

– L'ont-ils aidé?

– De cela, je ne suis pas certain. Mais des hommes

très anciens l'ont connu et ont su ses intentions. Ils l'admiraient. Ce sont eux qui disent l'aimer.

– Ce n'est pas vraiment une réponse, fit l'abbé d'un ton bourru. Mais je suppose que nous devons nous en contenter. Pourtant, le sorcier Lasandra...

– Lasandra est différent. Il a trahi la fraternité. Certains se laissent aveugler par le lucre et le pouvoir...

Le Noueux tira Harcourt par la manche en lui faisant signe de le suivre.

– Je vais grimper jusqu'en haut de la colline, chuchota le Noueux. Je n'ai pas l'intention de rester ici comme un porc voué à l'abattoir.

– Je te suis.

– En tout cas, il y a déjà une des gargouilles devant nous.

– Oui, je l'ai aperçue il y a un instant.

– Ce cauteleux personnage ne me plaît guère. Je ne crois pas qu'il soit aussi certain de tout ce qu'il avance.

– Moi non plus.

Comme une ombre silencieuse, le Noueux s'engagea sur le flanc de la colline. Harcourt essaya de le suivre aussi discrètement que possible. Ils rejoignirent la gargouille et le Noueux s'adressa à elle :

– Suis-nous, mais sans faire de bruit.

La gargouille ne parut pas l'avoir entendu mais, comme ils reprenaient leur ascension, Harcourt vit qu'elle leur emboîtait le pas en silence.

A mi-pente, le Noueux s'arrêta.

– Nous voilà entre deux collines, dirait-on. Dans le ravin étroit qui les sépare. Le Mal doit attendre sur celle-ci, ou sur l'autre, ou bien encore sur les deux. Il ne faut pas nous laisser surprendre par le matin. Pourtant, cet abruti de colporteur paraît bien assuré.

– Il n'a aucune connaissance militaire.

– C'est un personnage très entêté.

– Ça pourrait bien lui passer si je m'en occupe.

– Le pire, c'est qu'il n'est pas seulement entêté, mais aussi arrogant.

– Quand nous aurons atteint le sommet, nous verrons comment agir.

Ils progressaient de front, tous les sens en alerte, guettant le moindre son, l'ombre la plus légère. En atteignant la crête, ils s'assirent tandis que la gargouille s'immobilisait sur place, rigide comme un poteau. Devant eux, ils découvrirent une large vallée et, de l'autre côté, une haute colline qui se dessinait sur le ciel pâlissant.

– Il doit y avoir quelque chose dans cette vallée, dit le Noueux. Peux-tu l'apercevoir?

– A peine. Il fait encore trop sombre. Je crois distinguer une sorte de ligne blanche brisée.

– Je crois que c'est un mur.

– Mon oncle prétendait qu'un mur encerclait cette villa. Quel genre de mur, il ne l'a jamais précisé. Et nous n'avons jamais pensé à le lui demander, ainsi que bien d'autres choses, d'ailleurs.

– Apparemment, il n'y a pas trace du Mal.

– Ce pourrait bien être la villa, reprit Harcourt, songeur, avec ce mur blanc tout autour. De quoi est-il fait, à ton avis?

– Sans doute de pierre. Il doit être très haut et épais.

– D'après mon oncle, l'enceinte était gardée quand il a tenté de la franchir. Je n'ai pas l'impression que les gardes soient nombreux.

– Ne te fais pas d'illusions. Elle ne sera pas facile à franchir. Il va falloir l'étudier longuement avant de faire la moindre tentative.

– Tu vas rester ici pendant que je fais une reconnaissance de la crête.

– Prends la gargouille avec toi.

– Je serai mieux tout seul.

– Que cherches-tu?

– Je l'ignore encore.

Harcourt s'éloigna sur sa droite. Il s'arrêtait à intervalles réguliers pour observer la vallée et cette forme sombre, tout au fond, qui pouvait être la villa. Ce qu'il vit ne lui apprit rien de nouveau. Parfois, la ligne claire du mur était interrompue, sans doute par des bouquets d'arbres.

La crête était très boisée. Il rencontra pourtant quelques espaces découverts qu'il franchit en courant. Peu à peu, Harcourt acquit la certitude que le Mal ne pouvait se trouver très loin. Il éprouvait comme une oppression. Pourtant, il n'avait pas surpris le moindre bruissement ni le plus furtif mouvement.

Devant lui, la pente plongeait brusquement. On aurait dit qu'un poing énorme avait frappé la colline, laissant un creux aux parois abruptes. Il franchit le rebord et se retrouva dans un entassement chaotique de rochers que dominait une falaise blanche. Au milieu de la paroi s'ouvrait une grotte peu profonde. Devant, dans les éboulis, se dressaient des chênes énormes, les plus grands qu'il eût jamais vus, trapus, aux longues branches convulsées qui retombaient jusqu'au sol. Il s'avança entre eux et découvrit une vaste perspective sur la vallée, au-delà. Ce qui pouvait être la villa se dessina alors en une forme un peu plus sombre, avec son mur réduit à quelques traits blancs imprécis. Harcourt crut surprendre une lueur non loin de la villa, mais elle disparut avant qu'il pût en être certain. « Peut-être un mirage », se dit-il. Puis elle revint, pareille maintenant à une flamme vacillante. Elle brilla soudain plus intensément, puis disparut une fois encore. Les ténèbres revinrent. « Un signal? se demanda-t-il. Peut-être m'est-il destiné? Bien improbable, car nul ne sait que je me trouve à proximité. Eloise, elle, doit le sentir. Elle a dû apprendre que je suis enfin venu la chercher. » Il l'imagina vêtue d'une longue robe blanche, levant une chandelle dans la nuit, épiant l'obscurité, ses cheveux dans le vent, essayant d'une main d'abriter la flamme, ainsi qu'il l'avait vue en rêve.

– Eloise! lança-t-il.

Il se tut aussitôt. Il aurait pourtant voulu crier encore son nom, mais c'était ridicule. Pourtant, il était certain qu'elle était là-bas, mais sans la moindre preuve. Il se demanda alors comment il pourrait la rejoindre. Son oncle avait dit que la villa était puissamment gardée. Ils n'en viendraient donc pas à bout par un assaut de front, même avec une force importante. Son oncle avait tenté de s'infiltrer à l'intérieur sans y parvenir, lui qui n'avait pas son pareil pour se glisser dans les lieux les mieux protégés sans éveiller l'attention. C'était du moins ce que racontait son entourage car son oncle s'était toujours montré réticent sur le chapitre de ses exploits. En cet instant, Harcourt regrettait de ne pas en savoir plus à son propos.

Derrière lui, une pierre roula et il se retourna vivement. Une petite silhouette venait d'apparaître sur le seuil de la grotte, entre les rochers. Pendant un instant, il l'observa, la gorge serrée.

– Mais c'est toi, dit-il enfin. Ne serai-je donc jamais débarrassé de ta présence?

– Je me suis dit que vous atteindriez cet endroit. Je me suis hâté de vous rejoindre; vous devez me construire un pont; sans lui, je ne suis rien.

– Ce n'est pas le moment de radoter à propos de cette histoire. Tu savais me trouver là?

– J'ai voyagé très vite, et je suis un peu fatigué. D'abord, il a fallu que je contourne mes semblables qui m'en veulent terriblement. Ensuite, j'ai dû faire un détour encore plus grand pour éviter le lieu enchanté et...

– Mais tu savais où nous allions?

– J'ai surpris des murmures. Je garde toujours les oreilles bien ouvertes. Je vous aurais bien indiqué cet endroit, mais vous étiez en colère contre moi; pour quelle raison, je l'ignore. Vous ne m'avez guère donné de chances de vous parler. J'ai essayé plusieurs fois mais vous m'avez toujours rejeté comme un être sans importance.

Harcourt s'avança jusqu'au troll, prit le bout de la corde qui pendait toujours à son cou et tira.

– Et à présent, peux-tu me dire comment échapper aux gardes de la villa?

– Vous n'y arriverez pas. Vous êtes trop gros et maladroit. Mais je pourrais, moi, m'y introduire. Je suis certainement le seul à pouvoir réussir.

– Et à quoi cela nous servirait-il?

– Mon bon seigneur, je l'ignore encore. Une fois à l'intérieur, il me viendra bien une idée. Je dois faire mon possible pour vous payer d'avance ce pont que vous allez me construire.

Harcourt, découragé, laissa tomber la corde et le troll s'empressa de la ramasser.

– Suis-moi. Et en silence. Je ne veux pas entendre un mot.

Harcourt remonta vers la crête et rejoignit bientôt le Noueux, suivi du troll.

– Je vois que tu t'es fait un ami! dit le Noueux.

– C'est plutôt lui qui m'a retrouvé. Il tient absolument à nous aider.

– Pour cela, il faut attendre et voir.

– J'ai découvert une grotte, bien abritée par des rochers et des arbres, reprit Harcourt. Elle domine la vallée et, de là, on voit bien la villa. Si le Mal attaque, nous serons au moins protégés sur nos arrières.

– Alors reste ici et surveille bien le troll. S'il bouge, tranche-lui sa maudite gorge. Je ne lui fais pas confiance.

– Moi non plus.

– Il nous reste encore assez de temps avant le jour. Rejoignons la grotte avant que le soleil ne se lève. Je vais aller chercher les autres. (Il se retourna vers la gargouille.) Et toi, reste avec Charles, ajouta-t-il.

26

Les premiers rayons du matin dessinèrent la villa au fond de la vallée ainsi que le mur, exactement là où le Noueux et Harcourt les avaient devinés.

– Le mur est en pierre, bien épais et solide. A ton avis, quelle est sa hauteur? demanda l'abbé.

– Difficile à estimer à cette distance. Je dirais deux mètres ou plus. Distingues-tu une porte? Il devrait y en avoir plusieurs.

– Non, je n'en vois pas la moindre, fit Harcourt en secouant la tête.

Ils se tenaient maintenant accroupis entre les grands chênes, non loin de la grotte.

– J'ai l'impression de voir bouger quelque chose, de temps en temps, dit l'abbé. Difficile d'en être certain...

– Il est évident que l'endroit grouille de créatures, remarqua le Noueux. Il nous reste à espérer que celles qui nous sont tombées dessus n'accourront pas en renfort.

– C'est peu probable. Elles sont encore loin derrière nous. Le Mal doit attendre que nous tentions de nous enfuir de la vallée enchantée. Il ne peut savoir que nous sommes partis.

– Tu as raison, approuva l'abbé.

– Notre troll m'a dit la nuit dernière qu'il était capable de s'infiltrer à l'intérieur.

– Et à quoi cela nous avancerait-il? demanda le Noueux.

– A rien, probablement. Je lui ai posé la même question sans obtenir de réponse satisfaisante. Il m'a dit qu'il trouverait bien un moyen de se rendre utile une fois dans la villa.

– Je ne peux lui faire confiance. J'aurais plutôt

envie de lui donner un bon coup sur la tête pour être enfin débarrassé de lui.

– Ce n'est pas si sûr, dit l'abbé. Charles, tu as bien promis de lui construire un pont?

– Certes, dans un moment de faiblesse.

– Je crois que tu t'es attaché sa loyauté, vois-tu. S'il avait une âme, il l'échangerait contre un pont.

A cette remarque, le Noueux fit entendre un grognement écœuré.

Les gargouilles tenaient leur poste entre les arbres. Decimus, quant à lui, s'était assis un peu plus loin et affûtait la lame de son épée avec une pierre à aiguiser.

L'abbé le montra du menton.

– Quel personnage étrange. Il se comporte comme un étranger qui ne fait pas partie de notre groupe.

– Au combat, il fait merveille, en tout cas, dit le Noueux. Mais il n'y a rien là d'étonnant. Se battre est son métier.

– Il se sent probablement de trop, ajouta Harcourt. Il s'est joint à nous, voilà tout.

– Et si nous l'acceptions comme l'un des nôtres? proposa l'abbé.

– D'accord, dit Harcourt, mais il s'accroche à son redoutable orgueil de Romain.

Nan et Yolanda se reposaient à l'intérieur de la grotte, où ils avaient entassé leurs sacs. Le colporteur était avec elles, debout, roide, appuyé sur son bâton, le troll assis à ses pieds.

– Le colporteur, murmura le Noueux. Encore un drôle... Quoi qu'il arrive, il restera un problème. Quand j'ai annoncé que nous avions découvert une grotte où passer la nuit, il n'a pas paru s'en réjouir. Peut-être pensait-il que je cherchais à lui grignoter son pouvoir?

– Avait-il d'autres propositions à faire? demanda Harcourt.

– Mais non, fit le Noueux en secouant la tête. Il est tout simplement aussi entêté qu'à l'ordinaire.

– Je pense que cette aventure ne lui plaît guère, dit l'abbé.

– Sans doute parce qu'il en connaît le danger, fit Harcourt.

– Alors pourquoi ne lance-t-il pas un ou deux charmes pour nous aider? s'exclama le Noueux. Pour nous faire quitter la vallée, il a bien demandé l'assistance des autres sorciers ou de je ne sais quelle puissance...

– Je crois qu'il a perdu son sang-froid, expliqua l'abbé.

– Ça ne me plaît guère. Mais nous sommes là, et il faut faire quelque chose. Ceux qui sont cachés dans la vallée ne vont pas tarder à nous repérer et ne feront qu'une bouchée de nous.

Harcourt songea que, s'ils étaient obligés de fuir, à la toute dernière extrémité, ils n'auraient que peu de chances de quitter le Pays Vide. Désormais, le Mal au complet était en alerte et les hordes allaient se multiplier.

– Il nous faut partir en reconnaissance pour mieux examiner les lieux, proposa le Noueux. Charles m'accompagnera; l'abbé, vous allez rester ici. Vous n'êtes pas fait pour être un éclaireur.

– Nous avancerons séparément, précisa Harcourt. Ainsi, nous risquerons moins d'être repérés.

– Il faut laisser ton épée ici. Elle fait trop de bruit quand tu marches. Prends plutôt une dague. Le Romain en a une.

– Et Decimus? demanda l'abbé. Que faisons-nous de lui?

– Il restera avec toi, ainsi que le colporteur. Il a l'habitude du combat de défense; par contre, je ne le vois pas en train de ramper entre les buissons. Et, pour l'amour du Christ, ouvre bien l'œil pendant notre absence.

Harcourt se leva et gagna la grotte en ôtant sa ceinture. Il s'approcha de Nan.

– Prenez ça, lui dit-il cn déposant son épée et le fourreau à ses côtés. Gardez-les. Je pars en reconnaissance.

– C'est mon travail, protesta Yolanda. C'est à moi d'aller au-devant en éclaireur.

– Pas cette fois.

– Mais vous restez sans arme!

– Je vais prendre la dague du Romain.

– La mienne vous sera plus utile. Elle est toujours bien affûtée.

Elle tendit son couteau à Harcourt, qui le prit. La lame en était triangulaire et les trois fils tranchants comme des rasoirs. Il l'examina avec surprise.

– Elle est dans notre famille depuis des années, expliqua Yolanda. L'un des ancêtres de Jean l'avait ramenée d'une guerre oubliée. Il l'avait échangée à un guerrier d'une ancienne tribu, je crois, qui devait la tenir d'un autre.

– Je te remercie.

– Vous êtes sûr que vous ne voulez pas que je vienne avec vous?

– On a besoin de toi, ici. Si le Mal attaque, ton arc sera précieux. (Il posa son carquois sur le sol et ajouta, devant l'air dépité de Yolanda :) Crois-moi. C'est ici qu'est ta place. Le Noueux et moi, nous reviendrons aussi vite que possible. Mais il faut savoir à qui nous avons affaire. (Il regarda autour de lui.) Où est passé le troll?

– Il était ici il y a un instant, dit la vieille Nan.

– Bonté divine, il faut toujours qu'il se défile. Je ne peux pas compter sur lui. S'il revient, assurez-vous qu'il ne reparte pas. (Pendant un instant, Harcourt demeura indécis, luttant contre un brusque désir de prendre Yolanda dans ses bras et de l'embrasser. Mais il pencha la tête et dit simplement :) Je pars.

– Bonne chance, fit le colporteur.

Harcourt ne répondit pas : il n'aimait guère le colporteur.

Le Noueux l'attendait entre les arbres.

– Tu es prêt, Charles? (Il acquiesça.) A droite ou à gauche?

– Je prends à droite.

– Ne marche pas trop vite. Rappelle-toi ce que je t'ai appris quand tu étais un enfant. Doucement. Et sers-toi du couvert. Regarde bien avant de te remettre en marche.

La végétation abondait sur le flanc de la colline. Harcourt descendit lentement, parfois en rampant. Le soleil ne s'était pas encore montré. « Lorsqu'il se lèvera, songea-t-il, il sera derrière moi et je devrai me montrer encore plus prudent. Mais, en même temps, ses premiers rayons éblouiront ceux qui se trouvent dans la villa. »

Chaque fois qu'il s'arrêtait, Harcourt examinait la villa où rien ne bougeait. De hauts buissons et des arbres masquaient par endroits le mur qui pouvait dissimuler ainsi de nombreux gardes. Mais aucun signe ne révélait leur présence. « A croire que l'endroit est désert, abandonné! » Mais Harcourt savait que ceux du Mal étaient là, qu'ils attendaient. Son oncle avait repéré les gardes sans tenter malgré tout de s'introduire dans les lieux. Et puis, il avait dû battre en retraite en s'apercevant qu'ils étaient bien trop nombreux et qu'un homme seul ne pourrait réussir.

Depuis des années, les créatures du Mal épiaient derrière le mur, guettant une menace qui jamais ne se manifestait. « Pourtant quelques alertes, mais peu nombreuses, les ont tenus éveillés. Mon oncle, par exemple, a-t-il été considéré comme une menace? Probablement pas, décida-t-il, puisqu'il a réussi à se replier sans être repéré. »

Des humains se seraient lassés d'une veille aussi vaine, leur attention se serait relâchée. Mais comment se comportaient donc ceux du Mal? Connaissaient-ils aussi la lassitude? Qui pouvait savoir? En tout cas, on ne pouvait raisonnablement miser sur un relâchement de leur vigilance.

De buisson en buisson, de rocher en rocher, Harcourt se rapprochait du fond de la vallée et de la villa. Enfin, pour la première fois, il aperçut des gardes accroupis dans un fourré, tout près du mur, parfaitement immobiles. Tout d'abord, il entrevit plusieurs formes sombres sans s'y arrêter. Il lui fallut concentrer son regard pendant plusieurs minutes pour les identifier vraiment. Apparemment, ils ne l'avaient pas remarqué.

Harcourt continua sa progression encore plus lentement. Lorsqu'il regarda de nouveau vers la villa, les gardes étaient dissimulés par les buissons.

« Pourquoi se cachent-ils donc ainsi? se demanda-t-il. Pourquoi ne montent-ils pas la garde à découvert pour mieux décourager d'éventuels intrus? Se peut-il que le Mal ne tienne pas à donner l'éveil et attirer l'attention sur la villa? »

Harcourt pénétra dans un épais bosquet et rampa avec précaution. Quand il en ressortit, la villa était toute proche. C'était une demeure importante, mais pas aussi imposante qu'il l'avait cru durant la nuit. Les tuiles rouges et jaunes du toit, aux couleurs passées, brillaient doucement dans le soleil levant. Des poutres sombres se détachaient sur les murs blanchis à la chaux. Le mur d'enceinte était si haut qu'il la masquait en grande partie au regard. Dans le parc, quelques arbres et des fleurs émaillaient de leurs couleurs la pelouse.

Cet endroit avait dû être bien agréable autrefois. Harcourt imaginait les Romains déambulant avec leurs dames en robes de soie, ou bien assis autour de longues tables sous la ramure, grignotant des gâteaux tout en buvant du vin et en bavardant.

Une main lui effleura l'épaule.

Avec un cri étranglé, Harcourt se retourna, la dague à la main.

Il vit le troll, avec sa corde autour du cou.

Furieux, il tendit la main gauche, lui saisit le cou et l'attira contre lui.

– Toi! siffla-t-il. Encore toi!

Le troll se débattit avec un croassement de peur.

– Monsieur! Monsieur!

– Que cherches-tu? Dis-moi!

Harcourt relâcha la pression de ses doigts.

– Danger! souffla le troll. Il y a du danger, monsieur. (Il montrait le terrain, à quelques pas devant eux.) Un piège, monsieur. Une fosse.

– Une fosse? Je n'en vois aucune.

– Là, juste devant vous. Ce coin de terrain nu.

– Il y en a un peu partout. J'en ai traversé certains.

– Pas celui-là. C'est une fosse, un piège à peine recouvert de terre. Vous alliez y tomber. Et il est garni de pieux pointus au fond.

– Comment sais-tu cela?

– Je connais mes semblables et leur manière d'agir. (Harcourt examina attentivement le sol sans rien déceler de suspect.) Et derrière ce gros rocher, poursuivit le troll, un ogre se tient caché. Il attend, sent qu'il se passe quelque chose d'inhabituel et jette un regard, de temps en temps.

Harcourt fixa le rocher sans deviner la moindre trace de la présence éventuelle d'un ogre. Par contre, d'autres créatures du Mal s'agitaient autour de la villa. A cette distance, elles ne pouvaient échapper à son regard.

– Pourquoi n'abandonnez-vous pas, monsieur? chuchota le troll. Jamais vous ne réussirez à entrer.

Harcourt ne répondit pas. Il examinait le mur gardé par de nombreux vigiles. Plus il regardait, plus il en voyait. A quelque distance, non loin du rocher derrière lequel, selon le troll, se cachait un ogre, une forme se dissimulait au creux d'un noisetier. « Seigneur Dieu, se dit-il, ils sont partout. Mais comment ne m'ont-ils pas encore vu? L'ogre semble inquiet, à en croire le troll, mais pas encore sur la défensive. »

Harcourt retourna dans le bosquet en faisant signe au troll de le suivre. Ils remontèrent la pente en restant à couvert et, de longues minutes plus tard, firent halte dans un épais fourré.

– Est-ce ainsi tout autour de la villa? demanda Harcourt.

– Tout autour, monsieur. La villa est puissamment gardée.

– Comment peux-tu en être certain?

– Je suis venu en reconnaissance la nuit dernière, monsieur. Avant qu'il ne fasse jour. J'ai fait tout le tour du mur.

– Et tu as vu tout cela dans l'obscurité?

– Je vois mieux que vous, monsieur, et de bien d'autres façons. Je sais où porter mon regard. J'appartiens au Mal dont je connais la pensée. Ne vous retournez pas, ne levez pas les yeux. Des dragons nous survolent. Et les collines sont peuplées de harpies.

– Troll, je suis un humain; tu appartiens au Mal, donc nous sommes ennemis. Je n'ai pas levé le petit doigt quand tu voulais te pendre. Je t'ai même incité à sauter pour en finir. Pourquoi fais-tu cela pour nous?

– Je pensais que vous aviez compris. Pour le pont.

– Ah oui, bien sûr, le pont. Alors, souhaite que nous revenions sains et saufs.

– Et puis, ajouta le troll, je suis un hors-la-loi, désormais. En vous accompagnant, je suis devenu un traître mis au ban du Mal. Mes pareils vont me pourchasser, même lorsque je ne serai plus avec vous.

– Des gardes se tiennent tout autour du mur, c'est un fait. Mais à l'intérieur?

– Ils ne pénètrent pas à l'intérieur. Ils ont peur.

– De leurs captifs?

– Ils craignent plus encore que des humains prennent ce qu'ils gardent.

– Sais-tu ce que c'est?

Le troll secoua la tête.

– On raconte bien des histoires. Je n'arrive pas à discerner la vérité tant elles sont nombreuses.

Harcourt réfléchissait en silence. Pourquoi ne pas abandonner? avait demandé le troll. Il ne lui avait pas répondu. C'était là un de ces problèmes favoris des gens d'Eglise et qui restaient sans réponse. Oui, quel dilemme; et aussi quelle aventure absurde. Un petit groupe d'humains dérisoires qui se dressait contre les forces du Pays Vide, sans l'ombre d'une chance de réussir. Ils ne pouvaient ni avancer ni rebrousser chemin. S'ils essayaient de battre en retraite, les hordes du Mal se lanceraient immédiatement sur leurs talons. Tout le Pays Vide devait à présent être en état d'alerte. « Si les Romains ne s'étaient pas mêlés de cela, songea-t-il, s'ils ne s'étaient pas aventurés dans le Pays Vide pour déclencher la guerre... »

Mais comment pénétrer dans la villa? Cela semblait encore plus impossible que de regagner le château, avec ces dragons dans le ciel, ces harpies dans les collines – du moins s'il en croyait le troll – et ces gardes tout autour du mur. Pourtant, ils ne pouvaient faire demi-tour alors qu'ils n'étaient plus qu'à quelques pas de leur but. Le prisme avec l'âme du saint était là, à portée de leurs mains, ainsi qu'Eloise. Eloise. Harcourt ne pouvait la laisser ici, elle encore moins que le prisme. Même si personne ne l'accompagnait, même s'il devait y aller seul, il accomplirait son devoir. Il descendrait seul la colline, l'épée au poing. Pour lui, il en était à présent certain, il n'y avait pas d'autre solution.

– Nous devrions peut-être remonter jusqu'en haut, suggéra le troll.

– Oui, dit Harcourt. Je pense qu'il est temps.

Lorsqu'ils atteignirent la grotte, l'abbé s'avança et prit la main d'Harcourt.

– Charles, Dieu soit loué, tu es revenu. Et avec de la compagnie.

– Comme toujours, c'est lui qui m'a trouvé. Et j'ai bien failli l'étrangler, cette fois. Le Noueux est-il de retour?

– Pas encore. Vous êtes restés longtemps absents. Nous nous faisions du mauvais sang. Qu'as-tu trouvé?

– Ils sont bien là. Une satanée bande.

– Crois-tu que nous réussirons à passer?

– Ça ne sera pas facile.

– Le Noueux aura peut-être quelque chose à nous apprendre.

– Je l'espère.

– Monseigneur, j'étais tellement inquiète... s'écria Yolanda. Vous auriez dû me laisser vous accompagner.

– Comment cela s'est-il passé ici?

– Normalement. Le Romain et le colporteur montent la garde et jurent qu'ils n'ont rien remarqué.

– Ils peuvent toujours chercher à voir quoi que ce soit. (Il lui tendit la dague qu'elle remit dans son étui.) Je n'ai pas eu à m'en servir. Je ne risque pas de l'avoir émoussée.

– Aujourd'hui, il va nous falloir manger froid. Nous ne pouvons pas allumer de feu, annonça Yolanda.

– Comment se fait-il qu'ils ne nous aient pas encore repérés?

– Ils nous ont peut-être déjà vus et préfèrent attendre de savoir comment nous allons réagir. Durant tout ce voyage, je me suis demandé ce que nous pourrions bien faire après avoir atteint la villa. Je me disais que nous trouverions une solution, une fois sur place.

– Mais nous ne sommes là que depuis quelques heures.

– Oui, je sais...

Harcourt s'approcha de Nan. Son épée reposait toujours sur ses genoux.

– Tu aimes bien cette jeune fille, n'est-ce pas? lui dit-elle.

– Elle est la fille d'un ami.

– Un meunier qui a prêté allégeance à ton fief?

– Oui, lui et sa famille, depuis bien des années. Mais, Nan – ou plutôt devrais-je vous appeler dame Margaret?...

– J'ai été dame Margaret, c'est vrai. Je ne le suis plus à présent. Continuez de m'appeler Nan. Je devrais tuer ce maudit colporteur. Cela ne le regardait pas.

– Les sorciers ont le nez long.

– Oui, je le sais et j'aurais dû me méfier.

L'abbé revint en hâte.

– Le Noueux approche, annonça le prêtre, revenu en hâte. Je l'ai aperçu.

Nan tendit son épée à Harcourt.

– Nous sommes à nouveau au complet, remarqua Yolanda.

– Semble-t-il indemne? demanda Harcourt.

– Oui, affirma l'abbé. As-tu vu le Mal, là en bas? (Harcourt acquiesça.) Crois-tu que nous ayons été repérés?

– Rien ne le prouve.

– Tout me paraît trop calme. Nous avons tous monté la garde, Decimus comme les gargouilles, sans rien vraiment voir.

Le Noueux apparut entre les chênes et grimpa vers la grotte. Le perroquet, sur l'épaule de l'abbé, fit entendre un glapissement.

– Ne peux-tu pas le faire tenir un peu tranquille? demanda Harcourt à l'abbé.

– C'est impossible. Il n'arrête pas. Je pense qu'il a faim.

– Je vais lui donner un bout de pain, proposa Yolanda. Ça le calmera un moment.

– Le temps qu'il mange, dit Harcourt.

Le Noueux entra et se laissa choir lourdement à côté de Nan.

– Je suis heureux de voir que tu m'as précédé, souffla-t-il en regardant Harcourt.

– Je viens d'arriver.

– Ils sont là. Tu les as vus?

– Oui, parfaitement.

– Je ne vois aucun moyen de passer ou de nous glisser à l'intérieur. Je n'ai pas eu le temps de faire le tour, mais la villa doit être cernée...

– C'est ce qu'affirme le troll.

– Que peut-il bien en savoir?

– Il est allé en reconnaissance cette nuit. Je l'ai trouvé au bas de la colline. On peut même dire qu'il m'a sauvé la vie. Il y avait une fosse...

– Ça ne me plaît guère, intervint l'abbé. Pourquoi voudrait-il nous aider?

– A cause de ce pont qu'il désire tant, expliqua Nan.

– Encore cette histoire!

– Mais où est notre Romain? demanda le Noueux.

– Avec les gargouilles. Il monte la garde.

– Appelons-le : il est temps de dresser un plan.

– Il ne se sent pas des nôtres, dit Harcourt.

– Mais c'est ridicule. Il nous a prêté main-forte et fait partie de notre groupe. Il l'a mérité.

– Il ne nous sera pas utile pour ce conseil de guerre, reprit l'abbé. Il ne connaît pas ce genre de combat. Il a été formé pour se battre au corps à corps, à visage découvert. Et nous sommes en trop petit nombre pour nous le permettre.

– Il a le sens de la tactique militaire, plaida Harcourt. Il avait mis en garde son tribun. S'il avait été le chef de cette cohorte, elle aurait réussi à quitter le Pays Vide sans être massacrée et nous ne serions pas là où nous en sommes. J'ai quelques doutes quant à cette attaque, mais nous ne pouvons pas reculer. Le Pays Vide tout entier doit être plein de hordes lancées à nos trousses.

– Je ne conçois pas que nous parlions de battre en retraite, renchérit le Noueux. Nous sommes allés trop loin.

– Il doit être possible de faire quelque chose, dit l'abbé. Il nous faut trouver un moyen...

– Tôt ou tard, le Mal nous découvrira, répondit le Noueux. Avant peu, selon moi. Nous ne pouvons pas plus le sous-estimer qu'un autre ennemi. Ceux du Mal sont rusés, sinon ils auraient été balayés depuis longtemps du Pays Vide.

– En marchant droit vers le sud, proposa l'abbé, nous devrions atteindre le fleuve.

– Mais le Mal pourrait nous suivre, remarqua Harcourt. De toute façon, le fleuve coule vers l'ouest avant de s'orienter vers le sud. Et cela fait loin d'ici.

– Je ne suis pas encore prêt à refranchir le fleuve, protesta le Noueux. L'enjeu est trop important et nous avons trop fait pour nous arrêter maintenant.

Personne ne répondit, chacun muré tout à coup dans son silence. Yolanda tendit une tranche de pain au perroquet qui s'en empara avec avidité.

– Vous voyez, remarqua l'abbé, il avait faim.

– Nous sommes tous affamés, dit Nan en se levant, mais nous allons manger froid. Voilà du fromage, du pain et quelques talons de jambon.

Decimus apparut à cet instant au bas de la grotte.

– Le Mal attaque! lança-t-il. Il escalade la colline!

– Ainsi la décision nous échappe. Yolanda, où sont mon arc et mes flèches? s'écria Harcourt.

27

De petits groupes progressaient sur la pente, forts d'une dizaine de créatures chacun. D'autres quittaient l'écran des arbres, plus bas et avançaient lentement sans paraître très décidés, s'arrêtant fréquemment pour lever les yeux vers le haut de la colline, comme s'ils n'étaient pas vraiment convaincus de la présence d'un ennemi.

L'abbé donna un coup de coude à Harcourt et lui montra le ciel. Harcourt, levant les yeux, vit les grands chiffons vivants au-dessus d'eux. Ils étaient apparemment plus de dix, qui volaient très haut, lentement. Ils battaient des ailes, observant le sol en quête d'une proie éventuelle. « Oui, nous ne sommes plus désormais que des proies à gober, songea-t-il. (Les gargouilles étaient toujours immobiles à leur poste, entre les grands chênes.) Vues du ciel, elles doivent ressembler à des souches. Pourtant, les gardes du Mal savent bien qu'il n'y a pas la moindre souche sur cette colline. »

– Il ne faut pas précipiter les choses, dit l'abbé. Attendons qu'ils arrivent à portée. Chaque flèche comptera.

– Ce ne sont pas les flèches qui les arrêteront, rétorqua Harcourt. Pas quand ils chargeront. Ils ont attendu longtemps ce moment car la villa a une grande valeur pour eux.

– Certes, nous le savons.

– Nous croyons le savoir, mais nous n'avons aucune certitude.

« Pourtant, se dit-il, il n'y a pas si longtemps, j'aurais juré ne pas me tromper. L'oncle Raoul n'est pas stupide : il avait compris ce qui se passait dans la villa. Mais nul ne peut jamais être sûr de rien. »

– Aurais-tu perdu la foi? demanda soudain l'abbé.

Harcourt secoua la tête sans répondre. « Bien sûr, je fais erreur », songea-t-il. Mais le doute subsistait en lui.

– Nous avons conservé la foi, au milieu de tous ces dangers, après tant de lieues parcourues. Nous ne pouvons pas la perdre maintenant.

– C'est elle qui m'abandonne, dit Harcourt.

Le perroquet avala la dernière miette de pain et se carra plus fermement sur l'épaule de l'abbé.

Le regard d'Harcourt se porta sur la mince ligne de défense qu'ils composaient. L'abbé et lui formaient en quelque sorte l'aile droite. Sur la gauche se trouvait Yolanda, calme et confiante, l'arc à la main. « Mais s'est-elle jamais sentie inquiète? » se demanda-t-il.

Plus loin, le Romain se dressait très droit, l'épée au poing, exactement comme s'il était entouré de ses légionnaires.

Nan était accroupie à la gauche du Romain, brandissant une énorme branche qui semblait bien trop lourde pour elle. Puis le Noueux, avec son arc et la hache pendue à son épaule et, tout au bout, le colporteur, appuyé sur son bâton.

Harcourt chercha en vain le troll.

Les forces du Mal grossissaient d'instant en instant et formaient à présent une ligne d'assaut qui s'avançait un peu plus rapidement qu'auparavant. Les créatures se bousculaient par endroits et montraient une détermination nouvelle, un désir féroce de tuer. Pourtant, aucune ne brandissait d'arme. Harcourt ne voyait que des crocs et des griffes et songea que la même scène avait eu lieu au château, sept années auparavant. Les créatures du Mal n'étaient jamais armées. Obéissaient-elles ainsi à leur orgueil ou bien à quelque foi ancienne?

Derrière, en désordre, couraient elfes, gobelins et lutins. Des nuages de fées volaient au-dessus de la horde, leurs ailes diaphanes lançant des reflets irisés sous le soleil. « Des suiveurs, songea Harcourt. Des pillards, des excités. » Et, très haut dans le ciel, les dragons qui planaient toujours en se rapprochant, prêts à fondre sur leurs proies, leur long cou tendu vers le sol. D'autres créatures ailées arrivaient du nord, plus petites que les dragons mais tout aussi rapides.

– Des harpies, dit brièvement l'abbé.

Harcourt fit mentalement le compte. Contre tout cela, ils n'avaient que quelques flèches, deux épées, une massue, une hache de bataille, un bâton et une grosse branche. C'était pure folie contre une telle armée. Mais ils n'avaient pas le choix. Il était trop tard pour fuir. Dès le premier instant, en fait, ils avaient été pris au piège.

– C'est le moment, annonça l'abbé.

Il ajusta son tir et la flèche partit. Un ogre s'effondra, les mains crispées sur sa poitrine. D'autres tombèrent. « Cela ne suffit pas, se dit Harcourt. Quatre arcs ne peuvent lutter efficacement. Même si chaque flèche porte. »

Les gargouilles marchaient droit sur la horde, agitant leurs bras comme des fléaux. La cohorte hésita un instant quand les premiers corps s'effondrèrent, puis les submergea, les piétina et les laissa derrière elle.

Alors Harcourt posa son arc et tira son épée. Les forces du Mal étaient maintenant trop proches. Il entendit le cri féroce du Noueux qui se précipitait en avant, faisant tournoyer sa hache comme une faucille de mort. Et l'abbé abattait sa massue sur les premiers crânes tandis que le perroquet tournait au-dessus de lui en poussant des cris horribles. Du coin de l'œil, Harcourt entrevit le colporteur. Impavide, il observait la scène, appuyé sur son bâton. « Au moins, le traître n'a pas fui », songea-t-il.

Dans l'instant suivant, l'espace et le temps se diluèrent. Il n'y eut plus que les coups, les esquives et le déferlement des faces grimaçantes et féroces. Dès qu'Harcourt en écrasait une, elle était remplacée par une autre. Il lutta un instant auprès de Decimus. Le

Romain combattait comme une véritable machine de guerre, sans un cri, sans un juron, économisant ses mouvements, en parfait expert qui n'éprouvait aucune excitation, aucune joie au milieu du massacre. Il frappait sans haine, avec efficacité et force, sans se laisser distraire. Puis la mêlée les éloigna l'un de l'autre et Harcourt se retrouva en compagnie de l'abbé qui braillait un chant guerrier de sa composition tout en faisant tournoyer sa massue à deux mains. Devant lui, les têtes tombaient, les membres s'abattaient. Rejeté un peu plus loin, Harcourt aperçut une mince silhouette en robe blanche; elle brandissait une épée qui ne pouvait appartenir à nul autre qu'au Romain, et il se demanda ce qu'il était advenu de Decimus. Mais d'autres créatures se ruèrent sur lui sans lui laisser le loisir de réfléchir plus avant à la question. Quelque part sur sa droite, il entendait toujours le chant de mort de l'abbé, les criaillements du perroquet et, sur sa gauche, les grognements du Noueux déchaîné.

Soudain, une bourrasque de vent souffla sur la mêlée et de monstrueux nuages noirs s'amassèrent dans le ciel, avec violence, comme s'ils participaient à la bataille. Un éclair jaillit. Harcourt leva la main pour s'abriter les yeux. Le tonnerre gronda avec une force telle qu'il tomba à genoux. Il lutta pour se redresser, mais un deuxième éclair et un coup de tonnerre le clouèrent au sol. Une odeur sulfureuse envahit ses narines et il chercha désespérément à reprendre son souffle. Puis ce fut le silence, opaque, intense et effrayant après le tumulte du combat, comme si le tonnerre avait définitivement éteint le moindre son.

Harcourt se redressa en tremblant. Quelque instinct le poussa à regarder derrière lui et il aperçut le colporteur, à l'endroit exact où il s'était tenu auparavant, les bras levés, les doigts écartés. Et, à l'extrémité de chaque doigt, jaillissaient des éclairs en miniature, parfaites répliques de ceux du ciel. Sous les yeux d'Harcourt, le colporteur demeura encore ainsi un instant, puis s'effondra sur le sol.

Au bas de la colline, le Mal battait en retraite vers le mur de la villa. Dans le ciel, les dragons s'éloignaient à tire-d'aile; les harpies avaient disparu et les petites créatures du Mal, farfadets et autres lutins, s'étaient évanouies. Le flanc de la colline restait jonché de cadavres convulsés et encore fumants. Plus près s'entassaient les corps de ceux qu'ils avaient abattus.

Yolanda s'approcha, l'épée de Decimus à la main.

– Le Romain est mort, annonça-t-elle.

Harcourt hocha la tête. « Le plus surprenant, c'est que nous soyons encore en vie », songea-t-il.

Yolanda vint tout contre lui et il la serra dans ses bras. Ensemble, ils contemplèrent le flanc de la colline.

– Dire que j'ai toujours pensé tant de mal du colporteur...

– C'est un homme bon, mais étrange, dit Yolanda. Il est difficile de le comprendre et encore plus de l'aimer. Mais pourtant je crois bien que, bizarrement, je l'aime. Il est un peu comme un père pour moi. C'est lui qui m'a fait quitter le Pays Vide et m'a permis de franchir le fleuve. Il m'a conduite jusqu'au pont, il m'a donné une tape sur les fesses et m'a dit : « Traverse, petite. Là-bas, tu seras plus en sûreté. » Alors je lui ai obéi; j'ai traversé le pont et suis allée jusqu'à la maison du meunier. Il y avait un chaton, je m'en souviens. J'ai joué avec lui et...

– Le colporteur! s'exclama brusquement Harcourt. Je l'ai vu tomber. J'avais oublié...

Il se retourna et courut vers le haut de la colline, suivi de Yolanda. Mais Nan, qui les avait déjà précédés, était agenouillée auprès du colporteur.

– Il vit. Je crois qu'il n'est pas blessé. Mais il est épuisé, vidé. Il a appelé de toute son énergie les éclairs.

– Je cours chercher des couvertures, dit Yolanda. Il ne faut pas qu'il prenne froid.

Elle fila vers la grotte, et Harcourt se retourna pour examiner le bas de la colline. L'abbé s'approchait, le perroquet sur l'épaule, soutenant le Noueux qui avait une tache sanglante sur le torse. Harcourt se précipita à leur rencontre, mais le Noueux le repoussa d'un geste.

– Cet homme d'Eglise qui se mêle de tout prétend que j'ai besoin de son aide, et je le laisse faire pour lui faire plaisir.

Lorsqu'ils eurent rejoint Nan et le colporteur, l'abbé fit asseoir le Noueux.

– Ce sont de vilaines plaies, dit-il. Mais quelques bandages arrêteront le sang et protégeront les côtes. Je crois qu'il s'en sortira.

– Cela vaudrait mieux, grommela le Noueux en montrant le bas de la colline, car nous avons du travail. Le Mal se rassemble de nouveau. (Il regarda le colporteur.) Que lui est-il arrivé? L'excitation l'a fait s'évanouir?

– C'est lui qui a déclenché les éclairs, expliqua Nan.

– Ainsi, c'était donc ça... Je me demandais ce qui se passait. Je n'ai jamais vu un orage aussi soudain.

Harcourt ôta sa chemise et la déchira en bandelettes.

– Te reste-t-il encore un peu d'onguent dans ton sac? demanda-t-il au Noueux. Cela hâterait la cicatrisation.

– Je crois, oui. Mais n'oublie pas : il faut frictionner, sinon cela n'a aucun effet.

– N'aie crainte. Je vais l'appliquer sans douceur.

– Alors, dépêche-toi. Ils ne vont pas tarder à revenir et je tiens à être bandé avant de prendre ma hache.

Harcourt s'avança de quelques pas. Les créatures du Mal se rassemblaient en formation de bataille mais ne semblaient pas encore sur le point d'escalader la colline.

Yolanda revint chargée de couvertures, et l'abbé avec l'onguent.

Harcourt s'agenouilla auprès du Noueux, et prit un lambeau de sa chemise pour lui frictionner la poitrine. Les entailles étaient plus nombreuses et profondes qu'il ne l'avait pensé. Certaines étaient des blessures inquiétantes. Le Noueux ne cilla pas mais il était impatient.

– Allez, ça suffira comme ça. Inutile de tout nettoyer. Ce qu'il faut, ce sont des bandages bien serrés. Et oublie l'onguent.

Harcourt regarda l'abbé et dit :

– Je crois que nous ferions mieux de l'écouter. Nous ne pouvons pas passer l'onguent avant d'avoir arrêté le sang. Les bandages suffiront pour le moment. Plus tard, nous le soignerons mieux.

– Il n'y aura pas de plus tard, dit sèchement l'abbé.

– En ce cas, dit le Noueux, pourquoi vous soucier de moi? Serrez bien ces bandages. Nous allons repousser ces vermines, je vous le jure bien. On a bien réussi une fois...

– Grâce au colporteur, remarqua l'abbé.

– Le colporteur ne nous servira guère, cette fois.

– Cesse de gémir, Guy, et aide-moi plutôt à serrer ces bandages. Le Noueux a raison, nous les repousserons encore une fois.

– Il faut battre en retraite jusque dans la grotte, proposa le Noueux. Nous n'aurons que dix pieds à défendre, tout au plus. Et les gargouilles seront avec nous.

– Le dernier carré, fit l'abbé.

– Nous tiendrons. Cela leur coûtera trop cher et ils finiront par renoncer.

– Et s'ils reviennent?

– Nous tiendrons encore une fois. En les saignant à blanc, nous finirons par gagner.

Le Noueux put enfin se redresser.

– Je me sens mieux ainsi, dit-il. Avez-vous remis mes morceaux en place?

« Nous sommes trois maintenant, songea Harcourt. Une épée, une hache, une massue – plus Yolanda et l'épée du Romain, si besoin est. Et les gargouilles à nos côtés. Mais nous ne pouvons compter ni sur Nan ni sur le colporteur dont il est vain d'espérer une nouvelle intervention de la magie. »

Le Noueux alla prendre sa hache et, de la main gauche, palpa ses bandages.

– On dirait que je suis comme neuf.

Mais des taches de sang apparaissaient déjà sur les pansements et, quand il fit tourner sa hache, il ne put retenir une grimace de douleur.

Harcourt descendit la pente de la colline entre les arbres. La horde du Mal s'était reformée et semblait presque aussi importante qu'auparavant. Dragons et harpies tournaient dans le ciel, des filets de fumée montaient encore des cadavres calcinés par les éclairs. Les quatre gargouilles, demeurées au bas de la colline, entre les arbres après la bataille, remontaient vers eux, suivies par les premières créatures qui venaient de s'ébranler.

L'abbé, qui avait suivi Harcourt, lui demanda :

– Que penses-tu du Noueux?

– Il n'est pas en très bonne condition. Deux de ses blessures semblent profondes, et les poumons doivent être atteints.

– Tu n'en as rien dit.

– A quoi bon? Le Noueux le sait aussi bien que moi. Nous sommes réduits à l'impuissance. Un chirurgien même ne pourrait pas grand-chose.

– Qu'allons-nous faire?

– Laissons-le combattre avec nous, voilà ce qu'il veut. Il aurait trop honte si nous l'en empêchions.

– Je ne le perdrai pas de vue, se promit l'abbé. (Les gargouilles passèrent près d'eux et continuèrent vers le sommet.) Essayons de retrouver le corps du Romain.

– Ce n'est pas le moment. Le Mal sera bientôt sur nous.

– Il faudrait pourtant prononcer quelques prières, par reconnaissance.

– C'était un soldat, Guy. Il savait qu'il pouvait mourir à tout moment. Sans qu'aucune parole soit prononcée.

– C'était un païen, alors!

– Non, ce n'est pas ce que je veux dire. Bien que certains Romains soient encore non-croyants. Le christianisme n'est pas aussi solidement établi dans l'Empire que tu sembles le croire. (L'abbé fit entendre un marmonnement irrité.) Allez, retournons à la grotte, poursuivit Harcourt. (Il se retourna et se figea sur place, étonné.) Guy, vois-tu? Les gargouilles ont escaladé chacune un chêne!

– Elles désertent! cria l'abbé. Elles veulent se cacher.

Il s'élança en avant mais Harcourt le retint.

– Laisse-les. Si elles ne veulent pas se battre, nous n'avons pas à les y obliger.

– Mais, sans elles, nous sommes morts.

– Même avec elles, rectifia Harcourt.

Ils observèrent, immobiles, les gargouilles qui achevaient leur ascension et se dissimulaient dans le feuillage. Puis Harcourt se mit en marche vers la grotte. Jetant un regard par-dessus l'épaule, il vit que le Mal marchait résolument sur eux. L'abbé le tira par la manche.

– Charles, nous tiendrons bon, toi et moi.

– Et le Noueux aussi.

– Oui, le Noueux aussi.

A cet instant, ils entendirent un craquement énorme. En se retournant, ils virent qu'un des grands chênes se balançait violemment. Ses racines s'arrachaient du sol en se dressant sous le tronc. Il y eut d'autres craquements et d'autres arbres sortirent de terre.

L'abbé se signa tout en marmonnant une prière en latin. Harcourt, sans voix, regardait les quatre arbres, où se trouvaient les gargouilles, se balancer doucement sur leurs racines et se mettre en marche, descendant la pente.

Le Noueux accourait en boitillant, aussi vite qu'il le pouvait, balançant sa hache en hurlant. Le colporteur le suivait, soutenu par Nan, levant son bâton au-dessus de sa tête. Mais ce fut Yolanda qui les rejoignit la première.

– Qu'arrive-t-il? demanda-t-elle.

– Je n'en suis pas certain, mais je crois qu'il faut rester là.

Les arbres, en effet, s'étaient placés autour d'eux, formant une espèce de cercle.

– Ce sont les gargouilles, dit l'abbé, stupéfait. Elles se cachent dans les branches.

Les arbres s'ébranlèrent sur leurs racines comme sur autant de pattes. Le cercle dans lequel ils avaient enfermé les humains était étroit grâce aux branches basses et touffues et aux racines nombreuses.

L'abbé balançait sa massue d'un air indécis.

– Je ne pense pas que le Mal puisse franchir une telle paroi.

– Et ceux qui y parviendront auront affaire à nous, répondit le Noueux.

– Prenez garde quand nous atteindrons le bas de la colline, fit Harcourt. Il y a des pièges.

– A quelle magie ces arbres peuvent-ils obéir? demanda l'abbé d'une voix éteinte.

Yolanda s'empara brusquement du bâton du colporteur.

– Mon bâton! hurla-t-il.

– Si vous le gardez, vous allez trébucher dessus et tomber.

Pendant ce temps, les arbres descendaient toujours la pente. Leur feuillage, rabattu sur les humains, formait un parapluie végétal qui leur interdisait de voir le ciel. Les branches étaient inextricablement emmêlées et ils avaient à peine assez de place pour poser leurs pieds. Parfois, des racines venaient leur fouetter les mollets.

– Gardez votre équilibre, dit Harcourt. Ne trébuchez pas, surtout. Sinon les racines vous passeraient dessus.

A présent, les arbres avaient dû percer la ligne ennemie, car des cris de rage et de fureur meurtrière s'élevaient alentour. Harcourt tenta de distinguer quelque chose à travers le feuillage, mais en vain. Ce faisant, il oublia son propre avertissement et trébucha. Il lança son pied droit en avant pour reprendre son équilibre et rencontra un obstacle glissant et mouvant. Baissant les yeux, il vit un troll qui avait été pris par les racines de l'arbre géant, écrasé et traîné.

Sur la gauche, un second troll fut rejeté par les racines, titubant, ensanglanté. Harcourt leva son épée mais, avant qu'il ait pu frapper, la hache du Noueux avait emporté la tête du monstre dont le corps décapité retomba dans les racines qui le broyèrent.

Harcourt devina, d'après le mouvement des branches proches, que les plus grandes, à l'extérieur, s'abattaient sur les créatures comme des faux. L'ennemi n'avait guère de chance de s'introduire à l'intérieur de la forteresse végétale.

Ils piétinèrent d'autres créatures éventrées ou écrasées par les racines vivantes. Quelques ogres et harpies parvinrent à grand-peine à se glisser au travers du feuillage pour finir sous l'épée ou la hache. Tous repartirent sous les racines. Une fosse apparut brusquement devant leurs pas, mais ils la virent à temps pour s'accrocher aux branches. Le sol, peu à peu, devenait plat et les hurlements de la horde du Mal décrurent pour être remplacés par une plainte douloureuse dont les échos envahirent la vallée.

– Ils sont vaincus, dit l'abbé. Ils ont appris la défaite. Nous devons presque avoir atteint le mur de la villa.

L'instant d'après, les arbres touchèrent le mur et s'arrêtèrent dans un grand choc. Puis le mouvement reprit et Harcourt entendit un fracas de pierre brisée. Les troncs se ployèrent en gravissant les décombres, et les humains durent escalader tant bien que mal les blocs de maçonnerie.

Il y eut enfin de nouveau de l'herbe sous leurs pas; alors les arbres s'écartèrent, leurs branches se séparèrent, et Harcourt se retourna vers la colline. La pente était jonchée de cadavres sur deux rangs : ceux happés par les racines et ceux fauchés par les branches. Il ne restait que quelques groupes de survivants qui poussaient des plaintes lamentables.

« A présent, nous sommes à l'abri, se dit-il en se souvenant de ce que lui avait dit le troll. Jamais le Mal ne se risque dans la villa car il redoute par trop ce qui s'y trouve. Nous avons enfin atteint notre but. Après si longtemps, et tant de chemin parcouru. Eloise et le prisme de Lasandra sont là, à quelques pas. Cela ne fait pas le moindre doute. » Il se rappela cette lueur qu'il avait vue du haut de la colline. Il avait pensé alors qu'Eloise lui adressait un signal; Eloise, qui agitait une chandelle pour lui dire qu'elle était bien là, qu'elle l'attendait.

– Eloise, prononça-t-il presque à voix basse, avec l'espoir de se souvenir de son visage.

Mais toujours, le vent balayait cette mèche de cheveux et il ne parvenait pas à la voir clairement.

L'abbé s'approcha de lui.

– Charles, le Noueux désire te parler.

– Le Noueux? Oui, bien sûr. Comment est-il?

– Il se meurt, Charles.

« Non, c'est impossible. Pas le Noueux. Pas mon

vieil ami. Le Noueux est indestructible, immortel. » Mais il revit le sang bouillonnant à la lumière avant qu'il l'ait bandé.

Le Noueux avait les yeux clos mais, quand Harcourt s'agenouilla auprès de lui, il les ouvrit et tendit la main. Harcourt la saisit et la serra avec ferveur.

– Noueux, dit-il d'une voix étranglée.

– Il faut que tu me promettes de ne pas laisser ce cafard religieux faire ses simagrées. Empêche-le par la force au besoin.

– Je te le promets.

– Autre chose. Tu ne dois pas avoir de chagrin, Charles. Je savais que cela devait arriver.

– Mais comment? Tu ne pensais quand même pas que...

– Te souviens-tu du puits? J'ai voulu regarder au fond pendant que tu t'occupais de la corde de ton dragon.

– Je la lui ai laissée. Après toutes ces années, je me suis dit qu'elle lui appartenait.

– Pendant ce temps, je suis allé jusqu'au puits.

– Oui, et lorsque je t'ai demandé ce que tu y avais lu, tu m'as répondu que tu n'avais vu que toi-même. Ce qui n'avait rien de surprenant, car à quoi peut-on s'attendre quand on contemple son reflet?

– Je ne t'ai pas menti; je me suis vu, mort. (Harcourt voulut parler, mais les mots se bloquèrent dans sa gorge.) Et je ne m'en suis pas étonné, poursuivit le Noueux. Je savais que la mort était proche, qu'elle marchait sur moi. Je t'ai dit, souviens-t'en, que ceux de ma race vivent bien plus longtemps que les humains et ignorent la vieillesse et la sénilité. Mais souvent ils meurent à la fleur de l'âge, avant de vieillir.

– Je n'ai pas oublié.

– Lorsque j'ai découvert cette vision, dans le puits, j'ai compris que je ne retournerais pas à la maison. Et c'est une façon de mourir qui en vaut bien d'autres. Tu parleras à ton grand-père, n'est-ce pas? Il comprendra et ne sera pas surpris. Nous étions comme deux frères. Nous n'avions pas de secret l'un pour l'autre.

– Il va te pleurer. Tu nous manqueras tant, à lui, à moi, à tous les autres...

– Je quitte la vie sans regret, à part celui de ne pas t'accompagner sur le long chemin du retour. J'aurais tant voulu t'aider.

Harcourt baissa la tête, se souvenant des jours anciens, des histoires que lui racontait le Noueux, des nids d'oiseaux et des tanières de renards qu'ils avaient découverts ensemble, des fleurs qu'il lui avait fait connaître, des noms des étoiles appris en même temps que la façon de toujours trouver le nord.

Le Noueux avait refermé les yeux. Ses bandages étaient sanglants. Un instant, il desserra la main, puis ses doigts se crispèrent.

– La hache est à toi maintenant, dit-il, les yeux ouverts.

– Je veillerai sur elle comme sur un trésor, promit Harcourt en refoulant ses larmes. Je la placerai au-dessus de la grande cheminée.

– Ne me pleure pas. Et pas de prières, rappelle-toi bien. Je ne veux pas de l'abbé.

– Pas un mot, jura Harcourt.

– Laisse-moi tel que je suis, ici. Ne creuse pas de tombe. Empile simplement des rochers sur mon corps à cause des loups. J'ai horreur de ces bêtes puantes. Je ne veux pas devenir une carcasse en proie aux charognards.

– Je prendrai les pierres du mur. Je les empilerai moi-même...

– Autre chose encore...

Mais le Noueux referma les yeux et suspendit son souffle, la main serrée. Harcourt vit alors l'abbé debout près de lui.

– Pas encore, lui dit-il. Il a autre chose à dire.

– Je l'ai entendu te faire promettre que je ne

prononcerais pas une prière. Je respecte sa volonté, car j'aimais le Noueux; je l'ai toujours considéré comme mon ami, et ce voyage lui a permis de le prouver. Quand j'ai frôlé la mort, c'est lui qui m'a porté jusqu'à la cabane de Nan.

Le Noueux ouvrit une fois encore les yeux.

– J'ai entendu, souffla-t-il. Mais comme si cela venait de très loin. L'abbé est un homme bon, un brave compagnon qui a sa foi. J'ai appris à l'aimer. Tu lui répéteras ce que je t'ai dit.

– Il est là, il t'entend.

– Et Eloise...

– Eloise?

– Tu as été trop longtemps aveuglé. Eloise n'est pas celle que tu aimes.

Il relâcha sa prise et Harcourt dut retenir sa main. « Si loin, songea-t-il. Venir mourir si loin de chez lui. » Il pensa à son grand-père, assis devant l'âtre et à l'expression qu'il lirait sur son visage en apprenant la nouvelle. Et il ne trouverait pas le moindre mot pour le réconforter.

L'abbé le saisit par les épaules et l'obligea à se lever. Il le tint un instant contre lui. Des larmes roulèrent sur ses joues jusque dans sa barbe hirsute. Puis il prit la hache de combat du Noueux et la tendit à Harcourt.

– Elle est à toi. Prends-la.

28

L'abbé leva sa massue et frappa à la porte mais ne reçut pas de réponse.

– Ils doivent bien savoir que nous sommes là. Pourquoi n'ouvrent-ils donc pas?

Sur son épaule, le perroquet émit un cri à écorcher l'oreille.

– Nous leur avons accordé une chance, remarqua Harcourt. Ils ont certainement entendu tes coups de massue.

– Je vais cogner une fois encore.

– Non. Fracasse plutôt cette satanée porte.

– D'accord, nous leur avons donné le délai que requiert la politesse. Ecarte-toi un peu.

Harcourt obéit et heurta Yolanda qui se tenait immédiatement derrière lui. Il tendit la main pour la retenir.

– Quelle honte de défoncer une porte aussi joliment gravée, murmura-t-elle.

L'abbé ne lui prêta pas la moindre attention et abattit sa massue de toutes ses forces; le bois céda avec un craquement sinistre, de haut en bas. Il donna un second coup et tout le battant s'effondra. Harcourt s'avança, écarta les débris et pénétra dans une petite entrée qui accédait à un atrium éclairé par des torchères fixées aux murs. Le sol était dallé de tuiles de couleur qui représentaient un paysage sylvestre d'arbres et de fleurs avec, au centre, un berger et ses moutons. Entre chacune des portes, se dressaient des casiers emplis de métaux, aux reflets précieux, et de joyaux.

Un personnage d'âge vénérable au visage blafard s'avança dans l'atrium, vêtu d'une longue robe brune, fit quelques pas hésitants puis s'arrêta dans un équilibre précaire. D'autres le suivaient, à peine visibles, venus des pièces voisines. On devinait plutôt leurs mouvements entre les ombres et les reflets des torchères. Tous se lamentaient sur un ton grave qui appartenait à peine à ce monde.

– Des fantômes, chuchota l'abbé. Ce lieu est hanté. Ce sont eux qui le gardent.

« Si je n'étais pas arrivé à temps, songea Harcourt, Eloise serait donc devenue comme ces spectres qui oscillent entre les torchères, et serait restée ainsi durant un temps indéterminé, dans l'attente du jour de sa délivrance. Peut-être reste-t-elle la seule créature vivante en cette demeure avec l'homme en robe brune? Mais où est-elle? Pourquoi n'a-t-elle pas répondu aux coups de massue de Guy? »

Harcourt fit quelques pas, l'abbé à son côté. Des échos sonores se répercutèrent dans tout le hall.

Le vieillard à la robe brune s'enfuit avec un cri aigu et les formes imprécises des fantômes continuèrent de danser sur les murs.

Dans un des casiers, un diadème couvert de joyaux lançait des éclairs. Sur un drap de velours violet, étaient disposés une épée, un bracelet d'or, une coupe d'argent incrustée de pierreries, deux éperons d'or, un calice, une bride sertie de gemmes, une corne d'ivoire gravé...

– Un trésor, dit l'abbé. Tout cela a été rapporté de nombreuses contrées, il y a bien des années. Mais je ne vois pas notre prisme.

– Il doit se trouver là, fit Harcourt. Nous n'avons pas encore tout vu. Les gardes du Mal redoutaient cet endroit, jamais ils ne s'y seraient aventurés. C'est certainement le prisme qu'ils craignaient avant tout.

Il examina plusieurs casiers, puis leva brusquement la tête, car une femme venait d'apparaître sur le seuil de la porte par laquelle s'était enfui l'homme à la robe brune. Elle lui sembla immédiatement familière mais, à l'instant où il tenta de mieux discerner ses traits, il ne le put. Pas le moindre souffle de vent, pourtant, ne soulevait ses cheveux, mais il n'arrivait pas à voir clairement son visage.

– Eloise? demanda-t-il, hésitant. Eloise, est-ce toi?

– Oui, dit-elle d'une voix haute et claire, je suis Eloise. Mais comment un barbare tel que toi connaît-il mon nom? Et que fais-tu donc ici? Tu n'as pas le droit de pénétrer dans cette demeure. Tu aurais dû être arrêté bien avant de franchir le mur...

– Eloise, je suis Charles... Charles Harcourt. Tu te souviens certainement de moi.

– Oui, je le crois bien, répondit-elle, et sa voix avait la froideur et la limpidité du cristal. Ce souvenir est flou et lointain. Mais le fait que nous nous connaissions ne te donne pas le droit de m'interpeller ainsi. Va-t-en! Rassemble tes suppôts et disparais de ces lieux! (Il ne parvenait toujours pas à distinguer son visage.) Et ne touche à rien, ajouta-t-elle. Ne pose pas un doigt sur ce qui t'entoure.

La plainte des fantômes s'enfla soudain et envahit toute la salle.

– Mais, mon enfant, dit l'abbé, votre comportement est bien étrange. Je me souviens de la petite fille que vous étiez, si douce et tellement adorable. Vous aimiez Charles. Nous vous avons longtemps cherchée, au château Fontaine, mais en vain...

– Vous m'avez trouvée, à présent; vous êtes satisfaits. Alors, faites demi-tour et disparaissez...

– Mais nous sommes venus pour vous sauver.

– Je ne le désire pas. Je suis la gardienne de ces trésors. Cette charge sacrée m'a été confiée et...

– Mon enfant! lança l'abbé. Mon enfant, reprenez vos esprits!

– Monseigneur! chuchota Yolanda, contre l'épaule d'Harcourt. Les outils! Les outils de sculpteur! (Elle lui agrippa le bras et montra l'un des casiers.) Ils sont magnifiques!

Eloise s'avança avec un geste menaçant.

– Arrière! cria-t-elle. Ote tes mains de là! Tout ici est à moi!

– Non, dit le colporteur en s'adressant à Yolanda. Tu as le droit de les toucher. Ils t'appartiennent, ce sont les outils de ta mère.

– Non! glapit Eloise. Nul ne prendra rien ici!

Elle se jeta sur Yolanda, toutes griffes dehors. Harcourt s'interposa et lança un bras pour la retenir.

Eloise le heurta, perdit l'équilibre et glissa sur les tuiles. D'un bond, Harcourt fut sur elle.

– Ecarte-toi de notre chemin! gronda-t-il. Tu n'as plus de gardes. Ceux du Mal sont tous morts ou agonisants. Ton rôle a pris fin. Nous nous emparerons ici de tout ce que nous voudrons.

Eloise tenta de ramper pour lui échapper, tremblante de fureur, crachant comme une chatte. Atteignant le seuil de la porte, elle se redressa en agrippant le chambranle.

– Tu ne retourneras jamais chez toi! cria-t-elle à l'adresse d'Harcourt. Tu es mort, vous êtes déjà tous morts. Je me vengerai et vous serez déchirés en lambeaux; votre chair sera dispersée, et les loups n'en feront qu'une bouchée.

Harcourt se retourna et prit Yolanda entre ses bras.

– Elle voulait m'arracher les yeux, dit-elle. Si vous n'aviez pas été là... (Elle se mit à pleurer contre sa poitrine.) Ces outils... Toute ma vie, je les ai désirés. Jean avait bien essayé de m'en fabriquer, et il avait fait de son mieux, mais ceux-ci...

Nan s'adressa au colporteur.

– Vous prétendez que ce sont là les outils de Marjorie. En ce cas, aurait-elle sculpté les gargouilles? Je me suis posé la question, mais cela me semblait si improbable.

– Oui, dame Margaret, c'est bien elle qui les a sculptées. J'ai assisté à son travail. Elle était alors avec John, le troubadour, son compagnon...

– Et c'est votre magie que recèlent les gargouilles?

– J'ai fait de mon mieux. Mon pouvoir est si faible. C'est avec l'aide de John que je les ai mises en place à la cathédrale avant de prononcer les incantations magiques, sans même avoir la certitude qu'elles seraient efficaces.

– Elles l'ont été, assura Harcourt. Elles nous ont

déjà sauvé la vie et aujourd'hui, colporteur, c'est la seconde fois.

– Vous êtes ma grand-mère, s'écria Yolanda en se tournant vers Nan. Je l'ai deviné depuis le début. Je me sentais si proche de vous. Ainsi, ma mère connaissait l'art du bois?

– Sans doute aussi bien que toi. Quoique tu ne me l'aies jamais dit, petite friponne. Je t'ai pourtant interrogée, mais tu ne voulais pas me répondre. (Nan s'approcha d'eux.) Jeune homme, laissez-moi quelques instants avec ma petite-fille. Rien que quelques minutes.

– Charles! tonna la voix de l'abbé. Charles, je l'ai trouvé!

Nan prit Yolanda entre ses bras. Se retournant, Harcourt vit l'abbé brandir au-dessus de sa tête un joyau dont les reflets multicolores se répandaient aux quatre coins de la salle.

– Le prisme! souffla-t-il. Le prisme de Lasandra!

– Comme une flamme, l'âme du saint brûle sur le monde!

Le perroquet quitta l'épaule de l'abbé et se mit à tourner en rond avec des cris aigus.

– Ainsi tout s'achève, dit la voix calme du colporteur. La mission est accomplie et ceux qui reposent dans le sanctuaire enchanté pourront dormir en paix.

L'abbé s'approcha en leur présentant le prisme.

A cet instant, sans cesser de piailler, le perroquet plongea sur lui. Ses serres touchèrent la main de l'abbé qui laissa échapper le prisme. Il fit une vaine tentative pour le rattraper. Sur le seuil, toujours immobile, Eloise lança un hurlement de souffrance.

Le prisme se fracassa sur le sol en un million de petits fragments, pareils à des grains de sable. Les flammes couleur d'arc-en-ciel disparurent, et le sentiment de gloire et de bonheur qui envahit tous ceux qui se trouvaient dans l'atrium dépassa l'entendement des mortels.

Harcourt tomba à genoux, subjugué par la sainteté qui habitait tout à coup son être.

– Dieu bénisse mon âme! lança le perroquet qui tournait toujours au-dessus d'eux.

– Ainsi soit-il! répondit une voix caverneuse tandis qu'une main spectrale les enveloppait tous. Puis le saint, délivré après tant de siècles, disparut, et une plainte déchirante s'éleva dans tout le Pays Vide.

29

Le Noueux dormait à jamais sous un cairn érigé avec les pierres du mur abattu. La porte de la villa, retenue encore par les gonds, battait furieusement dans le vent qui soufflait de l'ouest. Des loups rôdaient au flanc de la colline, de cadavre en cadavre.

– Tout est pour le mieux, dit l'abbé. Oui, à bien réfléchir, tout est pour le mieux. Tel aurait dû être notre but depuis le départ : non pas nous emparer du prisme pour en faire une relique sacrée de l'abbaye ou de quelque autre lieu saint, mais le trouver et le détruire pour délivrer l'âme qui y était emprisonnée. Agir autrement eût été proche du blasphème. Dès l'instant où j'ai posé la main sur le prisme, je n'aurais dû avoir qu'une seule pensée : le briser afin de délivrer cette très sainte âme... Mais le perroquet a su voir plus clair que moi, plus clair que chacun de nous. Comment la gloire que je désirais tant pour mon abbaye a-t-elle pu m'aveugler à ce point? Charles, comment les hommes peuvent-ils être aussi obtus?

Harcourt posa la main sur l'épaule de son ami.

– Diable de philosophe! Toujours en quête de cette vérité que peut renfermer ta théologie...

– Je ne suis qu'un penseur aveugle, et me voici honteux et humilié. Il faut que j'égrène plusieurs chapelets.

– Crooaaa! fit le perroquet.

– Je ne comprends pas Eloise, murmura Harcourt. Elle, si adorable...

– Les gens changent, dit l'abbé. Ou plutôt, on les modifie. En son temps, Lasandra devait être un sorcier juste et respecté, avant de tomber en tentation. On l'a conduit jusqu'en haut de la montagne où il a eu la révélation du monde. De même pour Eloise : le Mal s'est emparé d'elle à Fontaine et, plutôt que de lui faire subir d'infâmes outrages, lui a offert cette fonction : un pouvoir dont jamais encore elle n'avait rêvé, une gloire plus grande encore que celle des cieux. Non, Charles, tu ne dois pas l'en blâmer. Ni lui en vouloir.

– Je l'ai aimée autrefois, durant tant d'années.

– Mais, ces derniers temps, ton amour était aveugle et empli de culpabilité. Tu voulais payer pour un crime que tu n'avais pas commis. Le Noueux l'avait bien compris et te l'a dit dans ses derniers moments. Il ne pouvait te le confier qu'avec la mort en face.

– J'ai essayé de la retrouver plus tard. Mais les fantômes avaient disparu avec l'homme à la robe brune, et Eloise aussi.

– Tu ne dois plus la pleurer. Oublie cette culpabilité qui te ronge. Lave ton âme. Tu as Yolanda, désormais. Je t'ai vu la prendre dans tes bras. Je crois que vous vous aimez d'un véritable amour qui grandira encore quand toute cicatrice se sera effacée de ton esprit. Mais, en tant que conseiller spirituel...

– Je sais trop bien que tu es mon conseiller spirituel. Mais tu m'accordes toujours le bénéfice du doute. Tu n'es pas assez sévère.

– Je pourrais l'être au besoin. Si tu ne changes pas tes façons, par exemple.

– Je crois les avoir modifiées récemment.

– Dans le cas contraire, tu trouveras mon pied pour te corriger, continua l'abbé. Et ma botte sera plus dure que mes paroles.

– Remettons-nous en marche, à présent. Un long chemin nous attend.

– Nous irons plus vite dès que nous aurons rejoint la voie romaine, qui n'est qu'à quelques lieues d'ici. Et les arbres nous accompagneront, à ce que m'a dit le colporteur. Ainsi, le Mal ne nous ennuiera guère, je pense. De toute façon, il ne doit plus penser au combat. Il se peut que les créatures réclament vengeance plus tard mais, pour l'heure, elles sont désemparées. Le prisme était pour le Mal un trésor qu'il escomptait marchander avec l'Empire, si jamais il s'était retrouvé acculé. A présent qu'il a disparu, les créatures n'auront sans doute plus la même ardeur au combat. Bien sûr, elles se remettront de cette perte, mais il leur faudra du temps et, d'ici là, nous aurons rejoint le château.

Les autres les attendaient au-dehors, assis sur la pelouse.

Harcourt s'approcha de Yolanda.

– Je n'ai pas encore eu le temps d'examiner ces fameux outils, lui dit-il. Veux-tu me les montrer?

– Jamais je n'ai vu quelqu'un d'aussi heureux, déclara Nan. Je me souviens très bien du jour où j'ai acheté ces outils pour sa mère... Yolanda a-t-elle autant de talent pour le bois que sa mère?

– J'ai vu quelques-unes de ses œuvres, et je dois dire qu'elle travaille bien, assura Harcourt.

– Le colporteur m'a expliqué que Marjorie et John avaient décidé de remplacer les gargouilles manquantes. C'était une tâche pieuse, car le porche semblait tellement vide sans ces statuettes. Grâce à ses chants, John avait su se concilier certaines créatures du Mal qui les aidèrent dans leur travail. Le colporteur était là, lui aussi. Yolanda n'était alors qu'un bébé, et ce fut lui qui prit soin d'elle pendant que ses parents travaillaient tout le jour. A la fin, il les aida à replacer les gargouilles dans leurs niches, puis regagna sa grotte. Des mois plus tard, quelques-unes des créatures qui avaient travaillé avec John et Marjorie lui amenèrent Yolanda qu'elles avaient sauvée du massacre...

– Vous ignoriez tout ceci, bien sûr. Je veux dire jusqu'à maintenant.

– C'est exact, encore que j'aie passé beaucoup de temps en quête de ma fille. J'étais persuadée qu'elle était partie pour le Pays Vide avec John. Je vous ai dit que si j'étais venue ici, c'était pour poursuivre paisiblement mes recherches; ce n'était pas tout à fait vrai. J'aurais même peut-être travaillé plus facilement ailleurs. Non, je désirais avant tout interroger ceux du Mal tout en leur donnant des potions et en pansant leurs blessures. Mais je n'ai pas reçu de réponse et me suis peu à peu faite à l'idée que je n'en obtiendrais jamais. Pourtant, j'en tiens une à présent que Yolanda m'arrive de façon inattendue. Jamais je n'aurais imaginé retrouver une petite-fille alors même que je ne parvenais pas à retrouver la trace de sa mère.

– Et à présent, allez-vous repartir avec nous tous, Yolanda et moi? Le château vous attend.

– Pour quelque temps. Un château doit encore m'appartenir quelque part dans le sud de la Gaule. Je l'ai laissé aux soins d'un intendant.

– Et vos parchemins? Toutes vos notes?

– Nous ne pouvons pas rebrousser chemin pour aller les reprendre. Il y a trop de forêts à traverser et les arbres n'y parviendraient pas. Le colporteur pourra toujours me les rapporter plus tard.

Harcourt se tourna vers le colporteur.

– Vous ne venez pas avec nous?

– J'ai encore du travail.

– Regardez mes outils, dit Yolanda. Voici un ciseau, une gouge, et là, une râpe...

Elle tendit les bras, prit Harcourt par le cou et l'embrassa tendrement.

30

Les voyageurs atteignirent la crête et aperçurent le pont en contrebas, ainsi que la fumée, s'élevant de la cheminée de la maison du meunier.

– Charles, fit Yolanda, nous sommes de retour.

L'abbé sortit un bout de fromage dissimulé sous sa soutane et se mit à le grignoter.

– Nous aurions dû nous arrêter avant pour faire un bon repas, geignit-il. Avec du jambon et du lard, peut-être. Voyager l'estomac creux est très préjudiciable à la santé.

– Goinfre! lança le perroquet. C'est un péché, un péché, un péché! Crooaa!

– Je n'arrive pas à décider que faire de ce volatile, grommela l'abbé. La vie avec lui devient de plus en plus difficile. Il ne cesse de m'admonester. Crois-tu qu'il puisse avoir une âme et devenir un jour un oiseau saint?

– Oublie cela, tonna Harcourt. Tu ne cesses d'y penser depuis quelques jours, à t'en rendre malade!

– Pourtant, n'oublie pas qu'il était en train de piailler « Dieu bénisse mon âme », là-bas, dans la villa, quand cette main est apparue. Et tu as entendu comme moi cette voix qui a dit « Ainsi soit-il ».

– Cela ne veut peut-être rien dire, fit Nan. En tout cas, vous aurez là quelque matière pour vos réflexions théologiques durant l'hiver, quand vous serez seul.

– Je n'en ai nul besoin. Mon abbaye pose bien assez de problèmes.

Il dévora sa dernière miette de fromage et s'essuya les mains sur sa soutane.

– Goinfre! Gooiinffrre! cria le perroquet.

Ils approchaient du pont et les arbres, brusquement, se séparèrent, s'immobilisèrent de part et d'autre du chemin pour enfoncer frénétiquement leurs racines dans le sol.

– Que se passe-t-il encore? demanda l'abbé en s'arrêtant.

– Ils vont probablement rester ici au cas où nous aurions besoin d'eux un jour, dit Harcourt. Pour l'heure, leur tâche est achevée. Ils nous ont raccompagnés.

– Et les gargouilles, fit Nan. Je ne les ai plus vues depuis longtemps...

– Elles font partie des arbres qui les ont reprises. L'écorce a repoussé sur elles. Je croyais vous l'avoir signalé, expliqua l'abbé.

– Je ne m'en souviens pas, répondit Nan. Depuis des lieues, je vous ai seulement entendu vous quereller avec cet oiseau.

Ils laissèrent les chênes derrière eux pour franchir le pont. Une créature lamentable surgit tout à coup d'un fourré, une corde pendant à son cou.

– J'ai marché vite! Si vite! cria le troll en sautillant dans la poussière. Je vous attendais : quelques trolls détestables vivent sous ce pont et j'ai eu bien du mal à dissimuler ma présence. S'ils m'avaient découvert, ils m'auraient fait du mal.

– Très bien, dit Harcourt. Ainsi te revoilà. Alors abrège ta comédie, veux-tu, et suis-nous.

– Je suppose qu'il est trop tard pour me construire ce pont aujourd'hui. Alors, pourquoi pas demain?

– Dans un jour ou deux. Ne commence pas à me harceler, veux-tu?

Nan et l'abbé traversaient déjà le pont. Harcourt et Yolanda leur emboîtèrent le pas, main dans la main.

Le troll courait devant eux.

POLAR

Cette collection présente tous les genres du roman criminel : le policier classique avec des auteurs tels que Ellery Queen, Boileau-Narcejac, le roman noir avec Raymond Chandler, Ed McBain et les œuvres de suspense illustrées par Stephen King ou Tony Kenrick.
C'est un panaroma complet du roman criminel qui est ainsi proposé aux lecteurs de J'ai lu.

BOILEAU-NARCEJAC	**Les victimes** 1429/**2**
	Maldonne 1598/**2**
BLOCH R. & NORTON A.	**L'héritage du Dr Jekyll** 3329/**4** Inédit
BROWN Fredric	**La nuit du Jabberwock** 625/**3**
CHANDLER Raymond	**Playback** 2370/**3**
COGAN Mick	**Black Rain** 2661/**3** Inédit
CONSTANTINE K.C.	**L'homme qui aimait se regarder** 3073/**4**
DePALMA Brian	**Pulsions** 1198/**3**
GALLAGHER Stephen	**Du fond des eaux** 3050/**6** Inédit
GARBO Norman	**L'Apôtre** 2921/**7**
GARDNER Erle Stanley	Perry Mason :
	- L'avocat du diable 2073/**3**
	- La danseuse à l'éventail 1688/**3**
	- La jeune fille boudeuse 1459/**3**
	- Le canari boiteux 1632/**3**
GARTON Ray	**Piège pour femmes** 3223/**5** Inédit
GRADY James	**Steeltown** 3164/**6** Inédit
HUTIN Patrick	**Amants de guerre** 3310/**9**
KENRICK Tony	**Shanghaï surprise** 2106/**3**
	Les néons de Hong-kong 2706/**5** Inédit
KING Stephen	**Running Man** 2694/**3**
	Chantier 2974/**6**
	Marche ou crève 3203/**5**
LASAYGUES Frédéric	**Back to la zone** 3241/**3** Inédit
LEPAGE Frédéric	**La fin du 7e jour** 2562/**5**
McBAIN Ed	**Le chat botté** 2891/**4** Inédit
MAXIM John R.	**Les tueurs Bannerman** 3273/**8**
NAHA Ed	**Dead-Bang** 2635/**3** Inédit
	Robocop 2 2931/**3** Inédit
NICOLAS Philippe	**Le printemps d'Alex Zadkine** 3096/**5**
PARKER Jefferson	**Pacific Tempo** 3261/**6** Inédit
PEARSON Ridley	**Le sang de l'albatros** 2782/**5** Inédit
	Courants meurtriers 2939/**6** Inédit
PÉRISSET Maurice	**Le banc des veuves** 2666/**3**
QUEEN Ellery	**La ville maudite** 1445/**3**
	Et le huitième jour 1560/**3**
	La Décade prodigieuse 1646/**3**
	Face à face 2779/**3**
	Le cas de l'inspecteur Queen 3023/**3**
	La mort à cheval 3130/**3**
	Le mystère de la rapière 3184/**3**
	Le mystère du soulier blanc 3349/**4**

1781

Achevé d'imprimer en Europe (France)
par Brodard et Taupin à la Flèche (Sarthe)
le 18 décembre 1992. 6295G-5
Dépôt légal déc. 1992. ISBN 2-277-21781-6
1er dépôt légal dans la collection : février 1985
Éditions J'ai lu
27, rue Cassette, 75006 Paris
Diffusion France et étranger : Flammarion